Maldosas
Impecáveis
Perfeitas
Inacreditáveis
   Os segredos mais secretos
   das Pretty Little Liars
Perversas
Destruidoras
Impiedosas
Perigosas
Traiçoeiras
Implacáveis
Estonteantes
Devastadoras
   Os segredos de Ali
Arrasadoras
Letais
Venenosas

DE

SARA SHEPARD

Tradução
FAL AZEVEDO

Para Henry

Título original
VICIOUS
A PRETTY LITTLE LIARS NOVEL

Copyright © 2016 by Alloy Entertainment e Sara Shepard

Todos os direitos reservados. Nenhuma parte desta obra pode ser reproduzida ou transmitida por qualquer forma ou meio eletrônico ou mecânico, inclusive fotocópia, gravação ou sistema de armazenagem e recuperação de informação, sem a permissão escrita do editor.

Edição brasileira publicada mediante acordo com Rights People, Londres.

Direitos para a língua portuguesa reservados
com exclusividade para o Brasil à
EDITORA ROCCO LTDA.
Av. Presidente Wilson, 231 – 8º andar
20030-021 – Rio de Janeiro – RJ
Tel.: (21) 3525-2000 – Fax: (21) 3525-2001
rocco@rocco.com.br | www.rocco.com.br

Printed in Brazil/Impresso no Brasil

preparação de originais
CAROLINA RODRIGUES

CIP-Brasil. Catalogação na Fonte.
Sindicato Nacional dos Editores de Livros, RJ.

Shepard, Sara
S553c   Cruéis / Sara Shepard; tradução de Fal Azevedo. – Primeira edição. – Rio de Janeiro: Rocco Jovens Leitores, 2016.
(Pretty Little Liars; 16)

Tradução de: Vicious: A Pretty Little Liars Novel
ISBN 978-85-7980-287-4

1. Ficção norte-americana. I. Azevedo, Fal. II. Título. III. Série.

16-32301   CDD - 813
                                                                       CDU - 821.111(73)-3

O texto deste livro obedece às normas do
Acordo Ortográfico da Língua Portuguesa.

> "Se você quer um final feliz, tudo depende, é claro, de onde você decide terminar a história."
> – Orson Welles

CRISE DE IDENTIDADE

Você já sonhou em começar uma vida nova? Fugir da escola, da sua cidade natal, de casa, até da sua família e dos amigos, e recomeçar em outro lugar. Mudar sua aparência, seus gostos, mudar quem você é. Em um lugar novo, onde você não teria um passado. O passado e o futuro seriam uma tela em branco. É claro, você também não seria mais *você*, o que pode bagunçar sua cabeça. E seria péssimo o pessoal de casa *se preocupar* com você, podendo até mesmo, por exemplo, colocar sua foto em uma caixa de leite. E é por isso que é só uma fantasia.

Mas para uma garota manipuladora de Rosewood, não é uma fantasia. É sobrevivência.

E para suas quatro inimigas, poderia significar o final das suas lindas vidinhas – *para sempre.*

A primeira coisa que Alison DiLaurentis notou ao acordar foi como seus lençóis eram macios e suaves. O travesseiro era fofo, e o cobertor tinha cheiro de amaciante. Uma faixa de sol penetrando pela janela aquecia suas pernas, e um pássaro piava euforicamente nas árvores. Era como se estivesse dormindo no paraíso.

Sentou-se, espreguiçou-se e então abriu um sorriso quando se deu conta de novo. Estava *livre*.

Mais uma vitória para Ali D.

Apanhou o controle remoto e ligou a pequena televisão ao pé da cama, já na CNN. A mesma história a que assistira na noite anterior estava no noticiário outra vez: *As pequenas assassinas vão a julgamento*. As fotos escolares do ano anterior de Spencer Hastings, Aria Montgomery, Emily Fields e Hanna Marin ocupavam toda a tela. Os repórteres contavam a fascinante história de como as quatro meninas haviam brutalmente assassinado Alison DiLaurentis e agora eram julgadas, enfrentando a possibilidade de prisão perpétua.

O sorriso de Ali alargou-se. Tudo estava se desenrolando exatamente como planejara.

"Vestígios do sangue de Alison foram encontrados em uma casa da piscina abandonada, em Ashland, na Pensilvânia. A polícia está trabalhando com afinco para encontrar o corpo", dizia um repórter. "Os investigadores também encontraram um diário de Alison no bosque próximo à casa da piscina. Ele relata em detalhes como as garotas a capturaram e a torturaram metodicamente."

Um homem baixo, de cabelos grisalhos encaracolados e óculos de aro de metal, apareceu na tela. *Seth Rubens*, dizia a legenda. *Advogado de defesa*. Ele era o advogado que estava representando as garotas. "Não apenas minhas clientes não torturaram Alison", dizia ele, "como também não tiveram nada a ver com a morte dela. O julgamento vai provar..."

O apresentador cortou-o no meio da frase. "As declarações de abertura começarão na próxima terça-feira. Acompanhe nossa cobertura completa."

Ali largou-se de novo na cama e mexeu os dedos dos pés. Até aqui, tudo bem. Todo mundo tinha aceitado que ela morrera de verdade, e todo mundo achava que aquelas vadias eram as responsáveis por seu assassinato. Tinha sido um movimento ousado, mas ela conseguira se safar. Até mesmo fez quase tudo sozinha.

Tinha sido uma jogada arriscada voltar a Rosewood, na Pensilvânia, depois que a última armação para destruir as amigas da irmã fracassara. Mas Ali tinha ficado aborrecida das coisas terem dado tão errado... *de novo*. Afinal, planejara tudo nos mínimos detalhes: o namorado e cúmplice, Nicholas, se infiltrara com cuidado na vida das meninas no verão anterior. Primeiro, tinha usado seu fundo fiduciário generoso para ir até a Jamaica e organizar uma fraude elaborada para as meninas. Depois, fora à Filadélfia para atingir Spencer, à Islândia para enredar Aria em um incidente internacional e voltara à Filadélfia para descobrir segredos das outras duas. Quando a situação começou a se deteriorar e as Belas Mentirosas – como eram chamadas – saíram do controle, Ali e Nick começaram uma onda de boatos de que as vadias tinham feito um pacto suicida e espalharam para a imprensa, para o pessoal da escola pelo Facebook e até para pessoas aleatórias em Rosewood. Sabendo que as meninas estavam procurando Ali, ela e Nick deixaram pistas sobre seu paradeiro, levando-as para o porão de um prédio em ruínas, em Rosewood. As garotas deviam ter morrido ali. A polícia devia ter chegado depois de tudo acabado, após Ali e Nick terem fugido com tranquilidade, e imaginado que aquilo era um suicídio coletivo.

Mas não foi assim que aconteceu. De alguma forma, as garotas haviam sido salvas, e os policiais levaram Nick para a cadeia. Ali tinha conseguido fugir, mas a preocupação a roía por dentro. Por quanto tempo Nick sustentaria a mentira que tinham combinado, afirmando que Ali tinha mesmo morrido no incêndio da casa em Poconos um ano antes e que ele fora atrás de Spencer, Aria, Emily e Hanna por conta própria? Ficar preso era provavelmente um horror, em especial para um garoto rico, acostumado a dormir em lençóis de milhões de fios e que teve que roubar um gerador de ruído branco da Target porque precisava desse tipo de barulho para dormir à noite, mesmo com a polícia em seu encalço.

Depois disso tudo, os tambores dentro da cabeça de Ali continuavam a bater, seu eco abafando suas tentativas de sossegar. *Você precisa pegá-las*, pensava. *Precisa acabar com isso*.

E então foi o que ela fez. Primeiro, Ali escreveu um diário, com uma história tão bem bolada que provavelmente ganharia um 10 em inglês. Transformara sua relação com Nick em algo sórdido e abusivo, com a pobrezinha da Ali, doente, sendo levada contra a vontade para uma escalada de assassinatos sem escapatória. *Nick matou minha irmã. Nick matou Ian. Nick ateou fogo no bosque que ficava atrás da casa de Spencer. Nick matou Jenna Cavanaugh.* Fora tudo ideia de Nick, e ele tinha arrastado Ali consigo no processo.

Ela escreveu que Nick praticamente não a suportava mais depois do incêndio em Poconos e a obrigara a tomar parte em atividades *mais* nefastas, ameaçando matá-la se contasse a alguém ou tentasse ir embora. Escreveu que tinha tentado fugir daquele porão para escapar dele. Várias anotações falavam de como era maravilhoso estar livre, mas também assustador. Escreveu que tinha se escondido em um galpão em Limerick, na

Pensilvânia, embora estivesse, na verdade, na casa da piscina da residência de férias dos pais de Nick em Ashland... o que serviria para a segunda parte do seu plano.

Também escrevera capítulos inteiros sobre as Belas Mentirosas, criando uma imagem diferente da que as pessoas conheciam. *As grandes amigas de infância da minha irmã*, como Ali as chamou, borrifando água salgada no diário para que parecesse lágrimas. *Espero que me perdoem e que entendam que não era eu que estava por trás disso tudo. Quis dizer isso a elas tantas vezes.* Ali escreveu que desejava ir até a polícia para contar sua história, mas tinha medo de que não acreditassem nela. Escreveu que desejava entregar o diário de forma anônima, mas não sabia em quem acreditar.

Como golpe de misericórdia, detalhou como as Belas Mentirosas a haviam perseguido, que a encontraram no galpão e a amarraram. Ela havia implorado para que escutassem seu lado da história, mas as garotas a jogaram no porta-malas de Spencer e a arrastaram para longe de lá – embora, na verdade, ela não tivesse sido arrastada para lugar algum e ainda estivesse na casa da piscina, esperando que a encontrassem. *Escrevendo com as mãos amarradas*, relatara Ali, e amarrara as mãos para que a letra ficasse mesmo mal desenhada. E: *Este diário é meu único amigo.* E: *Tentei contar a verdade, mas elas não querem me escutar de jeito nenhum. São loucas. Todas elas. Sei que vão me matar. Nunca vou conseguir sair viva daqui.* Sua última anotação compunha-se de duas frases curtas: *Acho que hoje é o dia. Estou apavorada.*

Era o destino: a data da última anotação batia quase perfeitamente com aquela em que as Belas Mentirosas *de fato* encontraram a casa da piscina. Ali sabia que elas viriam: tinha enfiado uma nota fiscal no bolso do agasalho que permitiu que Emily arrancasse dela por esse motivo. Para fisgá-las de vez, garantiu que o lugar ficasse cheirando intensamente ao sabonete de baunilha que usava. Sabia que elas entrariam na casa da piscina e tocariam em tudo, deixando suas impressões digitais por todo canto. Elas caíram em todos os truques de Ali como se a garota as tivesse enfeitiçado. Certo, houve algumas surpresas — como as câmeras que haviam instalado nas árvores —, mas até isso ela conseguiu que funcionasse a seu favor, em especial quando Emily acabou por ter sua colossal crise de nervos filmada. A equipe da promotoria registraria aquela filmagem como evidência.

Naquele momento, Ali sentou-se à frente do laptop aberto em uma pequena escrivaninha no canto e abriu um site na internet. Um enorme aviso no qual se lia *Prendam as Belas Mentirosas!* ocupava o alto da página. *Somos seus gatos, Ali!* Soltando um gritinho de alegria, ela se inclinou e beijou a tela. Os membros do Gatos de Ali, um fã-clube especial que começara no ano anterior, eram totalmente devotados a *ela*. Esse fã-clube era a surpresa mais deliciosa de toda aquela história. Ali os amava, seus ajudantes especiais, seu crédito extra. Alguns eram dedicados o suficiente para arriscar *qualquer coisa* por ela. Seria tão bom se pudesse escrever e agradecer a cada um.

Depois de ler algumas das postagens dos Gatos de Ali de todas as partes do país exigindo que as Belas Mentirosas fossem presas pelo resto de suas vidas, Ali fechou o laptop e dirigiu-se ao armário. Todas as suas roupas novas — a maior parte composta por camisetas, shorts e saias brancas e de cores pastel, vários tamanhos acima do que estava acostumada — estavam penduradas em uma fileira organizada. Aquelas coisas eram *tão* diferentes dela... Mas era o preço que precisava pagar. Enquanto empurrava os cabides de um lado para outro, sentiu uma pontadinha incômoda no peito. A última fuga *tivera* um custo. Ela tivera que se livrar de alguns dos Gatos de Ali: mas fora necessário. E depois havia Nick. Ali tinha sonhado algumas vezes com ele fugindo da cadeia, encontrando-a e exigindo saber como é que tivera a coragem de culpá-lo por tudo. Mas traí-lo também foi necessário.

Uma batida soou na porta. Ali voltou-se bruscamente, o coração batendo forte:

— Sou só eu — disse uma voz. — Está acordada?

O ritmo do coração de Ali diminuiu.

— Hum, sim — respondeu.

— Eu ia sair e comprar alguma coisa para o café da manhã. Quer algo especial? Panquecas, talvez, como ontem? Uma omelete?

Ali pensou por um instante:

— Os dois — decidiu. — *E* um pouco de bacon — acrescentou. — E suco de toranja, se você puder arranjar.

Uma sombra apareceu sob a porta.

— Certo — respondeu a voz. — Já volto.

Ali ficou escutando enquanto os passos se afastavam. Voltou-se para o guarda-roupas e tirou dali uma camiseta branca e uma saia da mesma cor, longa e fina, mais do que horrorosa, mas que passava pelos seus quadris largos. Observou-se no espelho e quase não reconheceu a garota que a olhava de volta, uma criatura maior, desajeitada, de cabelo castanho opaco e pele marcada por espinhas. Mas aquela era só uma situação temporária, logo voltaria a ser linda. A garota do espelho era quem ela precisava ser agora: alguém *diferente* dela mesma. Um ninguém. Um nada. Um fantasma, o que tornava ainda mais apropriado o fato de que a maioria de suas roupas fosse branca.

Lá fora, um carro passou acelerando. Uma buzina de navio soou. Enquanto Ali pensava em seu café da manhã que logo chegaria, todas as pontadas de preocupação desapareceram. Como era maravilhoso saber que sua única preocupação era decidir o que comer no café da manhã! Todo o resto? Ela não se sentia mal por conta daquilo, nem um pouco. Apenas os fortes sobrevivem, afinal. E, muito em breve, Ali teria uma nova vida. Uma vida *melhor* do que a que vinha tendo havia muito, muito tempo.

E aquelas quatro vadias não teriam vida nenhuma.

1

MÁS NOTÍCIAS E OUTRAS MÁS NOTÍCIAS

Em uma manhã amena de quinta-feira em meados de junho, Emily Fields encontrava-se sentada ao lado das suas melhores amigas, Hanna Marin, Spencer Hastings e Aria Montgomery, em uma ampla sala de reuniões cujas janelas abriam-se para a orla da Filadélfia. A sala cheirava a café e rosquinhas, e o escritório fervilhava com os toques de telefones, os zumbidos de impressoras e o *claque-claque* dos saltos altos das advogadas que corriam para o tribunal. Quando Seth Rubens, o novo advogado das meninas, limpou a garganta, Emily ergueu os olhos. Por sua expressão entristecida, suspeitou que não iria gostar do que ele tinha a dizer.

– O caso de vocês não parece bom.

Rubens mexeu o café com um palitinho de madeira. Tinha olheiras e usava a mesma colônia que o pai de Emily, um perfume com um toque de verão, chamado Royall Bay Rhum. Aquele cheiro costumava alegrar Emily, mas não daquela vez.

– O promotor reuniu muitas provas contra vocês sobre o assassinato de Ali – continuou. – Vocês estavam na cena do crime quando tudo aconteceu. A limpeza malfeita da cena do crime. Suas impressões digitais encontradas pela casa toda. O dente que eles também acharam no local. O... hum, *incidente* com Emily – o advogado a encarou, nervoso – antes do acontecido. Fico feliz em representá-las e farei o meu melhor, mas não quero dar-lhes falsas esperanças.

Emily afundou na cadeira. Desde que haviam sido presas pelo assassinato de Alison DiLaurentis – também conhecida como A, inimiga das meninas de longa data, quase assassina e diabólica escritora de mensagens de celular –, Emily havia perdido cinco quilos, não conseguia parar de chorar e achava que estava ficando maluca. Haviam sido todas liberadas sob fiança após apenas algumas horas na cadeia, mas o julgamento começaria dali a cinco dias. Emily tinha consultado seis advogados, e as amigas haviam feito o mesmo. *Nenhum* deles lhes dera esperança, inclusive Rubens que, pelo que se dizia, já havia conseguido livrar chefões da máfia de acusações de assassinato em massa.

Aria inclinou-se e olhou diretamente nos olhos do advogado.

– Quantas vezes precisaremos explicar isso? Ali armou para todas nós. Ela sabia que estávamos vigiando aquela casa da piscina. Sabia que estávamos ficando desesperadas. Aquele sangue já estava no chão quando chegamos. E estávamos lá em cima quando quem quer que seja limpou tudo.

Rubens fitou-as, cansado.

– Mas vocês não viram quem foi, viram?

Emily cutucou a unha do polegar. E, de repente, ouviu uma voz nítida, enjoativa, zombeteira: *Vocês não viram. Sabem que estão exatamente onde eu queria.*

Era a voz de Ali, mas ninguém além dela parecia ouvi-la. Emily sentiu uma nova pontada de preocupação. Começara a ouvir Ali havia alguns dias, e a voz estava ficando mais alta.

Pensou sobre a pergunta do advogado. Na busca delas por Ali, haviam marcado uma casa em Ashland, na Pensilvânia, propriedade dos pais do namorado de Ali, Nick Maxwell. No finalzinho do terreno, havia uma casa da piscina abandonada, o lugar perfeito para que Ali se escondesse e tramasse o próximo plano contra elas. Haviam começado a monitorar o lugar, mas então Spencer, sem pensar no que fazia, contara para o amigo Greg que haviam colocado câmeras de vigilância. Em uma reviravolta terrível, Greg acabara sendo um dos Gatos de Ali, um dos ajudantes virtuais da garota. As imagens que recebiam da casa da piscina haviam sido desconectadas quase no mesmo instante em que Spencer contara a novidade.

Assim que isso aconteceu, Emily e as outras dirigiram até Ashland, para verificar se Ali estava na casa da piscina, desmontando as câmeras. Mas tudo o que haviam encontrado fora sangue no chão. As meninas entraram ali para dar uma olhada em tudo. Então, escutaram a porta batendo e correram para o andar de cima. O cheiro de água sanitária dominava o ar, e alguém – sem dúvida Ali, embora ninguém a tivesse visto para garantir – caminhava fazendo barulho pela cozinha, limpando-a sem maiores cuidados. Quando desceram de novo, a casa estava vazia. E, então, as meninas ligaram para a Emergência. Não poderiam supor que a polícia fosse colocar a culpa *nelas*.

Mas fora exatamente o que tinha acontecido: os policiais haviam chegado, coletado evidências e identificado o tipo sanguíneo encontrado na cena do crime como sendo de Ali. Haviam também encontrado um dente que correspondia aos registros dentários dela. Então, acusaram as *garotas* de tentar limpar a cena do crime: suas impressões digitais estavam por toda parte, afinal, e elas estiveram mesmo *dentro* da casa. As câmeras de vigilância haviam gravado as quatro esgueirando-se pela porta um pouco antes.

Você é totalmente minha.

Lá estava a voz de Ali outra vez. Emily piscou com força. Olhou para as amigas, tentando imaginar se elas teriam suas próprias versões das zombarias de Ali na cabeça.

– E o vestido? – perguntou Aria, referindo-se ao vestido que haviam encontrado na casa da piscina, no quarto do andar de cima. Também estava coberto de sangue.

O advogado verificou suas anotações.

– Os peritos dizem que só tem sangue A positivo nele, o tipo de Ali. Eu não mencionaria isso. Não ajuda em nada a situação de vocês.

Emily sentou-se ereta.

– Será que Ali não poderia ter se cortado sozinha, espalhado sangue pela casa da piscina e depois ter limpado tudo? Ela pode ter arrancado aquele dente e deixado lá, também. Ela esteve na Clínica Psiquiátrica Preserve por *anos*. É louca.

Não tão louca quanto vocês!, Ali riu na cabeça de Emily. A menina fez uma careta, querendo que a voz de Ali fosse embora. Então notou que Hanna a olhava com curiosidade.

O advogado suspirou.

– Se tivéssemos evidências de que Alison esteve na casa da piscina, *viva*, ao mesmo tempo que vocês, teríamos chances de construir uma defesa viável. Mas só temos um vídeo de vocês se esgueirando pela porta da frente. Ali não está lá.

– Ali provavelmente entrou por uma janela – sugeriu Spencer. – Uma das janelas dos fundos, talvez. Não havia câmeras ali.

O advogado olhou para as palmas das mãos.

— Não há nenhuma evidência disso. Pedi à polícia para tirar impressões de todas as janelas em volta da propriedade, e não encontraram nada.

— Ela pode ter usado luvas — Hanna ainda tentou.

Rubens apertou o pino da caneta.

— São todas provas circunstanciais, e precisamos considerar que vêm de vocês quatro e que vocês são personagens um tanto, hum, conhecidas — pigarreou. — Quero dizer, o apelido de vocês é Belas Mentirosas. Vocês já foram pegas mentindo antes, em mentiras muito públicas. Vocês foram julgadas por ter matado uma garota na Jamaica e confessaram pelo menos tê-la empurrado de uma varanda. E todo mundo sabe o que Alison fez com vocês e quantos motivos têm para livrar-se dela. E como eu disse, houve o incidente com Emily...

Todos os olhares voltaram-se para Emily. Ela olhou para baixo na direção da mesa. Certo, tinha perdido o controle na procura por Ali. Mas fora porque Ali quase a afogara na piscina do colégio Rosewood Day... e depois um dos seus Gatos matou Jordan Richards, o amor da vida de Emily. Ela não tinha planejado ir para a casa da piscina e surtar. Não *pretendera* sair quebrando tudo no lugar e jurar alto que mataria Ali, o que a câmera de vigilância gravara. Apenas... acontecera.

— Além disso, tem o diário.

Rubens pegou uma pasta grande do seu lado direito. Dentro havia uma fotocópia do diário que Ali em tese escrevera e escondera no mato, em um lugar fácil o suficiente para que os policiais encontrassem. Emily não quisera ler, mas tinha ouvido muito a respeito. Ali se descrevia ali como uma vítima inocente de Spencer, Aria, Emily e Hanna, suas sequestradoras. As anotações falavam das meninas abusando dela, física e verbalmente. Quando Rubens abriu a pasta, Emily avistou as palavras *me amarraram*. Depois viu a frase *elas não entendem*.

Coitadinha, coitadinha de mim, cantava Ali na cabeça de Emily. Ela deve ter gemido, porque Spencer ergueu a cabeça para ela, os olhos arregalados. O rosto de Emily pegou fogo. Precisava tomar cuidado. As amigas já pensavam que ela era perturbada. E isso quando ainda *não estava* ouvindo vozes.

Aria também lançou um olhar para a pasta.

— Sem dúvida isso não vai contar como evidência, vai?

— Particularmente por conta do que Nick disse hoje de manhã. — Emily vasculhou a bolsa em busca do celular e mostrou para o advogado um artigo que encontrara antes da reunião. Mostrou o título: *Maxwell diz que o diário é mentiroso*, dizia. *Seu amor e sua lealdade acabam aqui*. — Se Nick diz que Ali está mentindo sobre ele no diário, isso coloca sob suspeita todo o resto escrito nele, certo? — perguntou, cheia de esperança.

Rubens deu de ombros.

— Estamos falando de um assassino confesso aqui. Alguns juízes levam diários muito a sério. E quando alguém escreve *"Estou assustada"*, ou *"Acho que vão me matar"*, e depois aparece morta...

— Mas ela *não* está morta. — falou Emily, sem pensar. — A polícia encontrou *um dente* e sangue. Só *isso*. Não é meio difícil para eles nos condenar por assassinato sem um *corpo*?

O advogado fechou a pasta com um tapa.

— É verdade. E vocês têm isso a seu favor. — Uma expressão estranha passou pelo rosto dele. — Então vamos torcer para que os detetives não encontrem o resto dela.

Todas elas olharam para ele, estupefatas.

— Está dizendo que não acredita em nós? — balbuciou enfim Spencer.

O advogado levantou as mãos, mas não confirmou nem negou nada.

Hanna pôs a cabeça entre as mãos. Spencer rasgou o copo de isopor em pedacinhos. Aria colocou as mãos espalmadas na mesa.

— Será que podemos contar nossa versão da história no tribunal?

Rubens bateu com a caneta na mesa.

— Prefiro não colocar vocês no banco de testemunhas. Se o fizer, o promotor vai poder interrogá-las e vai ser impiedoso. Ele vai inventar todo tipo de armadilhas para fazer com que vocês se contradigam. Deixem-me fazer uma imagem de vocês para os jurados. Vou trazer à luz os fatos certos. Mas, mesmo com tudo isso, não sei que chances temos. Posso tentar oferecer algumas teorias sobre outras pessoas que podem ter matado Alison. Alguém da família de Jenna Cavanaugh, por exemplo. Alguém da família de Ian Thomas. Outra pessoa que a odiava. Mas vocês ainda são as suspeitas mais lógicas e convincentes.

Emily olhou para as outras meninas.

— Mas ela não está *morta* — repetiu Spencer.

— Há alguma coisa que possa nos salvar de verdade? — perguntou Aria baixinho. — Algo que garanta que poderemos sair livres?

Rubens suspirou de novo.

— A única coisa em que posso pensar é que Alison DiLaurentis entre em carne e osso no tribunal e se entregue.

Como se isso *fosse acontecer,* disse Ali alto na cabeça de Emily.

Ele encheu as bochechas e foi soltando o ar devagarzinho.

— Durmam um pouco, meninas. Vocês parecem exaustas. — Fez um gesto na direção do prato de rosquinhas. — E comam uma, pelo amor de Deus. Não sabem quando terão o prazer de comer uma rosquinha do Rizolli de novo.

Emily estremeceu. Era muito fácil interpretar o que *aquilo* queria dizer: não há docinhos na prisão.

Hanna pegou uma rosquinha e enfiou-a na boca, mas as outras todas saíram pela porta sem nem olhar para o lanche oferecido.

Em frente ao elevador, Spencer apertou o botão DESCER. De repente, olhou para Emily, alarmada:

— Em... — sibilou, com os olhos na mão de Emily.

A menina baixou os olhos. Um fio de sangue escorria da sua cutícula pelo pulso. Tinha machucado a pele até sangrar e nem tinha sentido. Procurou um lenço na bolsa, sentindo os olhos das amigas sobre ela.

— Estou bem — disse, como que para acalmá-las.

Mas elas não eram as únicas preocupadas; a família de Emily estava agindo de forma ainda mais estranha. Diferentemente das diversas outras vezes em que Emily tinha se metido em encrencas e seus pais a rejeitaram, dessa vez a família continuava deixando que ela fizesse as refeições com eles. Até haviam comprado suas comidas preferidas, tinham lavado toda a roupa dela e iam verificar se estava tudo bem com ela a todo momento, como se Emily fosse um recém-nascido. A mãe puxava assunto, educadamente, com ela, sobre programas de televisão e livros e prestava toda a atenção sempre que Emily dizia *qualquer coisa*. Na noite anterior, o pai dela pulara da cadeira, dizendo que a televisão era dela e que Emily podia assistir ao que quisesse, e será que ele podia trazer algo para ela? Emily tinha sonhado com esse tipo de atenção da família por muito tempo, basicamente desde o início da história com

A. Mas agora parecia tão esquisito. Só estavam fazendo aquilo porque pensavam que ela estava louca.

O elevador emitiu um sinal sonoro e as portas se abriram. As garotas entraram em silêncio, de cabeça baixa. Emily conseguia sentir as outras pessoas no elevador encarando-as. Uma garota, não muito mais velha do que elas, pegou o iPhone e começou a digitar alguma coisa. Depois de um instante, Emily ouviu o *clic* da câmera e reparou que o celular estava mirando o rosto dela.

Ela se virou e enfrentou a garota:

– O que está fazendo?

A garota enrubesceu. Ela cobriu a lente do celular com a mão e baixou os olhos.

– Você tirou uma *foto* de nós? – gritou Emily em tom agudo.

Tentou agarrar o celular, mas Spencer segurou seu braço, puxando-a para trás. O elevador emitiu outro sinal, e a garota fugiu para o saguão. Spencer encarou Emily.

– Você precisa se controlar.

– Mas ela foi muito mal-educada! – protestou Emily.

– Você não pode surtar com esse tipo de coisa – argumentou Spencer com veemência. – Tudo o que fizermos, Em, tudo o que dissermos... precisamos pensar em como o júri vai interpretar isso.

Emily fechou os olhos.

– Não acredito que teremos de comparecer *mesmo* diante do júri.

– Nem eu – sussurrou Hanna. – Que pesadelo.

Atravessaram o saguão, passando pela mesa do guarda. Emily deu uma olhada para as portas giratórias. O sol brilhava na calçada lá fora. Um grupo de garotas, de vestidos de verão coloridos e sandálias, passou, rindo de alguma besteira. Mas então, atrás delas, pensou ter visto uma sombra se esgueirar em uma travessa do outro lado da rua. Os pelinhos da sua nuca se eriçaram. Ali – a *verdadeira* Ali – podia estar em qualquer lugar. Observando-as. Esperando para atacar.

Ela virou-se para as amigas

– Sabe, nós poderíamos fazer alguma coisa – disse ela em voz baixa. – Podemos procurá-la de novo.

Os olhos de Spencer se arregalaram.

– De jeito nenhum. Absolutamente não.

A garganta de Aria apertou.

– É impossível.

Mas Hanna assentiu.

– *Andei* pensando sobre para onde Ali poderia ter ido. E Rubens disse mesmo que esse era o único jeito de ficarmos livres.

– Hanna, *não*. – Spencer lançou-lhe um olhar afiado. – Não temos nenhuma pista.

É verdade, cantarolou Ali na cabeça de Emily. *Vocês não vão me encontrar nunca.*

Emily pegou o celular de novo. O artigo sobre Nick ainda estava na tela.

– Nick está bem furioso. Talvez ele nos ajude. Nos dê alguma informação.

Spencer bufou.

– Improvável.

– É, e detesto a ideia de enfrentá-lo na cadeia – disse Aria, nervosa. – Vocês não?

– Se formos juntas, acho que conseguimos lidar com isso. – respondeu Emily, tentando parecer segura.

– Talvez – murmurou Aria, infeliz.

Hanna prendeu uma mecha de cabelo castanho avermelhado atrás da orelha.

— Quais são as chances de a polícia permitir que visitemos alguém na prisão? Estamos livres sob fiança. Não podemos exatamente nos mover com liberdade e fazer o que quisermos.

Emily olhou para Spencer.

— Será que seu pai pode mexer os pauzinhos? — O pai de Spencer, um advogado poderoso, conhecia todo mundo, do promotor até o prefeito, passando pelo chefe da polícia. Ele podia fazer todo tipo de coisa acontecer.

Spencer cruzou os braços.

— Não acho que seja uma boa ideia.

— *Por favor?* — gemeu Emily.

Spencer balançou a cabeça, em negativa.

— Sinto muito. Não quero.

Emily ficou boquiaberta.

— Então você vai desistir? Não parece você, Spencer.

O queixo de Spencer tremeu.

— Não quero mais brincar de Scooby-Doo. Só leva a mais problemas.

— Spence — protestou Emily, segurando o braço de Spencer. Mas Spencer sacudiu o braço, soltando um gemidinho que ecoou pelo saguão. Virou-se bruscamente e passou pelas portas giratórias.

Um longo silêncio se seguiu. Emily sentiu o mesmo peso pressionando seu peito mais uma vez. Não ousava olhar para Hanna ou Aria, pois sabia que ia cair no choro se o fizesse. Talvez Spencer estivesse certa. Talvez fosse uma péssima ideia procurar Ali de novo.

É verdade, guinchou Ali dentro da cabeça de Emily, mais alto do que nunca. *Dessa vez, eu peguei vocês de jeito.*

2

A AULA PARTICULAR DE SPENCER

Spencer Hastings caminhou depressa até o fim da galeria Center City. Olhou por cima do ombro, um tanto certa de que as amigas corriam atrás dela, tentando convencê-la a embarcar em outra busca louca, frustrante e infrutífera por Ali. Mas a rua estava vazia. Ótimo.

Estava cansada de tentar procurar Ali. Depois das últimas duas semanas, após chegarem tão perto de encontrá-la e depois perdê-la tão dramaticamente, estava desistindo. Tinha conseguido tudo o que desejava apenas para que tudo lhe fosse tirado: não tinha mais nenhum futuro universitário, não tinha um contrato para o livro, e seu blog antibullying, que pouco tempo antes alcançara muito sucesso, não tinha movimento há dias, a não ser pelas pessoas que entravam lá para escrever sobre que pessoa horrível ela era. *Certo, Ali, você venceu*, concedeu ela, afinal. No que dizia respeito a Spencer, era hora de enfrentar o destino: a cadeia.

Talvez não fosse a pior coisa do mundo pensando bem. Ela era Spencer Hastings e, se tivesse que ir para a cadeia, com certeza faria tudo o que pudesse para torná-la tão tolerável quanto possível. Era a mesma abordagem que usara antes de ir para o Acampamento Rutabaga no sexto ano: Spencer tinha entrevistado frequentadores de anos anteriores, coordenadores, tinha lido os murais de mensagens, até passeara pelo local do acampamento durante o inverno para ver como era o terreno. Aprendera a nunca nadar antes das 11 horas da manhã, quando eles colocavam uma nova dose de cloro na piscina; a evitar as ervilhas no refeitório; e que o melhor jeito de vencer a gincana do acampamento era conseguir dominar a ponte de corda – e conseguira fazê-lo após treinar em uma que construíra no quintal de casa. Da mesma maneira, tinha iniciado a preparação para a cadeia lendo o best-seller autobiográfico *Atrás das grades: meu tempo na prisão*. Quando se dera conta de que Angela Beadling, a autora, morava na Filadélfia, Spencer visitara seu site na internet e descobrira que ela dava consultas a clientes individuais como Especialista em Vida e Ambientação na Prisão. Ligara na mesma hora e marcara uma entrevista.

Seu celular berrou, o que a assustou. Olhou para a tela. *Papai*. Será que Emily tinha ligado para ele sem que soubesse? Spencer mordeu o lábio inferior e atendeu.

– Oi, Spence – disse o sr. Hastings sobriamente. – Como está indo?

Spencer engoliu com dificuldade e apagou todos os pensamentos sobre Emily. Apreciava os esforços do pai de manter contato: era mais do que sua mãe, a rainha do gelo, estava fazendo no momento.

– Tudo bem – disse, tentando parecer animada. – Acabei de vir de uma reunião com Rubens, na verdade.

— É mesmo? — respondeu o sr. Hastings, entusiasmado. — E como foi?

Spencer desviou de uma lata verde de lixo reciclável. Não tinha ânimo para contar ao pai que Rubens dissera a elas exatamente a mesma coisa que todos os outros advogados. O sr. Hastings tinha mexido todos os pauzinhos que pudera a fim de conseguir essa reunião para elas, afinal. E mesmo que não tivessem falado sobre isso — e provavelmente não o discutiriam em um milhão de anos —, um segredo enorme e sombrio pairava entre eles. Não havia muito tempo que Spencer descobrira que o pai era também pai de Ali e Courtney. Sabia que ele devia ter sentimentos conflitantes sobre como aquelas meninas tinham ficado perturbadas, mas a Ali Verdadeira *ainda* era sangue do seu sangue. Spencer não conseguia impedir-se de pensar que o apoio cuidadoso e deliberado dele era uma mensagem clara de que ele não acreditava nem por um minuto que estava deixando qualquer sentimento paterno atravancar o caminho.

— Hum, foi bom — disse ela. — Ele parece realmente profissional e vai nos representar. — Respirou fundo, pensando em perguntar a ele sobre visitar Nick; o pai ajudaria, sem dúvida. Mas decidiu que não valia a pena ir naquela direção.

— Bem, fico feliz por isso — disse o sr. Hastings. — Ei, se ainda estiver na cidade, quer almoçar? Posso encontrar você no Smith e Wollensky.

Spencer parou e olhou em volta. Tinha esquecido que estava perto da casa do pai, no Rittenhouse Square.

— Ah... não posso — balbuciou. — Já estou no ônibus. Desculpe!

Em seguida, desligou tão rápido quanto pôde. Com sua sorte, era capaz de esbarrar com o pai na rua naquele instante e ser forçada a dar algumas respostas. E não tinha ideia de como explicaria para onde *realmente* estava indo.

Remexeu no bolso, pegou o endereço que escrevera em um Post-it amassado e digitou-o no Google Maps do celular. Não demorou muito para que chegasse ao local, uma linda casa branca, decorada como uma cobertura de bolo de aniversário. O carro parado na frente da casa era um Porsche 911, verde. Uma bandeira americana tremulava, pendurada na calha, e havia um enorme vaso de flores na varanda. Spencer subiu a escadinha e olhou o nome na caixa de correio. ANGELA BEADLING. Era ali. Spencer estava meio surpresa: o livro fora um best-seller, claro, mas ela não esperava que Angela morasse em um lugar tão sofisticado.

Tocou a campainha e esperou. Atrás dela, ouviu uma pancada alta e girou nos calcanhares, com o coração na boca. A rua parecia deserta, então não tinha certeza do que fizera aquele barulho. Alguém na casa ao lado? O vento?

Ali?

Sem chance. Ali não estava ali. Não podia estar.

Uma mulher loura com olhos de aço, nariz pontudo e lábios finos apareceu na porta. Usava uma calça de corte masculino e uma camisa estilo oxford. Spencer encarou-a. A mulher encarou-a de volta. Era mesmo a mulher da capa do livro. Só que não estava sorrindo, simpática, como em sua foto de autora.

— Você é Spencer? — perguntou a mulher, brusca. Estendeu a mão antes que a garota respondesse. — Sou Angela. São trezentos apenas para vir até a porta.

— A-ah... — Spencer vasculhou a bolsa e estendeu um maço de notas amassadas. Parecendo satisfeita, Angela recuou e convidou Spencer a entrar em um espaço amplo decorado com móveis franceses do século XVIII. Uma tapeçaria mostrando um rei e uma rainha de rostos tristes sentando em tronos em um salão real decorava a parede do fundo. O candelabro acima da cabeça de Spencer tinha velas de verdade, embora nenhuma estivesse acesa àquela hora. Três budas de cerâmica olhavam para Spencer de cima da lareira. Não eram nem um pouco tranquilizadores.

Angela ajeitou-se no maior sofá de couro que Spencer já tinha visto na vida e estirou as pernas em cima dele, de modo que Spencer não podia compartilhar o espaço. A menina dirigiu-se para uma cadeira reta no canto da sala.

– Então – disse Spencer, sentando-se –, obrigada por aceitar me receber. Gostei muito do seu livro.

Angela deu um sorrisinho irônico.

– Obrigada.

Spencer inclinou-se e tirou o laptop da bolsa, abrindo-o no colo. Demorou um pouco criando um novo documento em Word e o nomeou *Prisão*.

– Acho que vamos começar pelo começo, certo? Como em "Capítulo Um – Chegando lá". Vou mesmo ser submetida a uma revista corporal?

Ouviu Angela abafando uma risada e ergueu os olhos.

– Querida, isso não é uma preparação para prova.

Spencer sentiu o rosto arder, mas não fechou o laptop.

Angela acendeu um cigarro Newport Light em uma piteira longa, de ouro.

– Sei quem você é e o que fez. Vai provavelmente ficar em segurança média, imagino. Não acho que vão deixar na mínima, mas talvez não na máxima.

O coração de Spencer bateu com força. *Média*, digitou. Só ouvir os termos fazia tudo parecer mais real.

— Na verdade, eu *não* fiz nada — corrigiu ela. — Estou sendo acusada injustamente.

— Arrã. Todo mundo diz isso. — Angela bateu o cigarro em um cinzeiro marrom. — Tudo bem, *vamos* começar pelo começo. É assim que vai acontecer. Primeiro, eles vão fazer uma revista corporal. Depois, você vai ser designada para um pavilhão, onde mais do que provavelmente suas companheiras serão assassinas como você; eles gostam de colocar criminosos semelhantes juntos. Você não vai ver suas amigas, se forem todas condenadas. Nem tente fazer outras amigas, porque são todas umas vadias traiçoeiras. Agora, nessa consulta, posso focar em truques para lidar com os guardas, como se proteger das gangues ou como conseguir administrar uma relação amorosa enquanto está atrás das grades... você tem namorado?

— N-não — gaguejou Spencer. Angela estava falando rápido demais. Ela nem conseguia digitar.

— Bem, então sugiro que falemos sobre como você vai se proteger das gangues de garotas, como no capítulo 10. — Angela revirou os olhos e deu mais uma tragada. — Se você quiser saber dos guardas também, vão ser mais 125 dólares.

A boca de Spencer ficou seca.

— Talvez pudéssemos falar das, hum, partes úteis da cadeia? Como os programas de ensino? Iniciativas de trabalho e estudo?

Angela encarou Spencer por um momento e caiu na gargalhada.

— Docinho, se houver alguma coisa desse tipo por lá, será um supletivo. E é claro que tem uma porção de livros de Direito, no caso de você querer entrar com um recurso, o que *todo mundo* quer, não que você vá chegar em algum lugar com isso.

O coração de Spencer bateu mais rápido.

— E quanto a exercícios físicos? Seu livro não fala disso, mas li que há instituições correcionais que valorizam a forma física e a saúde, então...

Angela riu com desdém.

— Deixam que você ande pelo pátio. Não imagine que vai ter uma sala de spin ou aula de pilates.

— Mas...

Angela inclinou-se para a frente, o cigarro aceso.

— Escute, meu bem. Sugiro fortemente que o resto do seu tempo seja usado para falar sobre gangues de garotas. Uma garota como você precisa de conhecimento das práticas de rua. Você pretende entrar lá citando Shakespeare, tomando notas? Vão encher você de porrada.

Spencer piscou com força.

— Pensei que, se ficar na sua e fizer o que mandam, deixam você em paz.

Um canto da boca de Angela curvou-se em um sorriso.

— Depende. Às vezes, a pessoa consegue passar pelas frestas. Mas outras, tentar ficar na sua faz com que se torne um alvo.

De repente toda a atitude durona de Spencer desmoronou. Fechou o laptop, entendendo por que Angela rira dela por querer tomar notas. Qual era o propósito?

— Não tem *jeito* de tornar tudo mais fácil? — ouviu-se gemer.

Angela deu um risinho sarcástico.

— Você pode sobreviver, claro. Mas "mais fácil"? É por isso que chamam de *cadeia*. A melhor atitude, meu bem, é tentar descobrir um jeito de *não* entrar. A cadeia vai destruir sua vida, anote o que estou dizendo.

Um arrepio subiu pela coluna de Spencer.

— Por que foi que você foi presa, falando nisso? — Era outra coisa que Angela não mencionava no livro.

Angela balançou o maço para tirar outro Newport.

— Não importa.

— Matou alguém?

— *Meu Deus*, não. — Angela olhou-a de soslaio. — Se eu tivesse matado, acha que eu já estaria aqui fora?

— Então o que foi? Assalto? Roubo? Drogas?

Os lábios de Angela curvaram-se.

— Essas suposições não são bacanas.

Spencer, de repente, queria *mesmo* saber. Então usou um truque antigo que usara em um clube de debates quando queria intimidar um oponente. Cruzou os braços e olhou fixo para Angela, como uma esfinge.

A expressão de Angela ficou amarga. Ela soprou outra faixa de fumaça. Cinco segundos se passaram, e por fim ela lançou as mãos para cima.

— Céus. Pare de me olhar assim. Foi fraude, certo? Criei identidades falsas para manter pessoas *fora* da cadeia. Criei novas vidas para elas. Encontrei formas para que recomeçassem.

Spencer piscou de novo.

— Espere, está falando sério?

Angela revirou os olhos.

— Por que eu mentiria?

— Os policiais encontraram as pessoas que você ajudou?

Angela balançou a cabeça.

— Ninguém, menos uma idiota que não seguiu as regras; entrou em contato com alguém da família, e a polícia estava monitorando os telefones. Conseguiram rastrear a identidade falsa dela até mim. Tive de denunciar algumas das pessoas que ajudei, mas elas já deviam estar bem longe. Até onde sei, nunca conseguiram pegá-las.

Spencer passou as mãos em cima do laptop, o coração batendo mais forte.

— Então é como o programa de proteção a testemunhas... só que não através da polícia.

Angela concordou.

— Dá para dizer isso, sem dúvida. É uma nova vida.

— Você... *ainda* faz isso?

Angela estreitou os olhos.

— Só para casos muito especiais. — Angela olhou dentro dos olhos de Spencer. — Não é para qualquer um, sabe? Não se pode deixar rastros. Não se pode entrar em contato com ninguém que conheça da vida anterior. É necessário começar de novo como se fosse... não sei. Como se tivesse sido largada aqui por uma nave espacial. Tem gente que não aguenta.

Spencer não conseguia acreditar. Nas últimas duas semanas, deitada na cama, *fantasiara* sobre alguém que, como um agente de viagens, pudesse conseguir um passaporte e documentos que tirassem a pessoa das dificuldades do momento e a deixassem em um mundo em que não estivesse encrencada. E ali estava alguém que de fato *fazia* isso, sentada na frente dela.

Avaliou como seria deixar Rosewood e não olhar para trás nunca mais. Tornar-se outra pessoa, por completo, e nunca, *jamais* dizer a verdade para ninguém. Nunca ver a família de novo. Sentiria falta deles. Bem, talvez não da mãe, que parecia não se importar que Spencer estivesse sendo julgada por assassinato, mas sentiria falta do pai. E de Melissa, de quem se aproximara havia pouco tempo; Melissa fora muito veemente a respeito do fato de que Spencer estava sendo acusada injustamente, embora tivesse evitado falar de forma explícita sobre Ali para a imprensa. Sentiria falta dos amigos, claro... seria tão estranho não *falar* com eles de novo. Mas pelo que ela viveria ali? Não tinha nenhum garoto em vista. Nenhum futuro universitário. E *qualquer coisa* era melhor do que a cadeia.

Ergueu os olhos e fixou-os nos de Angela.

– Faria isso para mim?

Angela apagou o segundo cigarro.

– O preço inicial é cem.

– Dólares?

Angela deu uma risadinha.

– Tente cem *mil* dólares, benzinho.

O queixo de Spencer caiu.

– Eu... eu não tenho dinheiro assim.

– Bem, então essa conversa nunca aconteceu – disse Angela, com a voz subitamente gelada. – E se contar a alguém sobre isso, *persigo e destruo você*. – Cruzou as pernas outra vez e continuou, com a voz de volta ao normal: – Então. Quer falar sobre as gangues de garotas ou não?

Talvez fosse o cigarro de mentol, talvez fossem o rei e a rainha mal-humorados observando-a da tapeçaria, ou talvez ainda fosse a ameaça do candelabro gigante cair e arrebentar a cabeça dela, mas de repente Spencer sentiu-se tonta. Levantou da cadeira.

– Na verdade, si-sinto muito. Acho que preciso ir embora.

– Pior para você. – Angela sacudiu os dedos. – Fico com os trezentos, mesmo assim.

Em instantes, Spencer estava de volta à varanda. Angela não a seguiu.

A buzina de um carro soou, barulhenta, a algumas ruas de distância. Spencer encostou na parede, ofegante. Naqueles dez segundos, quando achara que desaparecer era possível, começara a vislumbrar uma nova vida. Uma vida tranquila. Alguns novos conhecidos, amigos. E ir para a faculdade como outra pessoa. Ainda vivendo uma vida com um propósito. Ainda sendo *vitoriosa*. Ainda sendo Spencer Hastings, só que com um nome diferente.

A cadeia vai destruir sua vida, anote o que estou dizendo.

Pegou o celular e olhou para ele, subitamente humilde. Angela estava certa: a cadeia a comeria viva.

Digitou o número de Emily. Tocou duas vezes antes que ela atendesse.

– Mudei de ideia – disse Spencer antes mesmo que Emily pudesse dizer oi. – Posso falar com meu pai. Vamos ver Nick.

3

O INTERROGATÓRIO

Hanna Marin conduziu seu Prius por uma estrada sinuosa que levava para fora da cidade de Rosewood. O ar do final de primavera cheirava a perfume Flowerbomb, o sol estava esperançosamente brilhante, dando ao seu rosto alguma cor, suas três melhores amigas apertavam-se no carro com ela, e o som do rádio estava nas alturas. Para a maioria dos transeuntes, elas provavelmente pareciam um grupo de meninas saindo em viagem de férias de verão. Não acusadas de assassinato indo conversar praticamente com o próprio assassino na cadeia. Seu celular vibrou e, enquanto reduzia a velocidade diante de um sinal vermelho, deu uma olhada na tela. *A que horas devo chegar?*, dizia a mensagem do namorado, Mike.

Hanna passou a língua sobre os dentes. Graças a Deus, não perdera Mike depois que os *paparazzi* haviam espalhado aquelas fotos dela na canoa com Jared Diaz, o ator que estrelava junto com ela *Burn It Down*, um filme que contava as desventuras dela e das amigas com Ali. Agora, ela e Mike estavam mais próximos do que nunca. Desde que tinha sido liberada da cadeia sob fiança, ele fora à sua casa todos os dias, levando comida e filmes água com açúcar, que assistia junto com ela, tentando ao máximo não fazer piada da história.

Olhou em volta, passando os olhos pelos campos vastos e pelos galpões vermelhos. Por um breve instante, pensou em contar a Mike o que estavam planejando. Era uma má ideia, entretanto: Mike se imaginava como o cavaleiro de Hanna, em uma armadura brilhante. Provavelmente tentaria salvá-las.

Não dormi bem a noite passada, estou pensando em dar um cochilo, digitou Hanna rapidamente de volta. *Talvez hoje à tarde?*

Houve uma pausa antes de Mike mandar uma resposta: *Claro.* Quando o aviso de outra mensagem fez o aparelho vibrar, Hanna imaginou que fosse de Mike de novo, insistindo para vê-la. Mas então viu o nome de Hailey Blake.

Ergueu as sobrancelhas. Hailey era uma megaestrela de cinema, super na moda, temperamental, que se tornara amiga de Hanna durante sua breve aparição em *Burning It Down*. Hanna supôs que Hailey a deixaria para lá depois que tinha abandonado, sem aviso, seu papel interpretando a si mesma – e, sim, depois de ter sido presa por assassinato –, mas Hailey vinha mandando ainda *mais* mensagens recentemente. Aquela dizia: *Acabei de ver outra matéria sobre você na CNN. Seu cabelo estava REALMENTE INCRÍVEL.*

Hanna deixou o celular cair no colo. Era a cara de Hailey não dar bola para as encrencas em que Hanna estava metida. Era bom que alguém em Hollywood ainda pensasse que ela era a tal. Hank Ross, o diretor de *Burn It Down*, que dissera que Hanna era *um talento natural* e *tinha um futuro brilhante,* nem sequer retornava suas ligações. Nem Marcella, a mais recente agente de Hanna.

Todas as vezes em que Hanna pensava em sua quase tentativa de tornar-se uma estrela, caía no choro e não conseguia respirar. Doía mais do que quando se dera conta de que Mona, sua antiga melhor amiga, era a primeira A e vinha tentando matá-la. Doía mais do que quando descobrira que Ali tinha uma irmã gêmea e nunca contou. Doía até mais do que quando o pai, que um dia tinha amado mais do que qualquer pessoa no mundo, abandonara-a mais de uma vez, dizendo que ela "não trazia uma imagem boa para sua campanha política". Trabalhar como atriz fora alguma coisa totalmente dela... e era de fato boa naquilo. Pensara que pudesse ser seu futuro.

Mas agora... bem. Sua única chance de estrelato era no programa *Os mais procurados da América*.

– Sinal verde – resmungou Emily, impaciente, do banco de trás.

Hanna acelerou, lançando um olhar para Emily pelo retrovisor. Sua amiga estava mais magra, e os olhos saltavam do rosto. Hanna ainda estava muito preocupada com Emily, porque ela quase tinha pulado de uma ponte em Rosewood, depois tivera aquela crise de nervos na casa da piscina onde haviam emboscado Ali e não contara para as amigas. E, ultimamente, Em parecia meio... *irritável*. Como se uma pessoa invisível estivesse dando choques nela. Ela também estava incrivelmente agitada naquela manhã, como se tivesse tomado um milhão de Red Bulls. Hanna ficou pensando se a amiga tinha dormido na noite anterior.

Mas, na verdade, nenhuma delas parecia muito bem – inclusive a própria Hanna. Spencer sugava o canudo da garrafa de água com tanta força que linhas surgiram em torno de sua boca. Aria não parava de balançar as pulseiras, fazendo barulho. Hanna retocara o batom umas seis vezes, o que sempre fazia quando estava incomodada. Será que *alguma* delas estava pronta para falar com Nick?

Hanna entrou em uma estrada cuja placa dizia PRISÃO ALLERTON, PRÓXIMA À ESQUERDA. O prédio da prisão, um caixote baixo e sombrio, apareceu a distância, envolto em uma profusão ameaçadora de arame farpado. Hanna passou pela entrada e estacionou. Todas ficaram quietas quando passaram pela entrada de visitas e entregaram as identidades para uma mulher atrás de uma mesa. Enquanto ela anotava seus nomes e contatava um guarda lá dentro, Hanna deu uma olhada furtiva em volta, com o coração batendo forte. O ar cheirava a carne estragada. De algum lugar dentro dos muros vinha um urro profundo e masculino, que parecia uma mistura de rosnado com gemido.

Um guarda colocou a cabeça para dentro da sala de espera.
– Visitas para Maxwell?

Todas levantaram-se num pulo. O guarda fez sinal para que o seguissem, e logo estavam em uma sala longa e estreita. Ele conduziu-as para um vestíbulo privado no final, e elas entraram atabalhoadamente. Não havia outras visitas ali. Uma luz fluorescente bruxuleava no teto.

Uma porta na parede do fundo se abriu. Um guarda empurrou para dentro do aposento um sujeito algemado usando o macacão da prisão. O peito de Hanna apertou. Ali estava ele. *Nick.*

O rapaz perdera bastante peso desde que ela o vira pela última vez no porão e estava totalmente diferente de quando ela o encontrara *pela primeira vez*, quando as entupira, ela e sua nova amiga, Madison, de bebida em um bar na Filadélfia. Sem nem dar uma olhada em volta, Hanna percebeu que as amigas estavam, cada uma a seu modo, lutando com suas próprias histórias do Nick que *elas* haviam conhecido, o mestre dos disfarces que as enganara fazendo-as acreditar nele, e o Nick que amava Ali. Ainda assim, era excitante vê-lo usando o uniforme de presidiário. Quem dera Ali estivesse ao seu lado, atrás das grades.

Nick ergueu a cabeça e as avistou. Estreitou os olhos. A boca formou uma linha reta e raivosa. Olhou para o guarda e balançou a cabeça, murmurando algo que parecia um *não*.

Spencer deu um pulo.

— Não estamos aqui para xingar você. Estamos do seu lado.

Nick olhou-as de lado outra vez. Havia uma sombra de machucado perto do seu olho. Seu peito subia e descia como se ele tivesse corrido muito. Finalmente, ele relaxou os ombros e arrastou-se até a cadeira do outro lado da mesa, em frente às meninas. Estava tão próximo. Hanna podia esticar a mão e tocá-lo se quisesse. Olhou para as mãos dele. A pele sob as unhas estava bem suja.

— Olhe, você sabe tão bem quanto nós que Ali não está morta — começou Spencer, quando ninguém mais falou. — Ela é esperta demais para isso. Ouvimos o que escreveu sobre você naquele diário. Ela mentiu sobre nós também. Enganou a nós *todos*. Ferrou a nós *todos*. Deveríamos estar do mesmo lado agora.

Os olhos de Nick moveram-se.

— Não sei, garotas. Talvez vocês *a tenham* matado. — Inclinou a cabeça de lado, provocando-as. — Eu me lembro bem da raiva nos olhos de vocês, naquele porão em que as prendemos. Eu me lembro bem de como vocês queriam que ela desaparecesse.

Hanna cerrou o punho.

— É, e *eu* lembro bem como era fácil para você torturar pessoas, a julgar pelo que fez com *a gente* naquela noite. — Ela não piscou. — Quem garante que não tenha feito o mesmo com Ali?

O ar brincalhão no rosto de Nick desapareceu.

— *Eu* a amava.

— Ainda a ama? — desafiou Hanna.

Nick resmungou alguma coisa que Hanna não conseguiu ouvir.

Aria mudou de posição.

— Olhe, estamos tentando encontrar Ali. Trazê-la de volta, fazê-la explicar; isso vai ajudar você também. Você vai ficar preso bem menos tempo. Sabemos que não orquestrou esses assassinatos. Sabemos que não é o líder do bando.

O maxilar de Nick estava tão tenso que veias grossas saltavam do seu pescoço.

— Odeio vocês, vadias — sussurrou ele, com voz rascante. — Vocês deviam ter morrido naquele porão. Ali e eu devíamos ter escapado juntos.

— Mas, em vez disso, ela deixou você para que a polícia o encontrasse — pressionou Emily. — *Armou* para você.

O lábio inferior de Nick tremeu.

— Ela estava tentando se salvar. Era parte do nosso plano.

Aria deu um risinho irônico.

— Era parte do seu plano assumir a culpa por todos os crimes dela?

— Claro que era. Estávamos apaixonados. Eu a amo. Ela me *amava*.

Emily se inclinou na direção dele.

— Não, não amava — disse ela com voz firme. — Quer saber como eu sei? Ela me contou quando tentou me afogar. Disse que fui eu quem ela sempre amou. Disse que estava apenas usando você. *Riu* falando disso.

Hanna voltou-se e encarou Emily, boquiaberta, mas Emily não a olhou. Não falara muito sobre a tentativa de Ali de afogá-la na piscina do colégio Rosewood, mas Hanna suspeitava que a tivesse abalado por dentro.

Nick lançou um olhar desconfiado para Emily.

— Ela não disse isso.

— Disse sim — afirmou Emily. — Disse que você era patético. Um *nada*.

Expressões conflitantes cruzaram o rosto de Nick. O coração de Hanna bateu mais forte. Ele ia desmoronar. Ela conseguia perceber isso.

Spencer se ajeitou na cadeira.

— Diga-nos onde ela está. *Por favor.*

Nick fez um ruído de desprezo.

— Como se eu soubesse.

— O último lugar em que ela esteve foi na propriedade dos seus pais em Ashland — reforçou Hanna, as palavras saindo atropeladas. — Você tinha contado para ela sobre aquele lugar?

Ele desviou o olhar.

— Estivemos lá algumas vezes. Não é de surpreender que tenha se escondido ali.

— Sua família tem outros imóveis onde ela pode estar escondida? — perguntou Hanna.

Spencer olhou para ela.

— Ali não faria algo tão óbvio. Estão no catálogo on-line, lembra? Tenho certeza de que a polícia está procurando em todos eles.

— *Tenho certeza de que a polícia está procurando em todos eles* — zombou Nick. Cruzou os braços. — Vocês acham que são muito espertas, mas não entendem? A polícia *não está* procurando por ela. Não acha que ela está por aí. Acha que está morta, graças a vocês. – Apontou para elas.

– Então você *não* acha que ela está morta – retrucou Spencer.

Nick deu de ombros.

– Não sei – admitiu.

O coração de Hanna deu um pulo.

– Onde acha que ela está, se tivesse que chutar?

Nick tomou fôlego, como se fosse falar. Então uma sombra pairou sobre eles. O guarda bateu no ombro de Nick.

– O tempo acabou.

– Espere! – Emily deu um salto. – O que você ia dizer?

– O tempo acabou – repetiu o guarda, irritado.

– Nick, por favor! – implorou Spencer. – Diga!

Nick olhou para elas.

– Ali gostava muito de pegar conchinhas em Cape May – disse ele. – Caminhamos com minha avó, Betty, na praia, uma vez. Ela está senil, não sabia quem era Ali e ficava me chamando pelo nome do meu pai. Foi um dia agradável, mesmo assim.

As meninas se entreolharam.

– O que quer dizer? – Spencer gritou nas costas dele. – Ali está em Cape May?

– Está com uma pessoa chamada Betty? – tentou Aria.

Mas era tarde demais. Nick acenou alegremente. O guarda empurrou-o pela porta. Esta bateu com força, e o som metálico explodiu nos ouvidos de Hanna.

No que pareceram ser alguns instantes depois, estavam de volta ao estacionamento. Um gambá acabara de expelir líquido, e o ar estava com um fedor rançoso. Hanna suspirou.

— Bem. Estou satisfeita por termos feito *isso*.

Spencer tocou no braço de Emily.

— Ali disse mesmo a você essas coisas sobre não amar Nick?

Emily balançou a cabeça.

— Apenas achei que ia fazê-lo se abrir. E funcionou.

Aria deu um suspiro.

— Sabem, talvez Nick *estivesse* tentando nos dizer alguma coisa.

Spencer parou do lado de uma picape.

— O que quer dizer?

Aria retorceu as mãos.

— Talvez Ali *esteja* em Cape May. Talvez os pais dele tenham outra casa lá, ou talvez fosse uma dica sobre a avó dele ter uma casa lá – disse Aria. — A vovó Betty que está gagá.

— Ah, meu Deus. — Hanna sacou o celular e digitou uma busca por imóveis em Cape May, Nova Jersey. — Vou procurar Betty Maxwell. — Uma série de informações apareceram na tela. Hanna demorou alguns minutos passando os olhos por uma lista de nomes e então ofegou. — Gente. Uma pessoa chamada Barbara Maxwell tem uma casa na rua Dune, em Cape May. Betty é apelido de Barbara, não é?

— Precisamos ir – disse Emily no mesmo instante. — *Agora*.

Spencer apertou os lábios.

— Mas isso significa deixar o estado. O que é absolutamente proibido, lembram?

Hanna fez uma pausa, lembrando-se da polícia e de Rubens dizendo a elas como era essencial que ficassem em Rosewood durante o julgamento. Fora incrível que não tivessem sido forçadas a permanecer na cadeia, sem fiança, durante a citação, de fato; pessoas enfrentando acusações de assassinato em geral passavam por isso. Hanna perguntou-se se teriam saído por serem apenas adolescentes. Sabia que arriscavam tudo ao pensar em sair do estado. Mas não conseguia suportar a ideia de Ali conseguir se livrar de novo.

– E se essa for nossa última chance? – disse em tom agudo.

– Concordo – respondeu Aria quando chegaram ao Prius de Hanna. – Ali pode estar lá. Ou pode haver alguma pista que nos leve ao lugar para onde ela foi. Devíamos ir.

Todas se voltaram para Spencer, que parecia perturbada.

– Não sei...

Alguma coisa estalou atrás delas. Hanna voltou-se de repente na direção do som e perscrutou a área. O estacionamento estava vazio, com todos os carros alinhados em filas bem organizadas. O vento virou outra vez, e seu olhar voltou-se para o alto. A única coisa que viu foi um homem uniformizado em cima da torre de vigia. Tinha uma arma enorme na mão.

A garganta de Aria apertou, e seus olhos fixaram-se no guarda. Emily tapou a boca com a mão. Hanna percebeu que estavam pensando a mesma coisa: muito em breve, caso não agissem rápido, um guarda *as* estaria vigiando também.

Spencer deu um gemido abafado.

– Certo – sussurrou. – Vamos para Cape May amanhã de manhã.

4

À BEIRA DO PRECIPÍCIO

Aria Montgomery acordou no sábado com dois braços fortes e quentes em volta dela, abraçando-a. Suspirou profundamente, sentindo o cheiro matinal, meio doce, meio salgado, do namorado, Noel Kahn. Ele tinha dormido com ela durante a última semana, esgueirando-se pela janela depois que a mãe dela já havia ido para a cama, e precisava admitir que era o paraíso dormir de conchinha com ele toda noite. *Poderia me acostumar com isso*, pensou impetuosamente, com os olhos se fechando.

Mas não *iria* acostumar-se com isso. Porque tudo mudaria em breve.

Sentou-se, ereta, quando a realidade a invadiu. Fazia pouco que se reconciliara com Noel, e agora aquilo tudo acabaria. Aria olhou para o rosto tranquilo sobre o travesseiro, desejando que pudesse guardar aquela lembrança intacta para todas as noites solitárias e terríveis que a aguardavam em uma cela de cadeia. *O cabelo dele fica uma bagunça*, entoou em silêncio. *Ele fala dormindo sobre jogos de lacrosse. Ele tem um ar tão fofo e adorável.*

Noel abriu um dos olhos.

— Por que está me encarando?

— Apenas tentando preservar esse instante para sempre — disse Aria, despreocupada, e depois fez um muxoxo. A última coisa que desejava era trazer à baila seu destino próximo logo de manhã.

Mas Noel sentou-se e olhou para ela com uma expressão séria.

— O que quer que aconteça, Aria, vou esperar por você. Estou falando sério.

Aria se afastou. *Até parece.* Era evidente que ela e Noel eram almas gêmeas, mas não podia pedir a ele que esperasse trinta anos para que ela *talvez* obtivesse liberdade condicional.

— Meus seios vão estar murchos quando eu sair — disse.

— Gosto de seios murchos — respondeu Noel, com voz de sono. — Em especial dos *seus* seios murchos.

Aria sentiu as lágrimas marejarem seus olhos. Lançou-se de volta ao travesseiro e olhou para as estrelas fosforescentes no teto do quarto.

— Queria apenas poder ir embora.

— Para onde você iria? — perguntou Noel.

Aria pensou sobre o devaneio que girara mil vezes em sua mente: tinha o dinheiro agora, graças à venda de várias das suas pinturas a óleo. Será que não podia simplesmente sacar um bolão de dinheiro e apenas... ir embora? Se Ali podia, por que não ela?

— Não para uma ilha — disse logo. A viagem durante o feriado de primavera para a Jamaica, no segundo ano do ensino médio, e a confusão com Tabitha Clark, a garota que tentara se passar por Ali, haviam tornado sua vida um inferno no Caribe. Assim como o Cruzeiro Ecológico no terceiro ano, em que Aria quase morrera por causa de uma explosão de bomba na sala da caldeira e fora deixada no mar para se afogar.

– Que tal a Noruega? – sugeriu Noel.

Aria espreguiçou-se.

– Seria bom. A Holanda é legal, também. São muito lenientes lá, e adoro o museu de Anne Frank e aqueles canais todos.

Noel entrelaçou os dedos por trás da cabeça.

– Você poderia pintar em seu tempo livre. Vender algumas obras, arrumar um lugar bacana para nós.

Aria deu um soco nele, de brincadeira.

– Nós? Quem disse que *você* podia vir comigo?

Noel estava com ar de que ia dar uma resposta para provocá-la quando o alarme de Aria tocou. De repente, outra realidade invadiu sua mente. Ela dissera a Spencer que estaria esperando do lado de fora em meia hora.

Saiu depressa da cama.

– Preciso ir.

Noel ficou observando enquanto Aria se ocupava, abrindo o armário, procurando as sandálias de dedo.

– Você vai encontrar o advogado? – perguntou.

– Hum... não. Vou só encontrar as garotas. – Tentou sorrir para ele. – Desculpe. Eu queria fazer o café da manhã para você hoje. – A recém-retomada relação deles ainda parecia nova e tênue. Uma montanha de panquecas sempre fora o caminho para o coração de Noel. – Outro dia?

– Posso ir com você?

– Não!

Noel recuou e em seguida enrugou a testa. Aria dissera aquilo rápido demais, de modo muito brusco. No mesmo instante, ela soube que ele sabia o que Aria estava planejando.

– Aria. – Ele fechou os olhos. – Você não está procurando Ali, está?

Aria se virou para o guarda-roupas e ocupou-se vasculhando uma pilha de camisetas.

– Claro que não.

– Está sim. – Noel saiu de debaixo do edredom. – É perigoso.

Não fazia sentido mentir. Noel acreditara em tudo o que Aria lhe contara. Acreditara que Ali havia armado para elas e ainda estava viva. Mas ambos sabiam como ela era cheia de artimanhas.

Ela deu de ombros.

– É só uma pista meio fraca. Mas vamos tentar, certo? Por favor, não conte a ninguém.

Noel pareceu preocupado.

– Deixe-me ir com você, pelo menos.

Aria soltou a camiseta que estava segurando e pegou as mãos dele.

– De jeito nenhum. – Ali tinha ferido Noel uma vez antes, deixando-o quase morto em um galpão de equipamento esportivo no terreno dos fundos da escola.

Aria não iria envolvê-lo de novo.

– Mas eu posso estar em uma posição única para ajudar – disse Noel com delicadeza.

Aria sentiu uma pontada antiga e incômoda. *Uma posição única.* Alguns anos antes, Noel fora o confidente de Ali e visitava-a na Clínica Psiquiátrica Preserve Addison-Stevens. Ele guardara muitos segredos de Ali... e não compartilhara nenhum deles com Aria quando haviam começado a namorar. Parecia que Noel faria *qualquer coisa* para Ali naquela época. Eles até tinham um código secreto para os momentos em que desejavam entrar em contato um com o outro. Aria não gostava de pensar nisso. Era ridículo, sabia, mas uma pequena parte dela ainda não estava segura de que não estava ali apenas ocupando o lugar que era de Ali. O fato de que Noel tinha namorado brevemente uma sósia de Ali chamada Scarlett, quando ele e Aria estavam separados, não ajudava.

Tentou afastar aqueles pensamentos da mente.

— Provavelmente não vamos conseguir nada de qualquer forma — disse a Noel. — E voltaremos logo.

Noel ainda parecia em dúvida.

— Prometa que vai se manter em segurança, certo? Mande uma mensagem para mim hoje à tarde. — Ele a puxou para perto. — Não quero perdê-la de novo.

Aria beijou a ponta do nariz dele.

— Você não vai me perder. — Ela suspirou, derretendo em seus braços.

Mas esse era o problema. Em breve, ele *iria* perdê-la... para a cadeia.

A menos que as meninas encontrassem o que procuravam.

Uma hora depois, as quatro estavam a toda pela ponte, deixando a Filadélfia. Era um dia carregado, mas a estrada estava cheia, e várias barracas, no acostamento, de fazendeiros vendendo melancia, milho e tomate, atendiam as famílias. Um enorme painel onde estava escrito BEM-VINDOS A NOVA JERSEY passou, e Aria endireitou-se no assento, ansiosa para começar a investigar.

Após mais uma hora, entraram na pitoresca rua principal de Cape May e pararam no primeiro estabelecimento que encontraram, uma antiga pousada cor-de-rosa chamada Atlantic Lighthouse. Uma piscina grande, com um trampolim azul antigo e dois conjuntos de mesa e cadeiras meio usados, ocupava uma das laterais do prédio, e havia um farol fixado no telhado, enferrujado e cheio de cocô de passarinho. Quando Aria abriu a porta e entrou no saguão, um sopro gelado de ar-condicionado fez seus braços se arrepiarem. Uma loura falsa ergueu os olhos do noticiário na pequena televisão atrás do balcão e lançou a elas um olhar estranho.

O coração de Aria apertou. Em seguida, ela olhou para baixo e viu algo assustador: bem ali, na primeira página de uma pilha de jornais USA Today, estava estampada uma foto grande de Ali, uma menor do pai dela e uma ainda menor que mostrava Spencer, Emily, Hanna e a própria Aria. *O julgamento começa terça-feira*, dizia o jornal. *O pai de DiLaurentis faz pressão.*

Rapidamente virou o jornal ao contrário, com a respiração ofegante. Será que a funcionária as reconhecera? Todas estavam de óculos escuros, e Hanna usava um chapéu para esconder o cabelo acobreado facilmente identificável, mas talvez não fosse o bastante. Aria considerou a hipótese de sair correndo dali. Mas pareceria ainda mais suspeito, não?

– Hum, oi – disse Spencer, trêmula. – Será que pode nos indicar onde fica a rua Dune? – Era a rua da casa de Betty Maxwell.

A mulher assentiu e apontou para a esquerda. As garotas estavam indo embora quando ela limpou a garganta e indicou a placa no balcão. PREVISÃO DO TEMPO EM CAPE MAY, dizia, e listava informações sobre as temperaturas do dia e as marés.

— Ouviram falar da tempestade?

Aria relaxou um pouco. A mulher não parecia saber quem eram.

— Parece que vai ser grande, amanhã no final da manhã — disse a mulher, e revirou os olhos. — Não aguento mais esse tempo maluco.

Depois voltou a assistir à televisão. As garotas apressaram-se em voltar para a rua e foram na direção da rua Dune, não sem que Aria pescasse o jornal *USA Today* antes. Passou os olhos pela matéria. O pai de Ali pedia justiça para a filha assassinada, dizendo que iria sentar na fileira da frente no julgamento delas. Depois notou algo interessante.

— Vocês sabiam que a mãe de Ali não vai ao julgamento? — perguntou em voz baixa, lendo enquanto andava. — Diz aqui que a sra. DiLaurentis está traumatizada demais para ficar na mesma sala que nós.

Emily deu uma risada sarcástica.

— Essa é a prova que Ali ainda está viva. Uma mãe estaria no julgamento com certeza, a menos que soubesse que a filha não está mesmo morta.

Spencer fez uma careta.

— Ou então ela é completamente perturbada e não consegue aguentar isso.

— Da minha parte, fico satisfeita que ela não esteja lá — disse Aria devagar. A última coisa que desejava era ficar frente a frente com Jessica DiLaurentis. A mãe de Ali era gelada nos bons tempos.

Dobrou o jornal, jogou-o na lixeira e correu para alcançar as amigas. O sol já estava alto e quente. Um grupo de meninos a caminho da praia, com baldinhos, pranchas de bodyboard e cadeiras dobráveis, passou por elas, falando alegremente uns com os outros. O ar cheirava a protetor solar e casquinhas de sorvete artesanais.

Hanna olhou em volta, pensativa.

– Meu pai tinha o hábito de vir comigo e com Nossa Ali... Courtney... aqui. – Chutou um seixo na calçada. – Vimos Mona em uma das últimas vezes. Ali foi impiedosa com ela.

Emily deu uma fungadela, cheia de amargura.

– Nenhuma surpresa até aí. – Depois seu rosto se contorceu, como se tivesse sentido dor.

– Você está bem? – perguntou Aria, preocupada.

– Arrã – respondeu Emily, rápido.

Talvez rápido *demais*. Aria observou-a com cuidado. Emily parecera tão... *perturbada* por toda essa história de Ali, e fora tão estranho que ela quase tivesse pulado daquela ponte algumas semanas antes. Mas todas as vezes que Aria perguntava o que havia de errado, Emily a afastava.

– Vim aqui com Courtney uma vez também – disse Aria. – Ela riu de mim porque eu usava protetor com fator 50. Disse: "É por isso que os caras não gostam de você, Aria. Porque você é branca como um fantasma." Aí usei seu óleo para bebê. Fiquei ardendo, foi uma droga.

– E Courtney provavelmente riu, não foi? – resmungou Hanna.

Aria evitou uma falha da calçada.

– Foi. – É verdade que Courtney não era tão diabólica quanto a *Verdadeira* Ali, mas fora uma vadia manipuladora.

Entraram na rua Dune e foram olhando os números das casas, até chegar a uma de dois pavimentos com telhado de madeira verde e um jardim na frente cheio de pedras pintadas com cal. As venezianas estavam fechadas, e não havia carro na entrada nem móveis na varanda, e era a única casa do quarteirão que não tinha uma placa de À VENDA na frente.

Hanna enrugou a testa.

– Alguém verificou se Betty Maxwell ainda está viva?

– Não parece mesmo que há alguém em casa – disse Spencer.

Emily deu alguns passos em direção a casa. As outras a seguiram. Spencer tirou um par de luvas descartáveis do bolso, calçou-as e tocou a campainha. Nenhuma resposta. Girou a maçaneta, mas a porta estava trancada.

Emily mordeu o lábio inferior. Em seguida, sacou o próprio par de luvas, deixou a varanda e foi tentando abrir cada uma das janelas que rodeavam a casa. Desapareceu rapidamente no canto e de repente gritou:

– Estamos dentro!

Todas correram para onde ela estava. Emily conseguira abrir uma janela lateral o suficiente para se esgueirar pela abertura.

– Vou abrir a porta da frente para vocês.

– Não sei, Em... – Aria olhou para trás na direção da rua. – Estamos em plena luz do dia. Alguém pode ver.

Emily deu uma risada zombeteira e, com um impulso, chegou até a abertura da janela.

– Não foi por isso que viemos?

Ela deslizou para dentro sem esperar resposta. O coração de Aria bateu forte. Esperou um alarme soar, alguém gritar, um cão começar a latir raivoso... Mas não houve nada. Alguns instantes depois, a porta da frente abriu, e Emily estava ali. As meninas se apressaram em entrar.

A casa estava escura e cheirava a areia. Aria esperou os olhos se acostumarem. A sala estava vazia e as paredes eram forradas de um papel de parede desbotado, com desenhos de cavalos-marinhos. O tapete azul-escuro estava manchado e gasto. Uma pilha de correspondência encontrava-se junto da porta, mas a maioria dos envelopes era de propagandas do armazém local, dirigidas ao *Morador Atual*.

Emily foi até a cozinha. Aria observou-a enquanto abria a geladeira e espiava o interior. Estava vazia, e as prateleiras, limpas. Procurou nos armários e gavetas, vazios também. Testou a torneira, mas não saiu água. Spencer abriu um armário de roupas.

— Nada — disse.

Aria foi na ponta dos pés até o vestíbulo escuro e enfiou a cabeça em cada um dos quartos. Em todos, encontrou uma cama bem-arrumada e nada além. Verificou sob as camas, mas não havia nada escondido ali. Também não encontrou nenhuma roupa esquecida nos armários. Olhou dentro do banheiro. Não tinha cortina de chuveiro, e a banheira cheirava a água sanitária. Mesmo assim, parecia que uma presença continuava a fazer-se sentir ali. Talvez a última pessoa a ocupar a casa. Ou quem sabe um fantasma.

Aria fitou um pequeno armário no fundo do banheiro, que não notara de início. Algo rangeu — talvez de dentro. Sentiu a pele toda arrepiar. Será que havia alguém *dentro* do armarinho? *Ali?*

A mão dela tremia quando pegou a maçaneta. Seu estômago revirou enquanto a girava. A porta se abriu com um rangido, e Aria protegeu o rosto com a mão, pronta para um ataque.

Silêncio. Abriu os olhos. O armário estava completamente vazio, com as prateleiras limpas.

Suspirando, voltou para a sala de estar. Spencer e Hanna aguardavam, parecendo tão assustadas quanto ela. E então ouviram Emily chamar da porta ao lado da garagem.

— Venham *aqui*.

Elas se precipitaram para fora. Emily esticou a cabeça para fora da garagem pequena e vazia.

— Estão sentindo esse cheiro? — disse animada.

Aria enrugou o nariz. Olhou para as amigas.

— É... baunilha? — Era o cartão de visitas de Ali: um sabonete enjoativo de baunilha.

Os olhos de Emily se arregalaram.

— Deveríamos chamar a polícia. Isso prova que ela ainda está viva.

Spencer voltou para dentro da casa vazia.

— Em, não é o bastante para fazer com que a polícia venha até aqui. — Suspirou. — Além do mais, ela não está aqui *agora*.

Emily as encarou.

— Ainda assim. É uma *pista*.

— É um truque — corrigiu-a Spencer. — E já aconteceu antes. Ali nos deu a dica de que estaria na casa da piscina e limpou todas as suas impressões digitais do lugar. É a mesma coisa que está acontecendo aqui, Em.

Emily voltou-se para Aria.

— Mas ela pode ter acabado de ir embora. Poderíamos perguntar às pessoas desta rua. Pessoas no mercadinho. *Alguém* deve tê-la avistado. Aria, o que acha?

Aria baixou os olhos.

— Em, acho que Spencer está certa.

Emily deu um tapa no batente da porta.

— Então não vamos fazer *nada*?

Spencer pousou a mão no ombro de Emily.

— Em. Calma.

Emily desvencilhou-se, soltando um som dolorido e agudo.

— Não posso apenas ir embora daqui! Preciso tirá-la da minha cabeça! Ela está *me matando*!

As meninas trocaram olhares nervosos. O coração de Aria começou a bater com força. Será que Emily achava que Ali estava presa dentro dela ou algo assim?

— Em! — Ela a segurou pelos ombros. — Em, *por favor*. Você está nos assustando.

Aria abraçou Emily até que a amiga parasse de se debater. Quando Emily voltou-se para encará-las de novo, seu rosto estava vermelho e ela ainda ofegava, mas não parecia tão descompensada.

— É o fim, não é? — perguntou em um tom calmo e sem entonação.

Aria assentiu com tristeza.

— Acho que sim.

Emily apoiou-se em Aria. Hanna juntou-se ao grupo, abraçando os ombros de Emily. Spencer chegou por último, com o corpo tremendo e soluçando.

— Sei que é difícil — murmurou Aria. — Todas queríamos encontrá-la.

— Mas vai ficar tudo bem — disse Hanna, cheia de coragem. — O que quer que aconteça, temos umas às outras.

Emily olhou para elas e tentou sorrir, mas logo seu rosto se desfez de novo.

Abraçaram-se pelo que pareceram séculos. Quando se separaram, todas enxugaram os olhos. Aria sentia-se vazia. Era uma droga que não fosse voltar para Noel triunfante e que começariam o julgamento sem provas de que Ali estava viva. O futuro era tão sombrio. Tinham pouco a esperar.

Saíram pela porta e começaram a descer pela calçada. A distância, ondas quebravam e crianças riam. Alguém ouvia rádio bem alto, e Aria sentiu cheiro de churrasco. Parecia cruel, de verdade, testemunhar todas essas imagens felizes, os sons e cheiros naquele momento. E quando um caminhão de sorvete tilintou na curva, foi quase demais para aguentar. Um adolescente passou a cabeça pela janela.

– Querem um? – perguntou.

Hanna cutucou Emily.

– Compre um picolé. Vai animar você.

– Vamos todas comprar alguma coisa. – A voz de Spencer estava artificialmente alegre. – Na verdade, devíamos passar o resto do dia aqui, meninas. Tomar sorvete. Passear, jantar bem e ir embora amanhã cedo, antes da tempestade. Podíamos ficar na pousada onde pedimos informação. O que acham?

Aria pensou um pouco e concordou. Um dia na praia era como o equivalente à última refeição do prisioneiro no corredor da morte, mas elas já estavam ali. Podiam mesmo aproveitar.

– Certo – disse Emily. E todas pareceram dar um suspiro coletivo de alívio.

Entraram na fila do sorvete. Aria examinou as opções de sabores: não haviam mudado desde que era criança. Quando fechou os olhos, respirando o ar salgado e sentindo o sol quente, quase *sentiu-se* uma criança outra vez; aquela garota comprida e insegura que deixava sua melhor amiga provocá--la sobre o fato de nenhum garoto gostar dela por ser branca demais.

Voltaria àquele dia em um estalar de dedos; tudo era melhor do que o que vinha pela frente. Até aguentaria as queimaduras de sol.

5

EMILY MERGULHA FUNDO

Emily estava deitada imóvel no colchão ruidoso da cama de casal da pousada. Hanna, ao seu lado, dormia de barriga para baixo, com uma máscara de cetim sobre os olhos e fones nos ouvidos. Aria e Spencer estavam enroscadas na outra cama de casal, respirando suavemente. O ar-condicionado ronronava em um canto, e a luzinha de alerta do telefone de alguém piscava na mesa.

O vento começara a uivar, e Emily conseguia ouvir as ondas quebrando mesmo de dentro do quarto. Parecia que a tempestade estava chegando antes do previsto. No ano anterior, Emily assistira a vídeos de um furacão parecido com aquele. Em um dos filmes, um homem perdera-se em seu barco a remo, levado pelo mar. A câmera permaneceu filmando-o enquanto tentava lutar contra a corrente, uma e outra vez, remando sem sucesso. Os helicópteros de socorro não haviam conseguido chegar até ele. Nenhum salva-vidas tinha coragem de nadar até lá, nem mesmo um barco de resgate conseguiu chegar perto. Mesmo assim, a mídia permaneceu filmando-o até o fim trágico. Emily, basicamente, vira um homem morrer pela televisão.

Você não gostou, não foi, Emily?, disse Ali, rindo na cabeça dela.

Emily olhou o relógio de relance: 5:03. Não conseguia parar de pensar em Ali. *É um truque*, dissera Spencer sobre o cheiro de baunilha. Mas será que era? Será *mesmo* que era?

Emily correu a mão pela barriga nua. Haviam tomado sorvete de tarde, e em seguida permitiram-se um jantar de peixe frito à noite, encontrando inclusive um lugar em que o barman lhes servira margaritas. Mas Emily quase não sentira o gosto de nada. Sentia como se sua cabeça estivesse enevoada e reagia meio segundo atrasada ao que as amigas diziam, perdendo piadas inteiras, demorando demais até para piscar. *Em, você está bem?*, continuavam a perguntar, mas era como se estivessem falando com ela embaixo d'água: mal conseguia ouvi-las. Sentira-se assentir, sentira-se tentar sorrir. O peixe com fritas que pedira estava quente demais, mas, quando os colocara na boca, mal registrou que queimara a língua.

Talvez nunca sentisse gosto de novo. Talvez nunca *sentisse* de novo. Apesar de tudo, talvez essa fosse uma boa atitude a levar para a cadeia.

Isso mesmo, concordou Ali.

Emily pensou de novo no cheiro de baunilha. Ali estivera naquela casa, ela sabia. Talvez tivesse pedido um sanduíche de sorvete desse mesmo caminhão. Talvez tivesse descido até a praia, relaxado na areia, ido nadar um pouco. Talvez tivesse dormido tranquila e profundamente, acordando a cada manhã para ler mais notícias ruins sobre Emily, Spencer, Hanna e Aria. Emily só podia imaginar a satisfação de Ali ao saber que elas quatro em breve estariam na cadeia para sempre. Provavelmente jogara a cabeça para trás ao gargalhar, excitada por ter enfim vencido.

Mas Ali só venceria se Emily andasse obediente até a prisão, como se esperava que fizesse. Havia outro jeito. Outra resposta, mas sombria e assustadora. Outro caminho que Emily podia ousar tomar.

Será que devo? Empurrou as cobertas e pousou os pés no carpete, sentindo uma pontada de *déjà vu*. Enfiou o maiô e o short. Parou para escutar o vento que uivava com violência, balançando as janelas, fazendo estalar as paredes.

Depois olhou para as amigas. Hanna se virou na cama. Spencer chutou, dormindo. Emily sentiu uma ponta de culpa. Sabia que aquilo as devastaria, mas era a única opção. Cerrou o maxilar, pegou um pedaço de papel timbrado da pousada e rabiscou as palavras que ordenara na cabeça. Depois escapou pela porta, sem se preocupar em levar uma chave. Com alguma sorte, teria partido antes que as amigas acordassem.

O corredor recendia a cerveja. Saiu tateando as paredes até chegar à escada externa, e foi descendo com cuidado. Uma rajada de vento atingiu-a de lado, empurrando-a contra o corrimão. Ficou ali parada um instante, segurando-se, pensando outra vez nas amigas e na angústia que logo sentiriam, antes de continuar a caminhar pela calçada. Dali, lutou para chegar até o caminho da praia, com o vento empurrando-a para trás a cada passo. O sol estava apenas nascendo, e o céu era uma mistura de azuis-escuros e tons rosados. Uma bandeira vermelha de aviso indicando que o nado estava terminantemente proibido tinha sido erguida em cima da barraca do salva-vidas. O vento estava conseguindo rasgá-la em tiras muito rápido.

Emily lutou para descer a escadinha que levava à praia e enfiou os pés na areia fria. As ondas lambiam a praia, para a frente e para trás, sem padrão discernível. Estouravam com raiva, cáusticas, com tanto poder que sem dúvida destruiriam qualquer coisa em seu caminho. De repente, pensou ter ouvido alguma coisa acima das ondas e do vento. Uma risada? Alguém respirando? Voltou-se de súbito, olhando o caminho escuro até a praia, tão fixamente que seus olhos começaram a traí-la. Será que aquilo era uma garota agachada nas dunas, observando? Será que Ali estava *lá*?

Emily endireitou-se, olhando com atenção, mas mesmo querendo muito ver alguma coisa, não havia nada. Fechou os olhos e imaginou o que Ali faria se a visse agora. *Será* que riria? Aquilo não era parte do plano, afinal. Talvez ela respeitasse Emily pelo que estava prestes a fazer. Talvez até a temesse.

Como as outras, Emily também tinha uma lembrança de Ali de Cape May, mas ela e Ali não tinham ido para lá juntas. A lembrança era do sexto ano, antes que Emily e Ali fossem amigas. A lembrança era então da Ali *Verdadeira*, não de Courtney. Ali estava sentada à distância de algumas toalhas da família de Emily, com um ar misterioso que seus grandes óculos escuros lhe conferiam, sussurrando e rindo com Naomi Zeigler e Riley Wolfe. Emily fitara-a fixamente, sentindo um arrepio interno. Ela não apenas queria *ser* Alison DiLaurentis, a garota que todos adoravam. Queria estar *com* ela. Tocá-la. Trançar seu cabelo. Cheirar suas roupas quando ela as tirava na hora de dormir. Sorvê-la.

Ali olhara para Emily e dera um sorrisinho. Depois cutucara Naomi e Riley, e todas as três deram risada. Certa de que Ali percebera seus desejos, Emily ficara de pé num pulo e correra para a água, nadando sob as ondas. Nadara rápido e pesado, até o píer, ignorando os apitos do salva-vidas avisando que fora longe demais. *Esse tipo de garota nunca ficaria sua amiga,* uma voz dissera na sua cabeça. *E certamente nunca ficaria interessada em você.*

Uma onda a capturara e a levara até o fundo. Quando chegou à superfície, cuspia água e resfolegava. Todo mundo olhava para ela, provavelmente sabendo dos seus pensamentos impuros e ridículos. Quando ela voltara para sua toalha, Ali a observava de novo, embora dessa vez parecesse um pouco impressionada.

– A água não a assusta, não é? – disse ela.

A pergunta tomara Emily de surpresa.

– Não – dissera com calma. Era verdade. Não era das ondas que sentia medo.

Nem sentia medo delas agora.

Emily voltou-se para enfrentar as ondas mais uma vez, mantendo essa lembrança de Ali – da Ali *Verdadeira,* da Ali *louca* – guardada dentro de si. Mal sabia, então, que um dia essa garota linda e terrível seria o centro da sua vida. Mal sabia que Ali tiraria tudo dela.

– Não estou com medo – sussurrou Emily, tirando a camiseta. Esperou que a Ali na sua cabeça respondesse, mas, estranhamente, a voz ficou quieta.

As ondas quebravam, espalhando espuma branca. Emily entendia o poder do oceano; sabia que podia levá-la para o fundo depressa, mais depressa do que no sexto ano. Nessas condições, ela seria puxada para baixo e girada como um seixo. Imaginou sua cabeça batendo em uma pedra, no píer que estava próximo, ou apenas afundando, afundando, afundando, até que não sentisse mais nada.

Não estou com medo, pensou de novo, tirando o short. E, com isso, caminhou até a água, para dentro do mar.

6

TENTATIVA DE SALVAMENTO

Crac.

Spencer sentou na cama. Primeiro, não pôde se lembrar de onde estava... Em seguida, viu Aria ao seu lado e sentiu o cobertor áspero da pousada. O relógio digital na mesinha de cabeceira mostrava 5:30. O quarto ainda estava escuro, embora o vento lá fora uivasse com força.

Foi cambaleando até o banheiro, sem se preocupar em acender a luz. Depois de dar descarga, ficou em pé ao lado da cama de novo, sentindo algo errado. Não demorou a se dar conta do que era.

Emily não estava ali.

Spencer apressou-se em ir até o lado em que Emily deitara na cama e apalpou-o, mas o monte de travesseiros e cobertores não escondia nenhuma garota. Deslizou a porta do armário, abrindo-o; aparentemente, depois da morte de Jordan, Emily adquirira o hábito de dormir dentro do armário. Mas ela também não estava ali. Spencer andou em círculos pelo quarto, com a respiração pesada. Alguma coisa estava fora do lugar. Aonde Emily poderia ter ido àquela hora da manhã?

Aí, avistou.

Um simples pedaço de papel branco, dobrado, sobre a mesa. *Spencer, Aria e Hanna*, estava escrito na letra de Emily. Spencer agarrou-o, correu para o banheiro e acendeu a luz. Desdobrou o papel com as mãos trêmulas. Ali, em uma letra pouco legível, havia quatro frases terríveis.

Não estou aguentando mais. Vocês são bem mais fortes do que eu. Por favor, não venham atrás de mim. Desculpem-me.

O bilhete caiu das mãos dela. Spencer voltou correndo para o quarto, pegou os chinelos de dedo, enfiou-os nos pés.

– Ah, meu Deus, ah, meu Deus.

Aria virou-se, sonolenta.

– Você está bem, Spence?

Spencer não respondeu. Ficar ali, explicar... ia demorar demais.

– Já volto – soltou, e correu para fora do quarto, descendo a escada da pousada a toda.

Estava clareando lá fora. O primeiro lugar que Spencer verificou foi o carro de Hanna, mas continuava na vaga; Emily não estava dentro dele. Correu até a piscina; a superfície estava agitada pelo vento, mas ninguém nadava. Olhou para um lado da calçada, depois na outra direção. As ruas estavam vazias. Claramente, a tempestade tinha chegado cedo, a maioria das pessoas deveria ter ido embora. Ninguém estaria na praia em um dia como aquele.

Então se deu conta.

Spencer correu pelo lado da pousada na direção do caminho da praia. Subiu de qualquer maneira os degraus e desceu em seguida, tropeçando nas dunas. Quando avistou as roupas de Emily em um montinho perto da escada, soltou um grito abafado, engasgado. *Ela não podia fazer isso. Ela não teria feito isso.*

– Spence?

Spence voltou-se. Hanna e Aria estavam atrás dela, ainda de pijama. As duas estavam pálidas.

– O que está acontecendo? – disse Aria com a voz rouca de medo, fitando Spencer como se ela tivesse ficado louca.

– Por que está aqui? Onde está Emily?

– Está... – disse Spencer, mas então reparou na expressão do rosto de Hanna.

Ela olhava para além delas, para dentro da água. Apontou um dedo trêmulo, e Spencer girou sobre si mesma para acompanhar o olhar dela. Ali, depois do píer, bem visível, estava a cabeça escura e lisa de uma garota.

– Não! – gritou Spencer, e disparou pela praia na direção da água. Emily boiava nas ondas, com os braços estendidos. Uma onda passou por cima dela, e ela desapareceu.

Spencer voltou-se para as amigas, que tinham corrido também.

– Ela vai morrer ali!

– Precisamos ligar para a Emergência – disse Hanna, pegando o celular.

– Não vai dar tempo! – gritou Spencer, arrancando o short. – Vou atrás dela.

Aria segurou seu braço.

– Você vai morrer também!

Mas Spencer já tinha jogado os chinelos para o lado e corria na direção da espuma. Não deixaria o oceano engolir

Emily de jeito nenhum. Era *sua* culpa, sabia como Emily estava fora de si. Sabia como aquele assunto de Ali a atingira e sentiu as tempestades turbulentas que se formavam na mente da amiga. Emily tinha tentado suicídio uma vez antes daquilo, é *claro* que tentaria de novo. Spencer devia ter ficado acordada a noite inteira para vigiá-la. Devia saber que Emily iria fazer alguma coisa assim. *Todas* elas deviam saber.

A água estava fria, mas ela foi adiante para o fundo, mal sentindo a temperatura nos pés e nas panturrilhas. A primeira onda derrubou-a de lado, quase na areia. Spencer olhou por cima do ombro para Hanna e Aria na praia. Hanna gritava alguma coisa no celular. Aria tinha as mãos em concha em torno da boca, provavelmente chamando a amiga de volta. Spencer voltou-se para a frente, avistando a cabeça de Emily a distância.

— Em! — gritou, avançando em sua direção.

Pensou que Emily a ouvira, porque voltou-se e pareceu olhar fixo na direção de Spencer. Mas logo uma onda quebrou sobre a cabeça dela, e a menina desapareceu.

— *Em!* — gritou Spencer, mergulhando sob a onda seguinte. Aquela a derrubou de lado, e ela deu um giro completo antes de reaparecer na superfície, cuspindo água. Perscrutou o horizonte outra vez. Lá estava a cabeça de Emily, flutuando acima das ondas por meio segundo. — Emily! — gritou Spencer, dando braçadas fortes. Outra onda a afundou. Sua força empurrou Spencer até o fundo, revirando-a sem deixá-la subir de volta. De súbito, ela ficou sem ar. Tentou nadar para cima, mas a corrente estava forte demais. *Meu Deus*, pensou. *Eu realmente* posso *morrer*.

Por fim conseguiu voltar à superfície. Resfolegando, olhou para longe. Será que aquilo lá era Emily? Manchas formaram-se nos olhos de Spencer. Já estava exausta. Não ia conseguir nadar tão longe. As outras estavam certas: era uma péssima ideia. Tinha que voltar.

Mas, quando Spencer voltou-se para a praia, as amigas pareciam tão longe. Uma corrente a tinha puxado para dentro do mar. A cabeça de Spencer estava confusa. Era necessário fazer algo para sair da corrente, mas o quê? Começou a tentar nadar na direção da praia, mas a corrente a puxou de volta. Tentou outra vez – sem sucesso. Seus músculos queimavam. Seus pulmões doíam. As ondas quebravam sobre sua cabeça, e seus olhos ardiam do sal.

Hanna e Aria pareciam cada vez mais angustiadas, ali na praia. Mais gente havia se juntado a elas também, com as mãos em concha na boca. Spencer deu braçadas fortes, sabendo que se continuasse tentando acabaria conseguindo. Mas, quando a onda seguinte quebrou sobre sua cabeça, seu corpo afundou como uma pedra. O braço retorceu-se atrás das costas, batendo no fundo do mar. Ela soprou pelo nariz e tentou lutar para chegar à praia, mas os braços não respondiam mais. A corrente a empurrava para a frente e para trás.

Ela se deixou ir e abriu os olhos embaixo da água. Primeiro, tudo o que viu foi a escuridão, mas logo uma figura emergiu. Era uma garota de pele alva como leite e cabelo louro dourado. A luz emanava dela, criando um halo feérico. Ela nadou até Spencer depressa, até chegar tão perto que seus rostos quase se tocavam.

Foi só naquele momento que Spencer se deu conta de que era Ali. Estava *lá*, de alguma forma. Talvez fosse a responsável pela tempestade.

– Vá embora! – gritou Spencer, estendendo os braços na direção da garota. Mas, em um instante, Ali dissolveu-se em mil moléculas de água, no vazio. E, alguns segundos depois, tudo o que Spencer percebeu foi o vazio, também.

– Spencer. *Spencer.*

Spencer emergiu para a consciência. Um círculo branco quase a cegou, e ela cobriu os olhos. Então uma silhueta apareceu. De repente, lembrou-se da sereia na água: *Ali.*

– Me deixe em paz! – gritou Spencer, sacudindo os braços. Mas a pessoa que pairava acima dela não era Ali, era seu pai. Parecia doente de preocupação.

Então ela se lembrou do que *realmente* tinha acontecido: a tempestade, o bilhete de Emily, a perseguição a Emily dentro da água.

Spencer olhou para si mesma enquanto tudo voltava à sua mente. Não estava mais lutando no mar. Na verdade, usava um avental de hospital e encontrava-se deitada na cama, com uma luz clara acima da cabeça. Um monitor bipava regularmente a alguns metros.

Trêmula, passou a mão pelo cabelo. Estava completamente seco, duro de sal. Tentou usar a outra mão, mas não conseguiu mexê-la. Ouviu um ruído de metal e olhou para cima. Estava algemada à cama.

– O-o que está havendo?

– Você está em um hospital na Filadélfia – disse o sr. Hastings. – Foi retirada do mar há algumas horas.

Outra pessoa apareceu acima dela. Era uma mulher com uniforme de polícia.

– Srta. Hastings? – disse, séria. – Sou a tenente Agossi, da polícia da Filadélfia. A senhorita não podia sair do estado, srta. Hastings. O que estava fazendo em Nova Jersey? Tinha algum contato que a estava ajudando a fugir?

A mente de Spencer estava enevoada.

— O-onde estão minhas amigas? — sussurrou. — Onde está Emily? Ela está bem?

— A srta. Marin e a srta. Montgomery foram escoltadas para casa para aguardar o início do julgamento — disse a policial. — Agora, vai responder à minha pergunta?

Spencer olhou de relance para o pai, que a fitava com curiosidade. Sem dúvida tinha perguntas sobre o que Spencer estava fazendo em Nova Jersey também, especialmente depois que as liberara para visitar Nick na cadeia. Contara a ele que desejavam visitar Nick para encerrar a história, mas o pai era esperto demais para acreditar nisso.

Depois se deu conta do que a policial não tinha dito.

— E quanto a Emily? — murmurou, com os olhos indo da policial para o pai. — Vocês conseguiram salvá-la? Ela está aqui também?

Uma expressão estranha passou pelo rosto do sr. Hastings. Estava prestes a dizer algo, mas o celular dele tocou. Ele olhou para a tela.

— É sua mãe — disse a Spencer. — Já volto. — E desapareceu pela porta.

Spencer olhou para a policial.

— Emily está bem? — perguntou outra vez.

A policial olhou para o walkie-talkie em seu cinto.

— Foi errado da sua parte ir até Nova Jersey, srta. Hastings — disse de modo mecânico. — Pela duração do julgamento, vai precisar usar uma tornozeleira eletrônica. Vai ficar sem nenhum documento de identidade. Não poderá dirigir.

O coração de Spencer bateu forte, e uma sensação horrível invadiu-a. Aquilo não estava certo. Por que ninguém lhe respondia? Sentou-se na cama da melhor forma que a algema permitia.

— *O. Que. Aconteceu. Com. Emily?*

A policial fez questão de desviar os olhos. Sentindo-se enjoada, Spencer segurou o braço dela.

— *Por favor* — resmungou. — Se sabe de alguma coisa, precisa me dizer.

A policial puxou o braço das garras de Spencer.

— Srta. Hastings — disse, seca. — *Não* encoste em mim. Não quer ser sedada, quer?

Spencer enfureceu-se.

— Por que não me dizem o que aconteceu com Emily? — gritou em tom agudo.

Subitamente, a porta se abriu.

— Ela está acordada? — disse uma voz masculina.

A policial voltou-se, parecendo aliviada.

— Está. E muito agitada.

— Se importaria de sair? Vou falar com ela.

Spencer enrugou a testa. Havia alguma coisa estranhamente familiar na voz do médico. Mas era provável que fosse apenas sua mente pregando-lhe peças; seu cérebro ainda estava perturbado pelo quase afogamento, certo? Estava furiosa, por que diabos ninguém lhe dizia nada sobre Emily?

O médico aproximou-se. Quando sorriu, era um sorriso que Spencer conhecia muito bem. Seu queixo caiu. Seus olhos o examinaram de cima a baixo. Depois, para ter certeza, procurou a identidade presa no bolso do jaleco. WREN KIM, dizia em letras escuras. RESIDENTE.

Wren, como o Wren que ela roubara de Melissa. Wren, o primeiro garoto com quem fora para a cama e talvez o primeiro por quem se apaixonara.

— É bom vê-la de novo, Spencer — disse Wren com o sotaque britânico familiar. — Como está se sentindo?

Ela soltou um pequeno guincho. Aquilo não parecia real. Nada ali parecia real.

Spencer tinha um milhão de perguntas a fazer a Wren e de repente foi engolfada por um milhão de lembranças. Mas, subitamente, nenhuma parecia pertinente. Havia algo que ela precisava muito, muito mesmo saber, que apagava todo o resto. Respirou fundo e olhou nos olhos de Wren.

– Estou bem – disse com uma voz tensa. – Mas preciso saber o que aconteceu a Emily – sussurrou, com a voz trêmula. – Por favor, me diga. Ela está...

O olhar de Wren desviou para a cama, e, bem ali, Spencer teve certeza. Ele pousou uma das mãos, quente e reconfortante, sobre o braço dela.

– Spencer, sinto muito. A equipe de resgate ainda está procurando, mas estão quase certos de que ela... *desapareceu.*

7

UMA DESPEDIDA

— Hanna Marin! Srta. Marin! Aqui!

Hanna espiou de dentro do carro da mãe. Era segunda-feira de manhã, um dia depois que assistira ao afogamento de Emily em Cape May. Estava na Igreja Holy Trinity em Rosewood. A igreja era uma construção antiga, venerável-mas-caindo-aos-pedaços, com um cemitério mal-assombrado atrás, que Hanna uma vez atravessara correndo à meia-noite, em um desafio. Mas, naquele momento, ela preferiria atravessar aquele lugar nua a enfrentar o que estava prestes a enfrentar. Os repórteres e os câmeras já estavam caindo em cima delas, quase parecendo que iriam subir no teto do carro.

Olhou preocupada para a mãe, que agarrava o volante com tanta força que o couro deixava escapar um guincho. A sra. Marin apontou o carro para o outro lado do estacionamento. Os repórteres mergulharam para os lados, para evitar serem atropelados.

— Vamos — disse a sra. Marin quando estacionou, desligando o carro e saindo do assento do motorista.

Juntas, elas correram para a entrada lateral da igreja. Os jornalistas foram atrás, gritando perguntas. *"Tem algum comentário sobre o suicídio da sua amiga? Você tem pensamentos suicidas também? Está pronta para o julgamento amanhã?"*

— Abutres — disse a sra. Marin de dentro do saguão da igreja quando fecharam a porta. Ela espiou pela janelinha de vitrais, com os olhos cheios de lágrimas. — Logo hoje, no pior dia de todos.

Hanna olhou em volta. O saguão estava entupido de gente e cheirava a jornais velhos, incenso e perfume. Seu olhar vagou até um cartaz grande preso nas portas duplas da igreja. EMILY FIELDS, diziam as letras floreadas na parte de baixo. E havia a foto de escola de Emily, a do nono ano. Seus pais haviam escolhido aquela porque era uma das poucas que *não* fora usada em noticiários, revistas, material promocional ou arquivos policiais. Emily parecia tão mais jovem, o rosto cheio de sardas, o sorriso amplo, os olhos brilhantes. Fora antes de A. Antes da volta de Ali. Antes que Emily tivesse qualquer impulso de tirar a própria vida.

Hanna sentiu as pernas bambas e segurou-se em uma estátua próxima de um santo qualquer para equilibrar-se. Estava no *funeral* de Emily. Era irreal. Impensável. Impossível.

Um dia se passara desde que Emily desaparecera no mar. Embora Hanna tivesse assistido obsessivamente a todos os noticiários que falavam dela — primeiro uma recapitulação dos esforços de busca, depois um anúncio de que seu corpo ainda não fora encontrado e por último um aviso da Guarda Costeira informando que, pela magnitude da tempestade, era seguro concluir que Emily estava morta e que providências quanto à cerimônia fúnebre deviam ser tomadas —, os detalhes a atropelaram como nuvens se movendo depressa. Ela continuava pensando que iria acordar e que tudo aquilo era um sonho. Emily não podia ter *mesmo* entrado naquela água. Emily não podia ter se matado por não suportar a ideia de ser presa. Como Hanna não se dera conta de que Emily estava sofrendo *tanto*?

Porém, o problema era que Hanna *sabia*. Fazia quanto tempo que Em não tinha uma boa noite de sono? Quanto peso havia perdido? Por que, ah, por que Hanna não tentara *ajudá-la*? Ela devia ter lido um livro sobre suicídio ou alguma coisa assim. Devia ter falado mais com Em. Ter ficado com ela na noite anterior, já que ela não conseguia dormir.

E como seria a sensação de ter esgotado todos os recursos desse jeito? É claro que Hanna tinha pânico de ir para a cadeia... mas não tinha pensamentos suicidas. Por que aquilo atingira Emily de forma tão diferente? Por que aquilo a afetara, uma pessoa tão boa, tão doce, tão gentil?

Como Em podia ter... *partido*?

A sra. Marin pegou o braço de Hanna e conduziu-a para dentro da igreja. O lugar estava lotado, e todos a encararam enquanto ela caminhava pela nave. Havia tantas pessoas ali que Hanna conhecia, mas quantas estavam ali por sentir falta de Emily? Como Mason Byers; ele não tinha dado uma risada desagradável depois de ter tirado Emily do armário naquele encontro de natação? E quanto a Klaudia Huusko, a aluna de intercâmbio da Finlândia; será que *algum dia* tinha falado com Emily? E lá estava Ben, o antigo namorado de Emily; ele a atacara! Como se *ele* estivesse realmente sofrendo! Até Isaac, o pai do bebê de Emily, estava lá, embora parecesse quase entediado. A única pessoa que parecia mesmo triste era Maya St. Germain, a primeira namorada de Emily e a garota cuja família comprara a antiga casa de Ali. As mãos de Maya cobriam seus olhos, e seus ombros sacudiam. O sr. e a sra. St. Germain e o irmão de Maya estavam ao seu lado, com rostos impassíveis e olhos vidrados. Hanna pensou brevemente se a família lamentava ter se mudado para Rosewood.

Aria e Spencer já estavam sentadas em um banco perto da frente. A sra. Marin guiou Hanna na direção delas, e a garota deslizou para o lado de Spencer. Suas amigas de longa data olharam para ela com olhos vazios. As mãos de Aria repousavam soltas em seu colo. Spencer estava com um pacote de lenços apertado na mão. A maquiagem dos olhos já escorria, mas ela não parecia se importar. Aria assentiu de leve.

— Acho que desistiram.

Hanna engoliu com dificuldade.

— Foi um dia e tanto!

— Havia montes de helicópteros, procurando por todo canto — disse Spencer em tom monótono. — Ela provavelmente foi arrastada para mais longe do que todo mundo pensou. Ou ficou enganchada em alguma coisa no fundo, e não conseguem vê-la.

— Certo, *parem* — disse Aria, com a voz falhando. Seus olhos estavam cheios de lágrimas.

A música lamentosa do órgão começou a tocar, e Hanna virou-se para observar um grupo de clérigos percorrer a nave. A família de Emily veio atrás. Cada um vestido de preto, e cada um parecendo um zumbi.

Seu olhar voltou-se para o caixão atrás do altar. Mesmo que não houvesse corpo, os Fields haviam decidido enterrar alguma coisa no cemitério. Parecia quase inapropriado que houvessem organizado o funeral tão rápido; Emily ainda *podia* estar por aí. Mas a polícia basicamente dissera que, embora ainda não houvesse corpo, não era possível Emily ter sobrevivido ao vendaval. Talvez os Fields apenas quisessem acabar com aquilo e ir adiante.

A música parou e o pastor pigarreou. Hanna ouviu-o dizer o nome de Emily, mas logo sua mente começou a flutuar e girar. Agarrou a mão de Aria e apertou-a.

– Diga-me que isso não está acontecendo – murmurou.

– Eu ia pedir a mesma coisa para você – disse Aria.

A família Fields levantou-se em conjunto e caminhou até a frente. A sra. Field subiu no púlpito primeiro e limpou a garganta. Um longo silêncio seguiu-se antes que falasse.

– Gostaria de pensar que minha filha voltou para a água de onde veio – disse com a voz rouca, olhando para um pedaço de papel amassado. – Ela era uma nadadora dedicada. Amava a água, amava competir. Ia para a Universidade da Carolina do Norte no ano que vem, com uma bolsa integral por causa da natação, e estava tão animada.

Os olhos de Hanna encontraram os de Spencer. Será que Emily *estava* animada para ir para a universidade? E, na realidade, quais eram as chances de ela ir, depois do julgamento? Era esquisito que a mãe de Emily falasse daquilo.

A sra. Fields tossiu.

– Ela também era dedicada à família. Ao seu grupo de natação. À sua comunidade na igreja. Nos últimos anos, foi envenenada por forças que estavam fora do nosso controle, mas, lá no fundo, todos sabemos como Emily era boa. Como era brilhante, especial e doce. E espero que seja assim que todos se lembrem dela.

Hanna fez um muxoxo. Grupo de natação? Amigos da igreja? E quanto a ela, Spencer e Aria – as *melhores* amigas de Emily?

A sra. Fields deixou o púlpito, e as irmãs de Emily, Beth e Carolyn, falaram em seguida. Estranhamente, ambas as falas também deixaram de fora Hanna, Spencer e Aria. Houve mais referências a "envenenamento" e "mal além das nossas forças", mas não elaboraram de fato nada sobre o que queriam dizer de verdade. Continuaram falando sobre como Emily amava *nadar*. Claro que amava, mas isso sem dúvida não era a única coisa que a definia.

O conjunto da família Fields voltou para seu banco. A igreja ficou silenciosa enquanto eles se ajeitavam e se sentavam. Hanna olhou para as outras.

— Devíamos dizer alguma coisa. É como se estivessem falando de outra garota.

Em seguida, calada, Hanna tirou um pequeno álbum recoberto de tecido da bolsa e se levantou. Spencer segurou o braço dela.

— O que está fazendo?

Hanna franziu a testa.

— Vou fazer um discurso fúnebre. — Mostrou o álbum a Spencer. — São fotos de todas nós com Em. Pensei em falar delas aqui, e depois nós poderíamos... não sei. Enterrá-las, talvez, depois. — Fora isso que haviam feito para a Ali Delas — Courtney — para ajudá-la a descansar. — Em merece uma fala melhor do que as que acabamos de ouvir, não acham?

Os olhos de Aria suavizaram-se.

— Trouxe alguma coisa para enterrar também. — Remexeu na bolsa e tirou um exemplar gasto de *Seu horóscopo explicado*. — Lembram aquele verão em que Emily fez nossos mapas? Tenho anotações aqui que ela escreveu sobre nós todas.

— Ótimo — disse Hanna, ajudando Aria a levantar. — Podemos falar disso também.

Spencer olhou para elas, desesperada.

— Meninas... vocês não podem, certo?

A música do órgão começou de novo. Hanna encarou Spencer como se ela fosse louca.

— O que quer dizer?

— Vocês não estão entendendo? — sussurrou Spencer. — Somos *nós* as envenenadoras. Somos nós as forças do mal.

Hanna se moveu. Notou, de repente, que todo mundo olhava para elas.

Spencer ergueu-se do seu banco de maneira abrupta e fez sinal para que as outras a seguissem. Entraram em um pequeno corredor ventoso. Uma porta estava aberta e dava para uma saleta cheia de brinquedos de bebês. Mais adiante havia um quadro de avisos que estampava versículos da Bíblia.

Aria olhou para Spencer.

— Por que você diria isso? — sussurrou.

Spencer deu uma olhada na direção da nave da igreja de novo.

— Liguei para a sra. Fields hoje de manhã e perguntei se podia fazer um discurso fúnebre. Ela admitiu que nem queria que nós viéssemos. Disse que não era apropriado. Mas eu falei que não ficaríamos quietas. Que só queríamos homenageá-la.

— O quê? — disse Hanna. Deu uma olhada pela porta e ficou examinando a mãe de Emily, sentada de costas eretas no banco. Seu cabelo estava moldado em um penteado definido. Seus ombros estavam perfeitamente alinhados. Pensando bem, a sra. Fields nem olhara para nenhuma delas desde o começo do funeral.

— Mas a sra. Fields nos *conhece* — guinchou Aria.

— Bem, não conhece mais — murmurou Spencer amargamente.

Hanna não conseguia acreditar naquilo.

— Você não discutiu isso com ela? — perguntou. — Não tentou fazê-la perceber o que Em significava para nós?

Spencer deu uma risada zombeteira.

— Hum, não, Hanna. Desliguei o telefone assim que pude.

Hanna começou a sentir a sensação quente e efervescente da raiva que crescia dentro dela.

— Então você apenas deixou-a tratá-la assim? Deixou-a nos chamar de não apropriadas? Deixou-a acreditar em algo totalmente falso?

— *Você* pode discutir com ela se quiser — sussurrou Spencer, com os olhos faiscando. — Mas a impressão que tenho é que a sra. Fields basicamente acha que causamos a morte de Em.

— Só porque você deixou-a acreditar nisso! — retrucou Hanna. Em seguida, frustrada, enfiou o álbum de volta na bolsa, cruzou os braços e disse o que estivera no fundo da sua mente durante a manhã inteira. — Certo, tudo bem. Sabem? Talvez a sra. Fields esteja certa. Talvez tenhamos *mesmo* causado a morte de Emily.

Spencer encolheu-se.

— O quê?

Hanna fixou os olhos nela sem piscar. Estava com tanta raiva que quase não conseguia ver direito, embora não soubesse de *quem*, exatamente, estava com raiva. Talvez apenas da situação como um todo. Talvez de todo mundo.

— Bem, você deve acreditar nisso também, Spence, senão não teria desligado o telefone com o rabo entre as pernas. E talvez ela esteja certa. Talvez não devêssemos ter ficado em Jersey depois do fracasso na casa de Betty Maxwell — declarou. — Devíamos ter voltado para casa, onde Emily estaria a salvo.

Duas manchas vermelhas apareceram no rosto de Spencer, ainda mais aparentes sob a crueza da luz fluorescente do corredor.

— Hum. Foi minha sugestão ficar em Jersey. Então é *minha* culpa se ela está morta. É o que está dizendo?

Hanna moveu o maxilar e não respondeu logo. Mas em seguida engoliu com dificuldade.

— Pareceu meio sem sentido. "Vamos tomar sorvete! Vamos nos divertir!" E depois Emily ficou ali acordada a noite toda como um zumbi! Aquele mar imenso, aquela tempestade, era tudo tão tentador. Devíamos ter previsto isso.

Os olhos de Spencer se estreitaram.

— Você poderia ter dito "Ei, acho que Emily vai tentar se afogar, então talvez devêssemos ir embora".

Os ombros de Hanna ficaram tensos. Spencer não precisava usar um tom tão idiota ao imitar a voz dela.

— E *você* estava dormindo ao lado dela, Hanna — continuou Spencer. — Por que não acordou quando Emily saiu da cama?

Hanna cerrou os punhos.

— Não pode me culpar por *dormir*. Estava cansada.

— Ah, certo, precisa do seu sono de beleza — disse Spencer, zombando. — Deus não permita que Hanna Marin passe uma noite sem uma máscara nos olhos e fones nos ouvidos.

Hanna bateu o pé.

— Não é *justo*!

— Gente — disse Aria suavemente, segurando o braço delas. — É claro que vocês duas estão apenas com raiva da sra. Fields, não uma da outra. Certo, vocês deixaram de perceber os sinais dados por Emily. Não podem ficar se culpando uma à outra.

Spencer se desvencilhou e deu uma risadinha irônica.

– Ei, alto lá! *Você* também não percebeu os sinais de Emily, Aria. Estávamos *todas* lá.

A boca de Aria abriu-se em um O.

– *Eu* não queria ficar em Cape May.

– Então por que não disse *nada*? – resmungou Spencer, parecendo cada vez mais irritada. – Por que só eu é que tomo decisões? E vocês esqueceram que eu fui aquela que levantou e encontrou o bilhete? Esqueceram que eu entrei na água atrás dela e quase *morri*?

– Ninguém lhe disse para entrar na água – disse Hanna baixinho. – Deixe de bancar a mártir.

Era demais, e Hanna sabia. Spencer deu um grito abafado e ergueu a mão para Hanna. Ela se abaixou, quase batendo a cabeça em um cabide da entrada.

– Você ia mesmo me *bater*? – guinchou ela.

– Você merecia – resmungou Spencer através dos dentes. – Alguém precisa enfiar algum bom senso em você.

O queixo de Hanna caiu.

– E *você*, Spence? Alguém precisa derrubar você do seu pedestal. – Avançou na direção dela.

Aria segurou seus braços e puxou-a para trás.

– Gente. *Parem*.

– Sim, Spencer, pare de ser tão irritante! – soluçou Hanna.

– Eu *estou* sendo irritante? – sibilou Spencer. E em seguida, antes que alguém conseguisse dizer qualquer coisa, ela voltou-se e andou a passos largos na direção da porta dos fundos.

– Para onde você vai? – gritou Aria, dando alguns passos atrás dela.

Spencer empurrou a pesada porta para abri-la.

– Para longe de vocês.

— Vou com você — ofereceu Aria.

Os olhos de Spencer relampejaram.

— *Não*. — A porta bateu quando ela saiu batendo os pés.

Um silêncio se seguiu. Hanna passou as mãos pelo rosto, seu coração estava acelerado. Voltou-se para Aria, cujo rosto estava pálido.

— O que diabos foi aquilo?

Aria folheou as páginas do livro de horóscopos. Sua garganta doía.

— Foi demais, Han — disse ela, triste. — Estamos todas sofrendo. — E saiu pela porta atrás de Spencer.

— Ei! — gritou Hanna, mas Aria já tinha ido. O que diabos tinha acontecido ali?

Depois olhou em volta, com a pele ardendo. Para seu horror, várias pessoas de dentro da igreja estavam espiando pelo corredor, diretamente para ela, como se tivessem ouvido cada palavra.

Hanna girou sobre os calcanhares e foi na direção oposta do corredor, afastando-se da porta pela qual Spencer e Aria tinham saído. Chegou a um corredor repleto de salas de conferência e deixou-se deslizar pela parede até encostar no chão de linóleo gelado. Queria chorar, mas não conseguiu. Era esquisito sentir-se ao mesmo tempo furiosa e entorpecida, mas era a única forma de descrever aquilo.

Depois de um momento, ouviu passos. Mike parou ao seu lado.

— Han — disse ele, agachando-se.

Hanna encarou-o. Estivera tão envolta em brumas que não se dera conta de que ele iria naquele dia.

— Ei — disse Mike suavemente, tomando suas mãos. — Você está bem? Por que vocês saíram da igreja? O que aconteceu?

Hanna engoliu com dificuldade e olhou na direção para a qual as amigas haviam corrido.

— Ah, apenas duas das poucas coisas boas que ainda existem na minha vida desmoronando — disse com voz abafada, e se deu conta enquanto falava que isso era absolutamente verdade.

8

BANCANDO O HOUDINI

Aria mal notou que pisara em algumas flores nos canteiros quando saiu pisando duro da igreja. Também não parou para apreciar o céu azul límpido, as abelhas que voavam por ali, nem reparou que seus sapatos altos de couro estavam roçando nos seus tornozelos. Tudo o que desejava era alcançar Spencer e tentar fazê-la pensar melhor.

Aquela discussão... por que logo *naquele dia*, e não outro dia qualquer? As emoções estavam à flor da pele demais para brigar. Precisavam ficar juntas; o julgamento começaria no dia seguinte.

Aria olhou em volta do estacionamento e viu Spencer correndo na direção de uma fileira de carros.

– Spence! – gritou. – Ei!

Spencer deu uma olhada para ela por sobre o ombro e acelerou.

– Não quero conversar.

Aria correu atrás dela e segurou seu braço.

— Estamos *todas* magoadas. Isso é... horrível, Spence. É totalmente injusto que a sra. Fields sinta-se dessa forma sobre nós. — Fez um gesto na direção do estacionamento. — Estou quase com vontade de quebrar todas as janelas do carro dela! E você quase morreu também, respeito como deve ter sido traumático. Mas temos de...

— Sabe, talvez a mãe de Emily esteja certa — interrompeu Spencer. — Talvez *sejamos* influências nocivas umas para as outras. Talvez precisemos nos afastar.

Aria teve a sensação de ter levado um soco no peito.

— Não nos afaste — implorou. — Não é conosco que você está furiosa. E tudo isso está perturbando sua cabeça.

— Com bons motivos! — Os olhos arregalaram-se. — Emily está morta, Aria. Ela não aguentou e *se matou*. Talvez *todas nós* devêssemos acabar com nossas vidas, é provavelmente a melhor escolha.

Aria engasgou.

— Como pode dizer uma coisa dessas? Você não sabe com certeza se seremos presas!

Spencer deu uma risadinha sarcástica.

— Você não ouviu os sessenta advogados com quem conversamos? *Todos* acham que vamos ser presas. E sinto muito, mas, se não fosse por Emily nos empurrar para procurar Ali, se não fosse o medo que tivemos de contrariá-la porque ela parecia tão frágil, ela ainda poderia estar aqui! E nós poderíamos não estar metidas nessa confusão toda!

— Então, agora é culpa de Emily? Ora, Spence...

Spencer interrompeu-a.

— Deixe-me em paz! — Virou-se e correu por entre os carros.

Aria sabia que não devia segui-la, mas sentia-se magoada e confusa. Olhou de novo para a igreja. Deveria voltar; sua família ainda estava lá. Mas o que realmente queria, deu-se conta, era pegar o carro e ir para algum lugar. Fugir daquele, daquele abandono. E mesmo que não tivesse certeza do motivo, aquele lugar a fazia lembrar de Ali. *Tudo* em Rosewood a fazia lembrar de Ali, na verdade ela estava em todo canto. E aquela discussão, as questões delas entre si... parecia outro dos planos de mestre de Ali. Em vez de formarem um grupo contra a garota, tinham-se voltado umas contra as outras, ficando mais fracas, ficando mais irritadas, perdendo tudo. Era o que Ali queria, certo? Que elas perdessem tudo? Como a própria diria: *Mais uma vitória para Ali D.*

Caminhou lentamente para o estacionamento, onde tinha deixado o Subaru. Quando virou a esquina, uma luz vermelha piscando capturou seu olhar. A familiar imagem em branco e preto de um carro de patrulha de Rosewood a fez parar na mesma hora. A polícia estava esperando por ela.

A tornozeleira. Esquecera por completo. Os policiais estavam ali para prendê-la em seu tornozelo e para pegar seu passaporte, sua habilitação e qualquer outra coisa que pudesse servir como documento de identidade. A polícia quisera fazê-lo no dia anterior, mas o Departamento de Polícia de Rosewood não tinha as tornozeleiras à mão e precisavam de algum tipo de ordem judicial. Aria tinha até ouvido que iriam colocar um chip de GPS e um gravador no celular dela. Saberiam onde ela estava a qualquer hora e ouviriam todas as conversas que tivesse.

Aria colocou a mão sobre a bolsa, onde seus documentos estavam no bolsinho de couro. A ideia de ter de entregar o passaporte, com suas páginas extras para carimbos, fez seu coração ficar apertado. Viajar era o que a definia. E não ter passaporte tornava tudo mais, bem, *real*. Sem habilitação, sem identidade, ela não seria mais Aria Montgomery. Seria apenas uma garota esperando para ir para a cadeia.

Pensou no que dissera a Noel na cama alguns dias antes. Queria apenas poder ir embora.

Uma sementinha de ideia enraizou-se em sua mente. *Não*, pensou consigo mesma. Mas aquilo ficou indo e vindo em sua mente. Era tão tentador... e era alguma coisa com que Ali provavelmente não contaria nunca. Emily escapara de Ali pela morte, mas essa não era a única resposta.

Será que *poderia*?

— Está tudo bem com você?

Aria girou sobre si mesma. Noel, vestido com um terno escuro, trocava de apoio de um pé para outro a alguns metros. Na loucura que haviam sido as últimas vinte e quatro horas, ela só tinha conseguido falar com ele pelo telefone. Não tinha nem certeza de que ele viria. Naquele instante, ela voltou para a sombra e abraçou-o, com os olhos cheios de lágrimas.

— Ouvi você brigando com Hanna e Spencer — murmurou Noel no ouvido dela. — Pareceu bastante... violento.

Aria encolheu os ombros.

— Foi porque os Fields não queriam que estivéssemos ali. *Todos* nos odeiam.

Noel deu batidinhas nas costas dela.

— *Eu* não odeio vocês.

Aria sabia que Noel estava sendo sincero. Queria, mais do que qualquer coisa, apenas ficar ali abraçada a ele. Mas também sabia o que precisava fazer naquele instante... nem um momento depois.

Enxugou uma lágrima.

— Vou sentir saudade de você.

Noel inclinou a cabeça para o lado.

— Aria. *Você* não está morta. E ainda não está na cadeia. — Deu um sorriso vacilante. — Ainda temos que pensar positivo.

Aria baixou os olhos. Se apenas pudesse dizer a Noel que desejava falar outra coisa, mas simplesmente não dava.

Ele apertou suas mãos.

— Precisamos falar sobre o que aconteceu em Nova Jersey, também. Vocês *encontraram* Ali lá? Estão com medo de alguma coisa?

— Não. Não encontramos nada. — Não conseguia olhar para ele. — Preciso ir.

As sobrancelhas de Noel se encontraram.

— Ir... para onde?

Mas ela já estava se afastando.

— Amo você — disse, antes de desaparecer na esquina. — Diga a meus pais para não se preocuparem comigo. Diga a eles que ficarei bem.

— Aria! — gritou Noel. Mas a menina continuou correndo tão rápido quanto podia. E quando olhou por cima do ombro depois de subir a colina que levava à próxima rua, Noel não a estava seguindo.

Atravessou um conjunto de árvores e entrou no quintal de alguma família. Passou correndo por um balanço e por um tanque de areia. A estação era no final da rua, e ela chegou até lá rapidamente, tropeçando ao descer a colina. A placa luminosa acima dos trilhos avisava que o próximo trem para a Filadélfia sairia em dois minutos. Aria olhou, nervosa, para a rua, apavorada com a ideia de que os policiais pudessem cair em cima dela a qualquer instante. Certamente as pessoas no funeral já deviam ter ido embora àquela hora. Sem dúvida, se dariam conta muito em breve que ela escapara deles.

Mas nenhum carro havia chegado quando o trem entrou na estação. Aria olhou por cima do ombro mais uma vez e subiu os degraus de metal. O trem se afastou, fazendo barulho, o vagão balançando nos trilhos.

— *Hã-hã.*

Ela soltou um gritinho de susto. O trocador surgira do nada, pairando acima dela.

— Para onde? — perguntou ele com uma voz entediada.

Aria engoliu com dificuldade.

— Para o aeroporto — disse, entregando uma nota de dez dólares. — F-fique com o troco.

O trocador pegou-a e seguiu adiante, com o chaveiro tilintando na cintura. Aria soltou um longo suspiro assustado. *Você vai ficar bem*, disse para si mesma, e instintivamente pegou a bolsa para ter certeza de que o passaporte ainda estava ali. *Você vai ficar muito bem.*

Se ela apenas pudesse acreditar que era verdade.

9

SPENCER SEGUE EM FRENTE

Algumas horas depois do funeral, Spencer estava sentada, silenciosa, no assento do passageiro enquanto a mãe conduzia seu Mercedes pela estrada 76 em direção ao centro da cidade. A sra. Hastings fez uma cara mal-humorada e um gesto violento para o carro à frente.

— Não *ouse* me cortar, Ford Fiesta — avisou.

Spencer apertou as palmas uma contra a outra. A mãe só reclamava de outros motoristas quando estava muito, muito aborrecida, e agora era claro o que a chateava. Na véspera, no hospital, um policial havia explicado à sra. Hastings que, já que Spencer não tinha mais habilitação, alguém teria que a conduzir aos seus compromissos, aos encontros com o advogado e ao julgamento. A sra. Hastings fez uma careta de dor.

— Mas tenho coisas a fazer — resmungou. — Isso é extremamente inconveniente.

Era óbvio que a mãe não tivera uma conversa franca com Spencer sobre o que acontecera em Cape May. Nenhuma pergunta sobre o que estavam fazendo na praia, para começo de conversa. Nenhuma preocupação sobre como ela se sentia com a morte de Emily ou como devia ter se sentido assustada ao tentar salvar a amiga. A mãe provavelmente achava mais fácil não se envolver emocionalmente.

Graças a Deus havia Melissa, que ligara sem parar para Spencer desde que ela fora liberada do hospital. Que tinha trazido um lanche para comerem na cama e ficara acordada até tarde para assistir com ela a *Este mundo é um hospício*, o filme antigo preferido das duas. Melissa pedira mil desculpas por não estar ao seu lado no hospital quando Spencer acordara – tinha trabalhado o fim de semana inteiro, e ninguém havia ligado para ela antes de a irmã ser liberada. Spencer dissera que não tinha problema – afinal, seria *très* constrangedor com ela, Melissa e Wren, todos no mesmo quarto.

Spencer pensara em contar a Melissa a respeito da coincidência de ter Wren como médico, mas pareceu não haver um bom momento para isso. Não importava. Só teria mais esse check-up com Wren no hospital e depois não o veria nunca mais.

Em alguns minutos, estavam descendo a rua Market a toda, e a sra. Hastings parou na frente do Hospital Jefferson.

– Vou esperar ali. – Indicou um café na esquina da rua 10 com a Walnut.

Spencer balbuciou um agradecimento e saiu do carro. Quando entrou no saguão cheirando a antisséptico, sentiu-se tonta. Olhou-se em um espelho amplo logo atrás do balcão de recepção, reparando na maquiagem borrada e na expressão tensa nos olhos. Tinha chorado muito nos últimos tempos.

As mãos cerraram-se em punhos à lembrança da briga que haviam tido após o funeral. Como é que Hanna ousava dizer aquelas coisas! Como ousavam, ela e Aria, apenas ficar ali e dizer que nem queriam *estar* em Cape May, dando a entender que era tudo sua culpa? Será que não notavam como já se sentia culpada? Será que não entendiam que já estava preocupada com a mesma coisa? Odiava-se pelas palavras maldosas que dissera a Hanna... e por quase ter batido nela. Em que se tinha se transformado? Em que haviam se transformado, *todas* elas? Imaginou Ali de tocaia em algum lugar por perto, rindo até não poder mais. Vadia estúpida.

Spencer respirou fundo. Precisava seguir adiante, dar um passo, ir a essa consulta. Enxugou os olhos e entrou no elevador.

O consultório de Wren era no terceiro andar, na frente de uma ala de pacientes. A sala de espera era conjunta, com muitas revistas pelas mesas e o programa *Live! with Kelly and Michael* passando em uma televisão de tela plana no canto. Spencer deu o nome no balcão de atendimento e sentou-se ereta na cadeira. Quando tentou cruzar as pernas, seu pé esbarrou no aparelho de monitoramento que a polícia tinha prendido na sua perna depois do funeral. Olhou séria para aquela forma pesada e volumosa, detestando que estivesse presa a ela em todos os momentos.

A porta se abriu, e ali estava Wren.

– Ah. Spencer – disse ele. – Venha aqui para trás.

Spencer ergueu o queixo e não fez contato visual com ele. Wren levou-a direto para uma sala de exames e a fez sentar em uma cadeira em frente a ele. Ela fitou os tênis Adidas de Wren, irritada por serem os mesmos que ele usara no ano anterior quando era estudante de Medicina. Ainda tinha o mesmo cheiro, também, cheiro de cigarros. Ficou pensando se ele ainda fumava; haviam compartilhado um cigarro da primeira vez que se encontraram, no restaurante Moshulu.

— Então — disse ele finalmente com voz grave, batendo em uma pasta de papel pardo. — Como foi o funeral de Emily? Foi hoje, não foi?

Spencer eriçou-se.

— Como sabe disso?

Wren olhou para as mãos, parecendo envergonhado.

— Desculpe. Passou no noticiário. Olhe, sei que deve estar sendo difícil. Vocês eram próximas, não é? Você falava muito dela.

Spencer olhou para um mapa do corpo humano e fez um ruído, sem se comprometer.

— Posso examinar você agora? — perguntou Wren, hesitante, deixando a pasta na mesa.

Spencer deu de ombros.

— Faça o que precisa fazer.

Wren ergueu-se e apoiou um estetoscópio nas costas dela, depois em seu peito. Spencer sentiu o rosto enrubescer — as mãos dele estavam tão perto dos seus seios —, mas continuou sentada, ereta, pensando coisas aleatórias e não sexuais.

— Li um pouco sobre o julgamento — disse Wren suavemente. — Começa amanhã, não é? Você deve estar sob muita pressão. Está dormindo bem?

Ela deu de ombros.

— Não muito.

— Quer que eu lhe receite algum medicamento para dormir?

— Não fui eu — soltou Spencer, e depois arquejou. Não pretendera dizer-lhe nada remotamente pessoal.

Wren olhou para ela.

— Claro que não. Nunca acreditei nisso, nem por um segundo.

Um nó se formou na garganta de Spencer. Ele era a primeira pessoa, parecia, que acreditava que ela era inocente apenas baseando-se no seu caráter.

— Mas eles não podem considerá-la culpada com o que têm, não é? — pressionou Wren. — Parece que não há nem evidências suficientes.

Spencer mexeu nas cutículas.

— Há o sangue de Alison, e encontraram um dente. De acordo com os muitos advogados que consultamos, é o suficiente.

— Você nem acredita que ela está morta, não é?

Spencer olhou para baixo. Os policiais haviam conseguido tirar dela o motivo pelo qual tinham ido a Nova Jersey. Ela lhes dissera que estavam procurando Ali com base em uma dica, embora certamente não tenha dito nada sobre invadir uma casa alugada de uma senhora idosa. Naturalmente, tinha gerado manchetes. *As Mentirosas tentam desesperadamente erguer o fantasma de Ali*, diziam. Elas pareciam ainda mais loucas do que antes.

Wren brincava com seu bloco de receitas.

— Então você acha que não há chance de vocês se safarem?

Só se eu conseguir cem mil dólares, pensou Spencer, lembrando de Angela. A conversa parecia ter acontecido um milhão de anos antes.

Quando ergueu os olhos de novo, Wren a encarava com compaixão, quase como se quisesse abraçá-la. Ela chegou mais perto dele, desesperada por algum contato humano. Mas retrocedeu. O que iria fazer, ficar com o primeiro cara que era bacana com ela?

Spencer enrijeceu o queixo.

— A faixa no meu braço precisa ser trocada.

Enrolou a manga para cima e mostrou a faixa antiga.

Wren olhou por um bom tempo e suspirou.

— Olhe, odeio o que fiz com você — disse baixinho. — E odeio que você ainda me odeie.

Todos os músculos do corpo de Spencer ficaram tensos. Certo, Wren traíra Melissa com ela. E depois ela se apaixonara por ele, e *então* ele a traíra com Melissa. Mas era história antiga. Não queria dar-lhe a satisfação de pensar que aquilo teria passado pela cabeça dela.

— Significaria muito para mim se eu soubesse que me perdoou. — Wren olhou para ela, implorando. — Tenho me sentido péssimo por ter magoado você, Spencer. Nunca me permiti esquecer isso.

Spencer sabia que se falasse ia revelar o que sentia, então apenas deu de ombros mais uma vez.

— E então, você me *perdoa*? — A voz de Wren se elevou.

Ela mordeu o lábio. Sua resolução estava desmoronando.

— Céus. *Está bem*. Eu perdoo você.

Wren pareceu circunspecto.

— Tem certeza?

— *Sim* — disse Spencer, e respirou fundo. — Sim — repetiu. E se deu conta de que tinha mesmo perdoado Wren. A maior parte do que ele fizera. Havia tantos outros problemas para resolver agora que Wren saindo com as duas irmãs ao mesmo tempo quase não aparecia no seu Medidor de Vida Louca.

Estirou o braço.

— Pode refazer o curativo agora?

— Claro, claro — disse Wren rapidamente.

Empurrou o banco de volta para perto de Spencer e fez com cuidado um novo curativo em seu braço. Ela tentou não ficar olhando para aqueles dedos longos e graciosos, e ficou feliz que ele não estivesse mais ouvindo seu coração galopante. De vez em quando, Wren fazia uma pausa e dava-lhe um leve sorriso.

— Pronto. — Wren segurou o curativo para fixá-lo. — Acho que isso vai sustentar por algum tempo.

— Ótimo. — Spencer pulou e pegou a bolsa. — Então, posso ir agora?

— Sim. — Wren engoliu em seco. — Embora...

— Vejo você por aí — cortou Spencer. Então o olhou. — Desculpe. Continue.

Duas manchas rosadas surgiram nas bochechas de Wren.

— E-eu só ia dizer que tenho o número do seu telefone e que ia manter contato. — Ele tocou o estetoscópio, agitado. — Você não quer sair para tomar um café um dia?

Spencer o encarou. Por um lado, era um pouco lisonjeiro que ele a estivesse chamando para sair. Por outro, aquilo meio que a enfureceu. Ele achava mesmo que Spencer tinha tempo para isso bem agora, apesar de tudo?

— Não acho que seja uma boa ideia — respondeu de forma direta.

Ele piscou.

— Ah?

Ela deu de ombros.

— Melissa e eu estamos bem. Melhor do que nunca. E, sem ofensa, mas ter você de volta nas nossas vidas... bem, eu não quero estragar tudo.

Wren assentiu devagar, e seu rosto assumiu uma expressão triste.

– Ah. Entendo. Bem, está certo.

Spencer parou um pouco e deu-lhe um firme aceno de cabeça de despedida. Sentiu-se satisfeita com a própria decisão – adulta, até. Melissa era bem mais importante do que qualquer cara.

Mesmo que fosse o Wren de olhos de cama, voz sexy e mãos gentis de médico.

10

PASSEANDO PARA ESPAIRECER

– Senhorita? Senhorita?

Aria acordou assustada. Uma loura bonita de uniforme azul justo estava inclinada sobre ela com uma expressão estranha no rosto.

– Você vai ter problemas – disse ela suavemente.

O coração de Aria subiu para a garganta, e ela olhou em volta. Fileiras e fileiras de assentos de avião estendiam-se à sua frente, e havia aquele som familiar de zumbido de motor durante o voo. A cabine tinha cheiro de chulé. Um passageiro adormecido do outro lado do corredor tinha um guia que dizia *Go Paris* dobrado no colo, e duas pessoas na frente dela falavam baixinho em francês. Foi só então que Aria se deu conta de que comprar uma passagem e entrar em um avião para Paris não fora parte dos seus sonhos. Acontecera de verdade.

Olhou para a comissária outra vez. *Você vai ter problemas.* Quão idiota era para pensar que poderia se safar fazendo aquilo? Fora inconcebível que a polícia não estivesse esperando no aeroporto quando ela chegara lá, ou que ninguém houvesse aparecido quando tirou aquele volume todo de dinheiro do caixa eletrônico a fim de pagar a passagem para a França, ou que o funcionário no balcão da US Airways não tivesse empalidecido e pegado um telefone quando vira o nome de Aria no passaporte. E que ela realmente tivesse entrado no avião sem incidentes, e que ele de fato tivesse decolado? Parecia quase criminoso.

Claro que ela teria problemas. Fugira do país, como uma terrorista.

Mas então a comissária apontou para as pernas de Aria, no meio do corredor.

— Você vai ter problemas quando trouxermos o carrinho — explicou. — Pode mudar de posição?

— Ah.

Aria enfiou as pernas embaixo do assento de volta. A comissária deu-lhe um sorriso formal e gingou adiante.

Aria passou as mãos pelo rosto. *Aquela* fora por pouco. Depois olhou pela janelinha na sua fileira. Estava quase claro lá fora, mas o relógio dela mostrava 2:45. Todo mundo em Rosewood deveria estar dormindo. Imaginou Noel na cama. Será que ele tentara abrir a janela dela na noite passada? Será que estava preocupado? Será que contara à polícia o que ela dissera antes de ir embora? E quanto à sua família? Deviam estar doentes de preocupação àquela hora. Visualizou a mãe andando de um lado para outro. Mike rolando na cama sem conseguir dormir. E Hanna e Spencer. Engoliu com dificuldade, pensando nelas. Será que ficariam com raiva por não as ter incluído em seu plano? Apenas, era loucura; ela não tivera escolha. Uma garota podia fugir com mais facilidade do que três. Além disso, não houvera tempo para envolver todas. E de qualquer forma, depois da briga, ela se sentia meio machucada. Não era como se as houvesse deixado de fora do plano de propósito, mas, bem... provavelmente, era melhor que ela ficasse um pouco afastada.

Mas tão logo pensou isso se sentiu meio mal. Elas iriam ao julgamento sem Aria. Enfrentariam um ataque do qual fugira. Era egoísta, sabia. Talvez egoísta *demais*.

– Bom dia a todos, é o comandante – disse uma voz de homem. – Estaremos pousando no aeroporto Charles de Gaulle em breve. A hora local é 8:45.

As pessoas começaram a se mexer. O companheiro de assento de Aria, um homem de negócios que felizmente não dissera nada a Aria durante todo o voo, exceto um "com licença", limpou a baba do rosto e enfiou uns documentos na pasta. Aria colocou devagar seu iPod na bolsa e as revistas que comprara no aeroporto, e ficou olhando enquanto os prédios de Paris se delineavam a distância. Alguns segundos mais tarde, o avião desceu e aterrissou. As luzes de cima foram ligadas. A música de elevador tomou conta da cabine. As pessoas levantaram-se e pegaram suas bolsas. Nem uma única pessoa olhou para ela com suspeita.

O coração de Aria batia forte quando ela abriu o cinto e esperou a fila no corredor diminuir. A comissária disse um breve "até logo" ao homem à sua frente, mas passou direto por Aria. O terminal estava meio quieto, o voo deles tinha sido o único a chegar na hora. Todos foram andando em direção à alfândega; Aria não sabia o que fazer além de seguir a multidão. Se pelo menos houvesse um jeito de evitar ainda outro par de olhos fixados nela, mas, fora mergulhar pela janela e correr para procurar uma cerca, ela não conseguia pensar em uma maneira de evitar isso.

Todos se espremeram através da porta da alfândega e entraram em uma fila sinuosa. Aria olhou para os policiais lá na frente, com o estômago revirado. Tocou em seu celular, enfiado dentro da bolsa, desligado – só o fato de ligá-lo poderia informar sua localização à polícia. Mesmo assim, desejou poder verificar as mensagens de voz e de texto. Quantas pessoas tinham ligado para ela? Noel, com certeza. Mike? Os pais? Hanna? A polícia?

De repente, olhando os passageiros à sua frente, alguma coisa impediu a respiração de Aria de entrar nos pulmões. Uma garota de cabelo avermelhado dançava no lugar, de fones sobre os ouvidos. Ela estava com uma bolsa de esporte no ombro e usava um suéter azul que tinha as palavras CAMPEONATOS DE NATAÇÃO DE DELAWARE VALLEY escritas atrás. Emily tinha uma camiseta bem assim.

O coração de Aria ficou leve. Talvez *fosse* Emily. Talvez, de alguma forma, ela tivesse sobrevivido ao mar. Talvez tivesse tido a mesma ideia de Aira de dar o fora do país. Que fantástico! Aria não ficaria tão sozinha! Poderiam pensar no que fazer juntas!

Aria atravessou a multidão. Nunca se sentira tão feliz na vida.

– Como estou feliz de ver *você*! – entoou, cutucando o braço de Emily.

A garota se virou. Os cantos de sua boca estavam virados para baixo, e ela não tinha sardas. Seus olhos não eram tão brilhantes quanto os de Emily, sua expressão não era tão arguta. A garota inclinou a cabeça com cansaço, mirando o vestido preto desmazelado de Aria do funeral de Emily, a maquiagem borrada e o cabelo despenteado.

— Perdão? — disse com um sotaque do sul.

Aria recuou, com a boca tremendo.

— A-ah — gaguejou. — Não foi nada.

A garota voltou a colocar os fones. Aria voltou para seu lugar na fila, sentindo-se de repente incapaz de respirar. Esperara que fugir para o outro lado do mar aliviaria um pouco a dor pela perda de Emily — pelo menos, ali, tudo não lhe lembraria a amiga. Mas, apenas alguns minutos depois de chegar ao aeroporto de Paris, sentia-se mais perdida do que nunca.

A fila da alfândega movia-se depressa e, em pouco tempo, um funcionário fez sinal para que Aria avançasse. Um cão policial parado na porta olhou direto para ela, com as orelhas apontadas.

— Passaporte? — disse o funcionário com uma voz entediada.

Os dedos de Aria tremiam quando tirou o livretinho da bolsa. O funcionário olhou para ele, depois para o rosto de Aria. Houve uma longa pausa em que ele olhou para alguma coisa na tela do seu computador. Um som sibilante passou pelas orelhas de Aria. Será que ele estava verificando uma lista? Tocando um alarme silencioso avisando que a criminosa fora localizada?

— Está aqui a trabalho ou a passeio? — perguntou ele.

Sua voz fina e aguda a desarmou. Ela olhou fixo para ele, querendo rir. Será que ela *parecia* que estava ali a trabalho?

— P-passeio — gaguejou.

— Quanto tempo vai ficar?

— Uma semana. — Era um período de tempo qualquer, mas o funcionário aquiesceu, parecendo apaziguado. Aria sentiu um fio de suor descendo pelas suas costas. Sentiu a necessidade urgente de fazer xixi. Olhou para a porta, horrorizada ao ver que o cão policial *ainda* a encarava.

Carimbo.

Para seu espanto, o funcionário lhe entregou de volta o passaporte.

– Pronto, srta. Montgomery. Tenha uma boa estadia.

Aria pegou-o da mão dele devagar, ainda sem acreditar que aquilo estava acontecendo. Mas, assim que recuperou o passaporte, fugiu para a enorme porta que dizia SAÍDA. E enfim, felizmente, estava no terminal comum, em terreno francês oficial, pessoas passando por ela e ruídos vindos de todas as direções. Perdeu-se no mesmo instante na multidão. Dirigiu-se a uma escada rolante ao ver um sinal de ponto de táxi acima dela. Mas não ia ficar na cidade. Nem naquele país. A polícia rastrearia aquele voo em um piscar de olhos. Seu plano era sair da França de trem, ou em um táxi alugado, que não pediria sua identidade.

Seu coração começou a bater forte de novo, mas dessa vez de excitação. Onde acabaria? Não tinha nem certeza – em algum lugar dentro da fronteira da União Europeia que não exigisse passaporte na entrada. Milão, talvez. Ou quem sabe uma preguiçosa aldeia espanhola. Ou a Dinamarca, ou a Suíça. Estava excitada por estar na Europa de novo. O mundo inteiro se abrira mais uma vez.

Vá se ferrar, Ali, pensou à toa. E ficou imaginando também que, embora a garota no terminal não fosse Emily em carne e osso, talvez Emily estivesse cuidando dela do além-túmulo. Talvez ela tivesse guiado Aria até ali de maneira sobrenatural, garantindo que ninguém a pegasse, pavimentando o caminho para que Aria entrasse no país sem incidentes. Afinal, o que

Emily queria mais do que qualquer coisa no mundo era que elas todas vencessem Ali e ficassem livres.

E, por uma reviravolta louca do destino, pelo menos para Aria, era exatamente o que estava acontecendo. Se apenas pudesse ter trazido as amigas consigo.

11

UMA PULSEIRA DE LACROSSE RESOLVE TODOS OS MALES

— Então... O que prefere, o terninho cinzento de risca de giz ou o pretinho básico?

Hanna, sentada em sua penteadeira, ergueu os olhos. Era terça-feira, e Mike estava diante do espelho de corpo inteiro no quarto dela, segurando dois dos conjuntos dela em frente ao seu corpo e fazendo pose, como uma miss.

— Pessoalmente, gostaria que você exibisse as pernas — afirmou ele. Devolveu os trajes recatados ao armário e tirou de lá um vestido supercurto, apertado, brilhante, que Hanna tinha usado com Hailey Blake. — *Isso* impressionaria o júri, não acha?

— Ah, sem dúvida, especialmente com isso. — Hanna ergueu a perna para exibir a tornozeleira eletrônica. Aquele negócio era *tão* irritante, ela precisava protegê-lo com um saco plástico para tomar banho, não conseguia se virar na cama sem enganchá-lo em algum lugar, nem colocar uma calça jeans skinny. Ainda assim, não conseguiu evitar um sorriso tímido.

Mike estava tentando fazê-la sentir-se melhor, mas hoje, mais do que em todos os outros dias, estava bem complicado.

Como se fosse uma deixa, o noticiário da manhã, na televisão do quarto dela, voltou depois de um intervalo comercial. O rosto de Hanna, da última vez que elas estiveram em uma corte, pelo assassinato de Tabitha Clark, apareceu na tela.

– O julgamento por assassinato das Belas Mentirosas começa esta manhã – informou o repórter.

A imagem mudou do rosto de Hanna para o de Aria e o de Spencer e, depois, para uma fotografia de Emily.

– Depois do trágico suicídio de Emily Fields, no sábado, cogitou-se adiar o processo, mas a equipe da promotoria afirmou que vai continuar.

Brice Reginald, o promotor distrital de nariz pontudo, apareceu na tela. Hanna já odiava seu cabelo alisado e seu gosto por gravatas-borboleta.

– Lamento pela família da srta. Fields, mas outra família merece respostas, os DiLaurentis – declarou ele em um tom gentil e anasalado. – Esperamos o sr. DiLaurentis no julgamento esta manhã, e eu, pessoalmente, garanti a ele que será um julgamento rápido, com resultados favoráveis. A justiça será feita em nome de sua filha assassinada.

Hanna bufou. Se ela fosse o pai de Ali, não mostraria o rosto em uma corte. Ele tinha de saber que a filha era uma assassina fria e mentirosa. Mas ele *não era* o pai de Ali – o pai dela era o sr. Hastings. E *ele* estava dando consultoria... suporte a Spencer. Sua cabeça começou a doer de tão bagunçadas que as coisas estavam.

Também se perguntou onde Jason se encaixava em toda aquela história. Estava claro que a sra. D se lamentava em casa, muito sobrecarregada para aparecer, mas qual era a desculpa do irmão de Ali? Talvez ele fosse esperto e não acreditasse na coisa toda.

— E quanto à afirmação da defesa de que Alison DiLaurentis ainda está viva? — perguntou um repórter ao promotor.

Ele deu uma fungadela.

— As provas são claras, a srta. DiLaurentis foi assassinada.

Hanna gemeu baixinho. Mike tirou o som da televisão.

— Não é bom para você assistir a isso. — Mike se aproximou e passou os braços em volta dos ombros dela. — Tudo vai terminar bem, prometo. Vou estar lá o tempo todo.

Hanna estava prestes a perguntar alguma coisa quando o celular de Mike apitou. Ao espiar a tela, pareceu ficar perturbado.

— É um jornalista? — perguntou Hanna, aflita. Tinha recebido tantos telefonemas inconvenientes nas últimas 24 horas que teve de limpar seu correio de voz duas vezes. Mike tinha mencionado que a imprensa tinha seu número também.

— Não — murmurou ele, com os olhos ainda na tela. — É minha mãe. Ela ainda não tem notícias de Aria.

Hanna inclinou a cabeça.

— Desde quando?

Os dedos de Mike correram pelo teclado.

— Desde ontem à noite. E eu não a vi hoje de manhã, mas pensei que estivesse na casa de Noel ou algo assim... era cedo. Mas a polícia tinha acabado de ir a casa. Aria não foi encontrá-los depois do funeral de Emily para entregar seus documentos e seu passaporte e para que colocassem a tornozeleira nela. E parece também que ela fez um saque alto no caixa eletrônico no aeroporto.

Hanna enrugou a testa.

— Você está brincando. — Ela não podia acreditar que Aria faria uma coisa daquelas. — Acha que sua irmã pegou um voo para algum lugar?

— Não sei. Mas isso seria uma coisa bem, *bem* idiota a se fazer. — Mike a encarou, com uma expressão de nervosismo. — Não consigo acreditar que ela não telefonou para ninguém. Você não ouviu falar dela?

Hanna mordeu o lábio.

— Não — respondeu baixinho. Hanna tinha telefonado um milhão de vezes para Aria desde a discussão, mas todas as chamadas caíram direto na caixa postal.

Mike fez uma careta.

— Por que vocês brigaram afinal de contas?

Hanna bateu os braços nas laterais de seu corpo.

— Emily, Ali... Eu nem sei direito.

Ela tentou entender a briga, mas não conseguiu. Ela culpava *mesmo* Spencer por Emily ter ido para o mar? Spencer foi a única que sugeriu que elas passassem a noite em Cape May, afinal de contas, e agora que reavaliava a situação, Hanna via que elas deveriam ter ido para casa. Emily estaria mais segura lá, sem mencionar que elas poderiam não ter sido pegas por violarem suas condicionais.

Mas não foi como se soubessem o que iria acontecer. Isso a lembrou do acidente em que se envolveu no verão anterior. Tinha resolvido levar Madison para casa porque a garota estava bêbada demais e não viu o carro de A surgindo de repente, do nada. Ela não tinha planejado se envolver em um acidente.

Hanna tentou ligar para Spencer no dia anterior, mas desligou antes que a ligação caísse na caixa postal. Não sabia o que dizer. *Me desculpe?* Ela lamentava mesmo? Isso era irritante também, o fato de Spencer não ter *lhe* telefonado. Ela deveria, no mínimo, desculpar-se por se descontrolar com Hanna no funeral. Por que Hanna tinha de ceder primeiro?

Mike sentou-se na cama, passando o celular de uma das mãos para a outra.

— Onde acha que ela está?

Hanna deu de ombros.

— Talvez em lugar nenhum? Quem sabe isso tudo foi só para enganar a polícia?

— Aposto que ela está na Europa — respondeu Mike, sem se abalar. Passou as mãos pelo cabelo. — Só espero que esteja em segurança. — Então, assumiu uma expressão estranha. — Ei, você não acha que ela fez alguma coisa horrível, acha? Como Emily?

— Não sabemos que Emily está morta — respondeu Hanna automaticamente.

Mike inclinou a cabeça.

— Han. Meio que... *sabemos*.

Hanna fechou os olhos. Não tinha certeza. Na noite anterior, tinha lido todos aqueles artigos sobre pessoas que tinham sobrevivido miraculosamente a correntes marítimas e tsunamis. A capacidade humana de perseverar era surpreendente. Talvez Emily tivesse decidido, uma vez que estava no meio do oceano, que não queria morrer afinal de contas!

Então, desviou o olhar para a poltrona no canto do quarto. O vestido que tinha usado no funeral de Emily estava sobre ela, além de sua bolsa, seus sapatos e o memorial que ela pegou na saída. EMILY FIELDS, lia-se na capa, acompanhado de várias fotografias de Emily ao longo dos anos. Havia uma de Emily garotinha, muito antes de Hanna conhecê-la, no meio de uma plantação de dentes-de-leão. Outra de quando tinham acabado de ficar amigas, no sexto ano – Emily em uma competição de natação, puxando seus óculos de proteção. Várias outras fotos do ensino fundamental e do ensino médio, Emily sempre parecendo cheia de energia, doce e feliz.

Quando Hanna fechou os olhos, imagens dolorosas se formaram em sua mente. Pensou na cama de Emily, ainda feita, seus cobertores bem estendidos, seus travesseiros afofados. Pensou em todas as coisas que Emily não tocaria mais, não usaria, das quais não participaria. Pegou o celular e começou a digitar um texto explicando o quanto se sentia triste... até que se deu conta. Endereçou a mensagem à Emily. Claro que tinha feito isso: Emily sempre fora a pessoa que ela poderia procurar quando se sentia infeliz e vulnerável.

Seu queixo tremeu. Afundou na cama e colocou a cabeça entre as pernas. Mike massageou suas costas.

– Ei – disse ele com ternura. – Tudo bem. Vamos sair dessa.

– Vamos? – choramingou Hanna, sentindo as lágrimas correrem por seu rosto. – Nem consigo acreditar que esta é minha vida. *Tudo* isso. – Balançou a cabeça. – Emily se foi, Spencer não fala mais comigo e em breve, muito breve, eu vou para a *cadeia,* Mike. *A prisão*. Não tenho nada. Nem futuro, nem amigos, nem uma vida...

– Ei! – Mike fez uma careta e colocou as mãos nos quadris. – Você não perdeu tudo, Hanna. Ainda tem a mim.

Hanna enxugou as lágrimas.

– Mas, honestamente, por quanto tempo você vai esperar por mim? Eu posso ficar na prisão por trinta anos, ou mais. Quero dizer, você não pode ficar *esse* tempo todo sem sexo.

– Ela estava tentando fazer uma piada, mas, quando tentou sorrir, apenas começou a chorar ainda mais.

– Vale a pena esperar por você. – Mike massageou suas costas.

– Você diz isso agora, mas...

Mike se afastou.

– Você não acredita em mim?

– Não é isso. Só que eu... – Hanna, sem expressão, encarou a televisão no outro lado da sala. Uma bela modelo brasileira bebia uma Coca-Cola Diet, brincando sensualmente com o canudinho. – O mundo está cheio de garotas, Mike – respondeu ela, falando calmamente. – E não quero que você pare de viver por minha causa.

Ele pareceu chateado.

– Nem diga uma coisa dessas. Quer que eu prove que vou esperar por você?

Ele parou diante dela. Quando Hanna abriu os olhos de novo, viu Mike bem na sua frente, apoiado sobre um joelho, olhando dentro de seus olhos.

– Case-se comigo, Hanna Marin – implorou ele, com sinceridade. – Case-se comigo hoje.

– Ah... – respondeu Hanna, pegando um lenço de papel e borrando a maquiagem dos olhos.

Mike tirou a pulseira amarela de borracha da equipe de lacrosse que trazia no punho e a entregou para Hanna.

– Não tenho uma aliança, mas aceite isso – pediu ele. – Estou falando sério. Vamos nos casar. Tipo, amanhã.

Hanna piscou.

– Você tem certeza?

– Claro que tenho.

Ela assoou o nariz.

— Tipo, com uma cerimônia e tudo mais? E com uma certidão para tornar o casamento legal? Nosso casamento *seria* legal? Nós temos idade suficiente para isso?

Mike fez uma careta.

— Acho que sim. E sim, quero que seja totalmente legal. Eu quero *você*, Hanna. E eu preciso que saiba que sempre vou querer você, não importa o que aconteça.

Hanna olhou para a pulseira emborrachada em suas mãos. Mike a recebera ao participar de uma equipe de lacrosse universitário. Uma vez, na Jamaica, antes de toda aquela confusão com Tabitha, ela e Mike fizeram uma massagem para casais. Hanna comentou sobre o fato de ele ter ficado com a pulseira, mesmo quando os massagistas pediram que tirassem todas as bijuterias. *Tirá-la seria como remover uma parte minha*, explicou Mike, com uma expressão muito séria.

Considerou ficar com Mike pelo resto da vida e não demorou muito tempo para que percebesse que adorava a ideia. Também ficou tocada pelo gesto. Mike sabia muito bem qual poderia ser o futuro deles. Ele sabia as armadilhas de manter um relacionamento com alguém na prisão — ou pelo menos ela esperava que ele tivesse prestado atenção naquelas partes da série *Orange Is the New Black* e não apenas nas cenas de amor entre as meninas.

Hanna o encarou.

— Podemos ter um casamento de verdade?

Ele deu de ombros.

— O que você quiser.

— E eu poderia usar um vestido? E dar uma festa?

Mike sorriu.

— Isso é um sim?

Hanna mordeu o lábio, sentindo-se, de repente, tímida.

– Acho que é – murmurou, jogando os braços ao redor dele. – Sim, Mike Montgomery, mesmo que seja loucura, aceito me casar com você.

– Era isso que eu queria ouvir – sussurrou Mike, e colocou a pulseira de lacrosse no pulso fino dela.

Hanna fechou os olhos e deu uma risada. A pulseira de lacrosse parecia muito melhor do que qualquer anel de diamante. Era, literalmente, de valor inestimável.

12

UM DRAMA NO TRIBUNAL

Nunca em sua vida, Spencer pensou que visitaria tantas vezes o tribunal de Rosewood quanto visitara nos últimos anos. Conhecia o lugar como a palma da sua mão e sabia até mesmo que entrada usar a fim de evitar a imprensa, qual máquina de salgadinhos realmente entregava os lanchinhos certos e qual assento, na sala de audiências, fazia um barulho irritante quando você se sentava.

Mas, ao subir aqueles degraus de pedra, no primeiro dia de seu julgamento por assassinato, o lugar pareceu completamente diferente. Havia bem mais câmeras do que de hábito, elas estavam até nas entradas laterais e todo mundo gritava seu nome enquanto ela corria para dentro – inclusive um grupo de pessoas amontoadas, todas vestindo camisetas iguais onde se lia *Gatos de Ali Unidos*. Spencer ficou paralisada, surpresa com a visão dos Gatos de Ali tão próximos a ela. Todos pareciam tão *comuns*. A mulher mais à frente, acima do peso, com um cabelo avermelhado brilhante e uma semelhança surpreendente com o antigo professor de piano de Spencer, encarava-a com desconfiança.

— Está preparada para a prisão, vaca? — O resto do grupo explodiu em risadas. Spencer desviou o olhar rapidamente, seu coração batia disparado.

Dentro do prédio, a equipe de segurança havia disponibilizado detectores de metal extras, mas ainda assim as filas estavam longas. As luzes na corte pareciam mais duras e brilhantes, quase como as lâmpadas fluorescentes do interrogatório. E, desta vez, a tribuna do júri estava cheia de pessoas que encaravam Spencer como se já a estivessem julgando.

Ela tentou não devolver o olhar para os jurados quando entrou na sala, mas não foi fácil. A cada movimento que fazia, a cada mecha de cabelo que colocava atrás da orelha, a cada assoada de nariz, Spencer temia que a enxergassem como arrogante, fria ou imatura. *Eu não cometi esse crime*, foi a mensagem que tentou transmitir ao dar uma espiadela e perceber que um dos jurados parecia com seu tio Daniel. O que não era de todo uma coisa boa — todo mundo sabia que ele detestava crianças.

Foi então que seu olhar foi atraído para uma garota bem jovem, no último banco de jurados. A menina a encarava com mais desdém do que os outros. Os *Gatos de Ali*, sussurrou a voz em seu cérebro, a imagem do grupo do lado de fora ainda estava viva em sua mente. Será que era possível?

Seu celular soou. Spencer ficou ruborizada e o silenciou, mas olhou a tela antes de colocá-lo na bolsa. Duas mensagens tinham chegado. A primeira ela reconheceu como sendo de um número da Filadélfia que ela que não tinha em seus contatos: *Espero que esteja se sentindo bem. Aqueles comprimidos para dormir estão funcionando? Por favor, entre em contato se precisar conversar. Estou aqui. Wren.*

Primeiro ela se sentiu irritada. Não dissera a Wren que não estava interessada?

A segunda mensagem era um e-mail de George Kerrick, que trabalhava para o banco que administrava o fundo fiduciário de Spencer. *Querida Spencer, pesquisei sobre seu desejo de retirar o montante do fundo, e sua conta está completamente bloqueada. Sinto muito; não há nada mais que eu possa fazer desta vez.*

Spencer encarou a tela. Recorrer a Kerrick tinha sido sua única tentativa de conseguir 100 mil dólares para Angela. Mas quem teria ordenado o bloqueio à sua conta? A mãe de Spencer? A polícia?

Houve certa agitação; Hanna entrou na sala de audiências e ocupou seu lugar do outro lado do advogado delas. Spencer a encarou, depois desviou o olhar. Havia algumas ligações perdidas de Hanna no celular de Spencer, mas ela não deixara uma mensagem de voz. Spencer suspeitou que Hanna queria que se desculpasse – foi como entendeu o silêncio da amiga, lembrando-se de como costumavam brigar no sétimo ano. Uma vez, Hanna ignorou Ali até que *Ali* desmoronou e pediu desculpas. Mas e sobre as coisas que *Hanna* dissera? Spencer estava magoada além do inimaginável por Hanna acusá-la de ser responsável pelo que tinha acontecido à Emily. Lidar com a morte dela já estava sendo difícil o suficiente.

Depois de alguns minutos, Hanna ergueu o queixo e virou o rosto. *Ótimo*, pensou Spencer.

Mais pessoas foram entrando, até a sala estar quase lotada. Spencer viu o pai de Ali – que não era *de fato* o pai dela – sentado no fundo da sala, sozinho. Depois viu o próprio pai do outro lado, olhando disfarçadamente na direção do sr. DiLaurentis. Sentiu a garganta fechando e desviou o olhar.

Era tão estranho tentar imaginar o que estava passando pela cabeça dos dois.

Observou os corredores por mais algum tempo esperando por Aria, mas ela ainda não tinha chegado. Por fim, o pai de Aria se materializou nos fundos da sala e fez sinal para Rubens a fim de conversarem. Quando Byron Montgomery sussurrou em seu ouvido, a expressão de Rubens mudou. Depois o advogado foi até a mesa do juiz e falou em voz baixa. Hanna murmurou alguma coisa para Mike. Por fim, Rubens voltou para o corredor onde elas estavam.

Spencer o encarou.

— O que está acontecendo?

— Aria Montgomery está desaparecida — respondeu ele, em voz baixa. — A polícia tem motivos para acreditar que ela esteve no aeroporto ontem e que embarcou para Paris. O nome dela estava na lista de passageiros do voo. As autoridades francesas estão envolvidas na busca, mas acredita-se que ela já tenha deixado a cidade.

Spencer engasgou.

— Como Aria foi para a Europa? A polícia não monitorava seus movimentos?

Rubens balançou a cabeça.

— Ela desapareceu antes que colocassem sua tornozeleira.

Spencer passou a mão pelo cabelo. Aria teve a mesma ideia que ela — com a diferença que decidiu colocá-la em prática. Era um plano brilhante, talvez um no qual Spencer devesse ter pensado. Brilhante, mas imprudente. Fugir para a Europa sem tomar as medidas necessárias para desaparecer era mesmo uma grande tolice. Aria ia se encrencar ainda mais. Spencer se perguntou também se *aquele* era o motivo de sua conta estar bloqueada. As autoridades pensaram, cheias de razão, que ela faria a mesma coisa.

Olhou para Hanna, que a encarou por um segundo. Spencer considerou dizer alguma coisa para quebrar o gelo. Aquilo era bem mais importante do que a briga estúpida que tiveram, afinal. Perguntou-se se amiga vira o pessoal do Gatos de Ali do lado de fora.

Mas então um pensamento lhe ocorreu e Spencer se virou para Rubens.

— O júri vai levar a fuga de Aria em consideração?

Rubens fez uma careta.

— Bem, isso não parecerá propriamente bom para vocês duas. Uma comete suicídio, outra foge para a Europa? Não é assim que pessoas inocentes se comportam.

Spencer fechou os olhos. Era isso que ela temia que o advogado dissesse.

Rubens se inclinou para a frente.

— Vamos continuar com os depoimentos hoje de qualquer jeito. Aria será julgada à revelia. Porém, a polícia vai interrogar vocês duas sobre isso depois da sessão de hoje.

Spencer torceu o nariz.

— *Eu* não tive nada a ver com a fuga de Aria.

— Nem eu — disse Hanna num sobressalto.

— Vocês viajaram juntas para Nova Jersey. São cúmplices dela. Apenas falem a verdade e não terão mais problemas.

O juiz bateu o martelo, chamando os advogados até sua mesa. Depois de conversarem um pouco, Seth e o promotor se apresentaram ao júri e chegou a hora das disposições iniciais. O coração de Spencer bateu mais forte. Estava acontecendo.

O julgamento delas por assassinato estava prestes a começar.

A promotoria tomou a palavra. Usando um terno de risca de giz e mocassins que pareciam caros, com o cabelo penteado para trás e a pele estranhamente bronzeada, Brice Reginald, o promotor público, adiantou-se até o nicho dos jurados e deu a cada um deles um sorriso que Spencer poderia descrever apenas como *nojento*.

— Todos conhecemos o caso Alison DiLaurentis — começou. — É difícil não conhecer, não é? Garota bonita desaparece, o assunto vira capa da revista *People*, prende a atenção do país inteiro... e descobrimos que foi sua irmã gêmea, mentalmente instável, a *verdadeira* Alison, que a matou. Ou... ela *matou mesmo*? — Reginald encarou os jurados com olhos dramaticamente arregalados. — Foi mesmo Alison quem matou Courtney? Ela realmente é o monstro que as pessoas afirmam? Ou é uma vítima inocente, primeiro enganada pelo namorado, um rapaz instável e manipulador, Nicholas, e depois atormentada pelas quatro meninas, as melhores amigas de sua irmã?

Nesse momento, ele voltou sua atenção para Spencer e Hanna. Como era de se esperar, os jurados também as encararam. Spencer baixou a cabeça, sentindo o couro cabeludo queimar. Nunca se sentiu tão envergonhada.

— O que é real neste caso e o que é armação? — continuou o promotor. — Quem está tentando ganhar a simpatia de vocês, e quem é a verdadeira vítima? Nos próximos dias, contarei às senhoras e aos senhores do júri quem Alison *realmente* era. Uma garota enviada a uma clínica psiquiátrica por pais preocupados... mas que acabou sendo intimidada lá. Uma menina que conseguiu escapar de uma situação infernal apenas para se apaixonar por um jovem que a forçou a ser cúmplice em assassinato e que, depois disso, escapou *dele* apenas para ser a presa de quatro jovens que desejavam vingança a qualquer custo. E falarei também sobre quatro garotas de Rosewood que tiveram a vingança que desejavam. Na superfície, parecem adolescentes meigas, que estavam no lugar errado, na hora errada. Mas se cavarmos mais fundo, *isto* é o que elas verdadeiramente são.

Ele ligou a televisão e pressionou o PLAY no aparelho de DVD. Na tela, todos viram uma imagem de câmera de segurança. Era a câmera que as quatro meninas tinham instalado para vigiar a casa da piscina – Spencer reconheceu a varanda da frente bamba e a árvore seca. Lá, na tela, estava Emily, feito uma desvairada na sala da casa, quebrando o que via pela frente.

O estômago de Spencer revirou. Era de partir o coração ver Emily viva de novo, mexendo-se, tão real e tão... *maluca*. Os olhos dela pareciam selvagens enquanto ela andava de um lado para outro. Suas narinas se dilataram e ela realmente *rosnou*. E ao final de sua demonstração de fúria, ela olhou diretamente para a câmera, mostrando os dentes.

– *Eu nunca vou amar você! Nunca, nunca! E vou matá-la! Você vai pagar por isso!*

O coração de Spencer afundou no peito como uma pedra.

O promotor desligou a televisão.

– Descreverei aos membros do júri exatamente o que essas garotas fizeram a Alison, o que inclui espancá-la a ponto de quebrar os seus dentes e cortá-la para que sangrasse profusamente. Essas eram garotas cujas vidas estavam em ascensão. E ainda assim não foi o bastante. O que elas desejavam, *cobiçavam*, era arrancar Alison de suas vidas de uma vez por todas. – Ele olhou ao redor da sala com um sorriso triunfante e sincero. – Sim, deveríamos ser simpáticos ao fato de que essas garotas tiveram alguns problemas com Nicholas Maxwell. Mas devemos culpar a pessoa que merece a culpa: Maxwell, não Alison. As garotas deveriam ter escutado as súplicas dela, que clamavam por inocência. Mas elas estão aqui porque não fizeram isso, e cabe aos senhores tomar a decisão correta de condená-las por seu crime hediondo e violento.

Ele terminou sua argumentação com um gesto floreado. Spencer quase acreditou que ele faria uma reverência. Ela se virou para seu advogado, horrorizada.

— Nada disso nem ao menos é *verdade*! — sussurrou. — Você não pode fazer alguma coisa, como objetar?

— Não durante as disposições de abertura — respondeu Rubens, entredentes.

Por fim, chegou a vez de Rubens. Ele caminhou até a frente da corte e, então, na direção dos jurados, sorriu cordialmente para eles.

— O dr. Reginald pinta um quadro bonito — começou ele. — E talvez seja verdade. *Parte* do que ele disse, em todo caso. Talvez Nicholas Maxwell tenha mesmo coagido Alison. Talvez ela não seja tão culpada quanto pensamos. Mas não é sobre isso que trata esse caso. Nosso caso diz respeito à questão: Essas quatro garotas mataram ou não a srta. DiLaurentis? E eu estou aqui para dizer-lhes que elas não fizeram isso.

Houve um intervalo silencioso. Os jurados se ajeitaram em seus assentos.

Rubens respirou fundo.

— Nem ao menos está claro, de fato, se Alison está realmente morta. — O promotor soltou uma gargalhada. — Sim, um pouco de seu sangue foi encontrado na suposta cena do crime. E há certas evidências que colocam minhas clientes no mesmo local onde um crime pode ter ocorrido, embora eu certamente tenha teorias sobre outras pessoas que poderiam desejar ver Alison DiLaurentis morta e que poderiam ter agido nesse sentido. Entretanto, nem mesmo sabemos se um assassinato *ocorreu*, e seu corpo desaparecido deixa enormes lacunas neste caso. O sr. Reginald nos contou uma versão, uma forma de encarar essa história, e eu lhes darei outra versão: Essas meninas foram enganadas pela mesma garota que acreditamos estar morta. Ela espalhou o próprio sangue. Arrancou o próprio dente. Limpou a bagunça com alvejante, fazendo parecer que as garotas foram as responsáveis. Ela fingiu sua morte e culpou as meninas porque era a forma perfeita de fugir... pelo que sabemos, ela está lá fora, em algum lugar, aproveitando a vida, enquanto minhas clientes estão em um julgamento por *suas* vidas.

O coração de Spencer bateu mais rápido. Ele estava usando a teoria delas. Observou as expressões dos jurados. A maioria parecia perplexa. A jovem que Spencer avistou antes parecia enojada de verdade.

Rubens se aproximou e parou diante do juiz.

— Estou aqui para descrever o que pode ter acontecido. E como o sr. Reginald disse, cabe ao senhor decidir de forma correta o que aconteceu naquela noite.

Houve bastante murmúrio e agitação na sala de audiência. Spencer estava morta de vontade de ver a expressão do sr. DiLaurentis, mas estava apavorada demais para se virar. Por fim, o juiz pigarreou.

— Vamos fazer um recesso de uma hora e depois chamar a primeira testemunha — ordenou ele. Depois se levantou e marchou para sua sala.

Todas as pessoas na corte se levantaram e saíram. Apenas Spencer permaneceu sentada, olhando para baixo. Sentia-se mais próxima de uma condenação do que antes. Depois de um instante, ergueu a cabeça e viu que Hanna a encarava.

— Então, começou — disse a amiga, com delicadeza.

— Sim — respondeu Spencer.

Ela queria se aproximar e tocar Hanna. Mas também se sentiu tão estranha... e esgotada... e totalmente sem cabeça para fazer as pazes. Então, levantou-se de forma abrupta e começou a percorrer o corredor central. E mesmo sabendo no fundo do coração de que *precisava* realmente de Hanna, saiu para procurar um canto sossegado onde pudesse processar tudo aquilo sozinha.

13

COMO PLANEJAR UM
CASAMENTO EM CINCO DIAS

Hanna e Mike estavam acomodados no sofá da sala de estar dela; a pinscher em miniatura de Hanna, Dot, aconchegava-se no colo da dona. Uma mulher chamada Ramona, com cabelo louro platinado, corte angular, olhos cinzentos e frios, maçãs do rosto altas e usando um terninho Chanel e sapatos de salto de couro de cobra, aparentemente muito caros, estava sentada diante deles, com um grande fichário em seu colo.

– Você está me dizendo – perguntou ela, em uma voz intimidadora – que deseja um casamento inesquecível até o fim desta *semana*?

Hanna engoliu em seco. Talvez chamar Ramona, que pelo que diziam era a melhor organizadora de casamentos em atividade – ao que parecia, a mulher fizera cerimônias de casamentos para estrelas e astros de cinema por todo o país –, tivesse sido uma ideia bem maluca. Assim como, provavelmente, pedir que o casamento acontecesse em sua mansão favorita da Main Laine, Chanticleer.

— Eu sei que normalmente cerimônias de casamento precisam de certo planejamento — disse Hanna, constrangida. — Há *alguma coisa* que a senhora possa fazer por nós?

— Ah, posso fazer qualquer coisa que você deseje — respondeu Ramona com altivez. — Planejei casamentos em *menos* tempo. Isso só quer dizer que precisamos começar *agora*.

Então, ela desviou os olhos para Fidel, seu assistente magricelo, de rabo de cavalo e afeminado, que havia se colocado discretamente atrás dela. Ele estava encolhido em um canto, tomando notas em um iPad.

— Traga as amostras! — gritou Ramona. Fidel saiu correndo pela porta da sala.

Hanna apertou a mão de Mike. Eles estavam fazendo aquilo. Iam se casar... *de verdade*. Claro, a organização do casamento estava um pouco ofuscada por tudo o que estava acontecendo, mas ela se sentia feliz por ter alguma coisa boa em sua vida, distraindo-a de todo aquele horror, pelo menos por um tempinho.

Alguém bateu na porta. Dot pulou do colo de Hanna e começou a latir.

— *Entrée*, seu bobinho! — berrou Ramona e Fidel apareceu no vestíbulo, empurrando uma arara de roupas com uma das mãos e equilibrando várias caixas de confeitaria na outra.

A mãe de Hanna, que estava na cozinha, correu pelo corredor para pegar as caixas antes que elas caíssem.

— Pelo amor de Deus! — gritou. Ela abriu a tampa de uma delas e ficou emocionada. — Provas de bolo de casamento, Han! — gritou a sra. Marin. — Das confeitarias Bliss Bakery e Angela's! São as *melhores*!

Hanna sorriu, sentindo-se grata. Nem todas as mães aceitariam que a única filha se casasse às pressas, antes de provavelmente ser mandada para a prisão pouco depois da cerimônia. Claro que ajudou Hanna ter dito que ela e Mike iriam pagar pelo casamento, afinal, Hanna ganhara um bom dinheiro com o filme *Burn It Down,* e a sra. Marin tinha dito, basicamente, que se sua filha estava feliz, ela estava feliz também. Ela até concordara em assinar a certidão de casamento – o que um dos pais precisaria fazer, já que Hanna e Mike tinham, os dois, menos de 18 anos. E também deixou algumas cópias das revistas *Brides* e *Vogue Weddings* sobre a cama de Hanna naquela tarde e disse que ela iria garantir que a festa tivesse um bom DJ para o casamento – sua agência de publicidade tinha alguns contatos.

Os pais de Mike também aceitaram bem a notícia: Hanna recebeu um abraço de parabéns, tanto de Ella Montgomery, quanto de Meredith, a segunda mulher de Byron, naquela manhã. Claro que naquela família, o casamento ficou em segundo plano por uma boa razão: o desaparecimento de Aria.

Hanna encarou Mike, que estava sentado perto dela. Ele tinha ficado calado por um bom tempo. Na verdade, parecia estar em outro lugar.

– Tudo bem com você? – perguntou Hanna, falando baixinho.

Mike se encolheu e voltou para a Terra.

– Sim – respondeu. – É claro. Só estou, você sabe... pensando em Aria.

Hanna engoliu em seco. Claro que ele estava pensando na irmã. Ela também vinha pensando muito em Aria. Hanna ficou surpresa por ela ter mesmo escapado. Os policiais a interrogaram naquela tarde para saber se havia ajudado Aria a sair do país. A CNN abordou o assunto à noite. Aparentemente, as autoridades em toda a União Europeia estavam procurando por ela. A foto de Aria estava em todos os lugares, e cidadãos da Espanha, da França, de Luxemburgo e do País de Gales já tinham afirmado tê-la visto, embora Hanna não tivesse sido capaz de dizer se qualquer um dos testemunhos era válido.

— Tem certeza de que não quer adiar o casamento até Aria ser encontrada? — sussurrou Hanna.

Mike balançou a cabeça em negativa.

— Nada disso. Vamos em frente. — Ele se inclinou para mais perto. — E não *queremos* que ela seja encontrada, certo?

Hanna mordeu o lábio, enrugando a testa. Mike tinha razão — de certa forma. Hanna queria que Aria se safasse daquilo. Por outro lado, a ausência de Aria tornou *aquilo* mais difícil para ela e Spencer. Outra reportagem na CNN falava sobre o quanto as meninas pareciam culpadas, com o suicídio de Emily e a fuga de Aria. Vários comentaristas especializados em tribunais afirmavam que o melhor a fazer era pedir um acordo e acabar com aquilo.

Hanna se virou para a arara que Fidel tinha empurrado para o centro da sala de estar. Pelo menos quinze vestidos de noiva, embrulhados em plástico, estavam pendurados ali. Havia caixas de sapatos de marcas como Vera Wang e Manolo Blahnik. Um último cabide sustentava uma pequena bolsa de veludo contendo joias. Uma porção de véus e tiaras estava coberta na parte superior e, de repente, um perfume floral tomou toda a sala.

Ela olhou para Ramona.

— Essas coisas são para *mim*? — Levantou-se e olhou as etiquetas. Os vestidos eram do seu tamanho. Olhou uma das caixas de sapato. O maravilhoso par de saltos *off-white* também parecia ser do número dela. — Como a senhora poderia saber o que selecionar? — Tinha entrado em contato com

Ramona havia apenas algumas horas, e a mulher fizera apenas umas poucas perguntas genéricas antes de desligar.

Ramona revirou os olhos.

— É por isso que sou a melhor. Agora, vá experimentar algumas destas coisas e vamos ver como ficam. Seu noivo e eu vamos conversar sobre o cardápio e coisas desse tipo.

Mike, de repente, pareceu pensar em alguma coisa.

— Podemos ter asinhas de frango do bufê do restaurante Hooters?

Hanna deu de ombros.

— Se você quiser, acho que sim.

Os olhos de Mike se iluminaram.

— E que tal as garçonetes do Hooters *servindo* as asinhas?

Ramona pareceu horrorizada e Hanna estava prestes a matá-lo. Mas então se deu conta — aquele também era o casamento de Mike. E ela faria qualquer coisa para que ele esquecesse o desaparecimento de Aria.

— Se você prometer não tocar nas garotas, então, sim — respondeu ela empertigada.

— *Maravilha!* — exclamou Mike. Ele apanhou o celular. — Estou ligando para lá agora mesmo.

— Eu cuido disso — resmungou Ramona, fazendo um gesto para Fidel. Ele digitou alguma coisa no iPad. Depois, Ramona se virou para Hanna. — E você já se decidiu sobre as madrinhas? Precisamos delas aqui para uma prova de vestidos e também de sapatos.

— Ah, claro — respondeu Hanna, de forma automática. — Quero Aria, Spencer e Emily.

Todos engasgaram. Levou alguns segundos para Hanna se dar conta de seu equívoco e ela soluçou.

— Ou, bem, Emily *não*, é claro. — Hanna, de repente, sentiu-se desorientada. — E acho que as outras também não. — Não era como se Spencer quisesse participar do casamento, de qualquer forma. E Aria... ora, ela também estava fora de questão. — Acho que o melhor é que eu entre sozinha.

Ramona ergueu uma sobrancelha.

— Madrinhas são uma parte divertida de qualquer preparação. Você escolhe os vestidos delas, suas bijuterias, e terá amigas para ajudá-la no dia da cerimônia...

Hanna sentiu o queixo tremer. Mike segurou uma das mãos dela.

— Ei, ela disse que não quer madrinhas, certo? — Mike estava tão bravo que Hanna queria beijá-lo.

— Bem, mas ela terá uma daminha — interrompeu a sra. Marin. Ela olhou para Hanna. — Que tal Morgan?

— Com certeza — respondeu ela, conseguindo sorrir. Morgan Greenspan era a prima de 7 anos de Hanna, por parte de mãe, e a coisinha mais linda do mundo. Toda vez que via Hanna, implorava para que fossem juntas pegar vaga-lumes no quintal e contava histórias sobre seu animal de estimação, um cãozinho da raça Griffon de Bruxelas.

Ramona deu de ombros.

— Por mim, tudo bem. Precisamos acertar as cores, para que eu saiba quais tipos de vestidos deverei trazer para a daminha. Bem, então por que você não começa a experimentar estes vestidos? Vamos lá!

Hanna olhou para os vestidos mais uma vez, mas a visão não lhe deu tanta alegria quanto alguns segundos antes. *Suas melhores amigas se foram*, disse-lhe a voz em sua cabeça. *Todas elas.*

Sua garganta se fechou como acontecia com frequência quando estava prestes a chorar. Hanna abaixou a cabeça, escolheu vários vestidos e subiu a escadaria para seu quarto. Tudo, de repente, pareceu contaminado. Emily estava *morta* — era hora de Hanna aceitar. Tinha lido, algumas horas antes, que a Guarda Costeira desistira de procurar pelos restos mortais da amiga.

Olhou para a pulseira de Mike em seu pulso. *Ah, se você estivesse aqui, Em*, pensou ela. *Você pensaria em um jeito de juntar todas nós. Você consertava tudo.*

A luz piscou, refletindo um brilho dourado na janela do quarto de Hanna, iluminando sua cabeça. A garota ergueu os olhos, por um momento, o espaço próximo a ela na cama pareceu quente, quase como se alguém estivesse sentado ali. Ela decidiu fazer de conta que era o espírito de Emily. Pensou em como seria abraçar sua amiga, apertá-la junto ao seu peito e deixá-la se afastar de novo. Quase conseguia ouvir a voz de Emily em seu ouvido. *Estou feliz por você estar se casando, Hanna. Você deve estar feliz.*

Hanna se aprumou, sentindo-se renovada. Emily estava coberta de razão. Se insistisse em sua tristeza, se visse só o lado ruim das coisas, Ali *ganharia*. Para o inferno com tudo isso.

Voltou sua atenção para os vestidos sobre a cama e abriu o primeiro saco plástico. Era um vestido sem alças, feito de seda delicada, coberto com renda. O corpete era salpicado de pedrinhas brilhantes, bem justo, assim como a saia, que seguia reta até o chão. Hanna ofegou. Não contara a Ramona, mas costumava passar horas fazendo croquis de seu vestido de casamento dos sonhos, quando era mais nova — e seus desenhos se pareciam exatamente com aquele vestido.

Ela o deslizou pela cabeça e se virou para ser seu reflexo no espelho, surpresa com a transformação. Ela parecia mais... *velha*. Linda. E supermagra. Girou de um lado para outro sem parar de sorrir, incapaz de tirar os olhos de seu reflexo. Então, dando gritinhos de alegria, correu escadaria abaixo e espiou de um canto.

— Mike, vá para o banheiro. Você não pode me ver!

Hanna esperou até ouvir a porta bater e terminou de descer a escada. Ramona a encarou de modo impassível. Fidel digitou anotações. A mãe dela parecia prestes a chorar.

— Oh, querida — murmurou, levando as mãos ao peito. — Você está divina.

Pelo resto da noite, a cena se repetiu: Hanna pediu que Mike fosse dar uma volta e exibiu mais vestidos, sapatos e véus. Depois disso, com Mike de volta, todos provaram bolo de casamento e acabaram por escolher o de glacê de manteiga da confeitaria Bliss. Ramona fez uma série de telefonemas ameaçadores para a mansão Chanticleer e também para bufês, floristas e até mesmo para um calígrafo, dando prazo a todo mundo até o fim da semana, ameaçando nunca mais trabalhar com eles. Com cada *sim* que Ramona recebia como resposta, Hanna sentia-se mais e mais confiante de que Emily *estava* mesmo olhando por ela, facilitando as coisas. *Você merece ser feliz*, podia ouvi-la dizendo. *Mesmo que seja por um único dia*.

No fim da noite, havia apenas uma grande decisão a tomar, os convidados. Ramona garantira a empresa de papelaria e um calígrafo, mas eles precisavam saber o número de presentes *naquela noite* para que os convites saíssem a tempo.

— Bem, há os Milanos, os Reeves e os Parsons — enumerou Hanna, citando parentes e alguns amigos antigos da família. Encarou a mãe. — Mas vamos deixar *de fora* os

Rumsons. – Eles tinham uma filha muito malvada chamada Brooke, que tentara roubar um ex-namorado de Hanna, Lucas Beattie. – A maior parte do pessoal da escola, sem dúvida, mas não Colleen Bebris, de jeito nenhum. – Olhou de canto de olho para Mike. Ele tivera um caso rápido com a garota no começo do ano. – Podemos convidar Naomi e Riley, mas vamos colocá-las em mesas ruins. E nada de Klaudia Huusko. – Klaudia tentara roubar Noel de Aria. Era bem provável que Aria nem estivesse lá, mas Hanna ainda era leal.

– Deixa comigo – disse Ramona, tomando nota.

Hanna sorriu, sentindo-se um tanto má. Se tudo corresse do jeito que esperava, aquela seria a festa do século, bem melhor do que qualquer festa de debutante ou mesmo o Baile Foxy, ou qualquer baile de caridade do Country Club de Rosewood. Seria sua última demonstração de poder, esnobar todos aqueles que não tinham sido bacanas com ela.

– Noel, Mason, todos os caras da equipe de lacrosse – listou Mike. – Minha mãe, o chefe dela na galeria. E meu pai, Meredith e Lola.

– E quanto a seu pai, Hanna?

Ela ergueu o rosto, surpresa. A pergunta partira de sua *mãe*.

Acomodada na poltrona estofada, a sra. Marin balançava a perna. Havia uma expressão de conflito, mas também de sinceridade em seu rosto.

– Quero dizer, ele é seu pai. Não ia gostar de perder seu casamento.

Hanna respirou fundo.

– Kate pode vir – disse ela, referindo-se à sua meia-irmã. – Kate descobriu sobre o noivado e tinha mandado um e-mail para Hanna, na verdade, perguntando se ela poderia ajudar em alguma coisa. – Mas não ele. Nós já passamos por muitas coisas.

Sentiu que todo mundo ali a encarava, em especial Ramona. Mas Hanna não ia se explicar. Já era constrangedor o suficiente admitir que o próprio pai tinha escolhido sua nova esposa, sua nova enteada e até mesmo sua campanha *política* em vez da filha. De novo e de novo, o sr. Marin dera a Hanna não mais do que migalhas de seu afeto, apenas para tomá-las de volta, sempre que ela dava um passo em falso. Estava cansada de dar uma segunda, terceira e quarta chances ao pai, apenas porque costumavam ser próximos no passado. Ele tinha mudado.

E, de repente, Hanna sentiu-se como se precisasse fazê-lo entender que falava sério. Saltou de sua poltrona e murmurou que voltaria em um momento. Quando voltou ao quarto, olhou para si mesma refletida no espelho. Tirara o vestido do casamento, mas ainda havia uma espécie de brilho de noiva sobre ela que não poderia ser desfeito. Seu pai provavelmente desejaria vê-la. Mas ela já tivera o bastante. Ele a tinha magoado pela última vez.

Apanhou o celular e digitou o número do escritório geral da campanha do pai. Uma assistente atendeu, e quando Hanna disse seu nome, ela disse, com uma voz animada:

– Passarei a ligação. – Hanna piscou. Meio que esperava que a assistente desligasse na sua cara.

– Hanna. – A voz do seu pai soou do outro lado da linha poucos segundos depois. – É bom saber de você. Como está?

Hanna ficou chocada e irritada ao mesmo tempo pelo tom caloroso na voz do pai.

– O que *você* acha? – Ouviu-se rosnar. – Estou sendo julgada por assassinato. Você não ficou sabendo?

— Claro que sei — respondeu o sr. Marin com delicadeza, talvez com pesar.

Hanna fez uma careta. Ela não cederia àquele tom de voz.

— De qualquer modo, apenas telefonei para informá-lo de que estou me casando em breve com Mike Montgomery.

— Você... *o quê?*

Ela se irritou. Foi um tom de julgamento o que ouviu na voz dele?

— Estamos muito felizes. O casamento é no próximo sábado na mansão Chanticleer.

— Há quanto tempo vem planejando isso?

Ela ignorou a pergunta.

— Só telefonei para lhe dizer que você *não está* convidado — disse ela, em voz alta, falando bem rápido, para não perder a coragem. — Mamãe e eu cuidamos de tudo. Tenha uma ótima vida.

Com pressa, apertou a tecla para desligar, depois ficou com o celular entre as mãos. De repente, se sentiu muito melhor. A sensação de aconchego, parecida com a presença de Emily, voltou ao quarto. Pelos dias seguintes, Hanna rodearia a si mesma apenas com o que *ela realmente* desejava — e nada além disso.

14

A PEQUENA SURPRESA HOLANDESA

Aria sentou-se na cama quando a luz do dia entrou pelas janelas compridas e inclinadas de seu quarto. Abriu as cortinas e espiou lá fora. Era manhã de quarta-feira e os ciclistas transitavam pelos canais pitorescos. O ar cheirava a *Pannenkoeken*, as famosas panquecas holandesas. Numa esquina próxima, um homem tocava uma linda melodia em seu violino. Um momento depois, no quarto ao lado, Aria ouviu um dos garotos barulhentos dar o arroto mais alto de todos os tempos.

– Estou na maior ressaca! – gritou alguém.

– Sim, bem, acho que ainda estou chapado.

Aria caiu de novo na cama. Ela *estava* em um albergue da juventude em Amsterdã – o que podia esperar? Pelo menos tinha conseguido um quarto só para ela.

Nem o vômito no corredor e a temperatura imprevisível da água nos chuveiros, que ia de fria a quente, não perturbavam seu humor. Uma hora depois, estava limpa, com os olhos brilhantes e sentindo-se otimista, deixando o bairro onde se hospedava, o Red-Light District. As ruas estavam quase vazias, todos os turistas da vizinhança, provavelmente, estavam dormindo, tentando curar a ressaca. Era como se Aria tivesse a cidade inteira só para si. Tinha se esquecido do quanto adorava Amsterdã! O ritmo mais lento, as placas em idioma estrangeiro, o barulho das motocicletas, a divertida rede de bondes da cidade, toda arte e arquitetura pitorescas... todos os detalhes que a fizeram perceber o quanto estava feliz quando pediu que o motorista de táxi a levasse para lá. Fora uma decisão repentina – a Holanda era branda e tolerante – e tinha sido uma viagem longa e entediante, atravessando a França e a Bélgica de táxi, com Aria se recusando a fazer contato visual ou a bater papo, com o aparentemente distraído – assim ela esperava – motorista francês, que acendia um cigarro no outro. Além disso, ela permaneceu afundada no assento para que os outros motoristas não pudessem vê-la através da janela. Mas valera a pena.

O ar frio da manhã parecia delicioso contra sua pele enquanto Ali seguia por uma série de ruelas em direção à Casa de Anne Frank, que planejara visitar naquele dia. Talvez pudesse aprender alguma coisa enquanto estivesse lá, não é? Quando Aria virou uma esquina, um grupo de garotos passou por ela na direção oposta. Uma das meninas tinha o mesmo cabelo louro-avermelhado de Emily.

Aria se encolheu. Agora ela via versões de Emily em *todos os lugares*. Como a garota com largos ombros de nadadora que avistara através de uma das janelas de um ônibus de turismo no dia anterior, ou a garota que jogava a cabeça para trás rindo do mesmo modo que Emily fazia, observada por Aria enquanto seu motorista de táxi fazia uma parada na estrada para fazer xixi, ou a menina que enrugava a testa, assim como

Emily, quando alguém lhe dizia alguma coisa interessante – Aria tinha espiado a garota no albergue. Foi estranho... e um tanto horrível. Era como se o fantasma de Emily a estivesse seguindo por aí, tentando lhe dizer alguma coisa.

Ali seguiu seu caminho, passando por uma loja de presentes, um restaurante e uma lojinha que vendia celulares. Havia uma banca de jornais na esquina, e uma manchete de um jornal sensacionalista na vitrine chamou sua atenção. *Pretty Little Liar trouwen*, dizia a manchete. Aria se assustou. Não sabia holandês, mas pela escrita floreada e pela foto que mostrava Hanna usando um véu de noiva, teve certeza de que a manchete dizia *ia se casar*.

Aria entrou na banca, pegou uma cópia do jornal e foi direto para o artigo da página 8. Não que conseguisse entender o que quer que fosse, o jornal inteiro estava em holandês, mas tentou extrair o máximo de informações possível das imagens. Lá estava uma foto de Hanna e Mike dançando lentamente no Baile do Dia dos Namorados, no ano anterior. Outra de Hanna no estúdio de *Burn It Down*, antes de ser demitida do filme. E depois imagens de várias alianças brilhantes, com um grande ponto de interrogação sobre cada uma.

O queixo de Aria caiu. Eles teriam um *casamento* de verdade, com convidados? Os pais aprovaram aquilo? Lembrou-se da ocasião em que *ela* se casara com Hallbjorn, um garoto que tinha conhecido na Islândia, em uma cerimônia confusa no escritório do juiz de paz, para que Hallbjorn pudesse permanecer no país. Seus pais jamais souberam, eles a matariam se soubessem. Conseguira anular o casamento antes que descobrissem.

Mas Mike e Hanna... eram diferentes. Aria conseguia, de verdade, *vê-los* casados. Ela ia perder o casamento de seu irmão caçula com sua melhor amiga. Perderia *todos* os eventos importantes da vida de Mike, na verdade... e da vida de Lola também, que era apenas um bebê! Seus olhos se encheram de lágrimas. Pensou que poderia lidar com a distância, mas tinha levado em conta apenas os aspectos negativos: o julgamento, ir para a prisão, ficar sem nada. Mas mesmo ali, a meio mundo de distância, muito *ainda* estava sendo tomado dela. Era um preço muito alto para se pagar pela liberdade.

Então, seu olhar se voltou para outra notícia em um jornal, duas fileiras abaixo. Esse estava em inglês, e Aria passou os olhos por toda a primeira página. *Uma Bela Mentirosa na União Europeia?*, dizia a manchete.

Aria sentiu o sangue congelar. Olhou ao redor. O funcionário atrás do balcão estava checando alguma coisa em seu celular. Um adolescente estava parado diante de uma geladeira cheia de refrigerantes. Com o coração acelerado, ela pegou uma revista e deslizou o jornal incriminador para dentro de suas páginas. Frases aterrorizantes pulavam da notícia. *Autoridades informam que a srta. Montgomery embarcou em um voo para Paris... a Interpol está procurando por ela em todos os lugares, com um alerta por toda a União Europeia, em hotéis, restaurantes e estações de transporte público... vários informes dão conta de que ela está no norte europeu, talvez em países escandinavos.*

Norte europeu. *Era mesmo* onde estava – bem, quase, de qualquer forma. Suas mãos começaram a tremer. Não esperava ser encontrada tão cedo... Mas agora sabia que tinha sido ingênua. Era a *Interpol*, não a polícia de Rosewood.

Alguém tossiu, e Aria ergueu a cabeça. O balconista, de repente, pareceu encará-la com uma expressão estranha.

Ela colocou os óculos escuros e saiu dali depressa, quase tropeçando nos degraus da entrada. Seu peito estava apertado.

O balconista a reconhecera, não? Começou a andar tão rápido quanto conseguiu, sem que fosse correndo pela rua. A qualquer instante, alguém poderia começar a segui-la, os carros da polícia se colocariam em movimento e a emboscariam por trás.

Apenas continue andando, disse a si mesma. Diminuiu o ritmo quando viu que outras pessoas também a encaravam. Um homem em uma bicicleta. Uma adolescente sentada em um banco, com fones de ouvido. E se *todos* eles soubessem quem ela era? E se uma enorme quantidade de telefonemas estivesse sendo feita à Interpol bem naquele minuto? Ela deveria se apresentar na embaixada americana? Ah, meu Deus, isso seria uma loucura – eles a mandariam de volta para casa e ela iria direto para a prisão.

Cortou caminho por um beco e, cega pelo pânico, acabou entrando em outra rua bem cheia. Correu o mais rápido que pôde, desviando de bicicletas, cortando através de portas de lojas abertas, atraindo mais olhares curiosos. Sua bolsa batia contra o seu quadril, mas estava feliz em tê-la consigo – nem sonhava em voltar ao albergue. Deus do céu, tinha usado o próprio *documento de identidade* para preencher a ficha de admissão naquele lugar. Quando tempo duraria o alerta sobre sua fuga? Será que o albergue tinha recebido e a denunciado?

Como ela pudera ter sido tão estúpida?

A casa de Anne Frank apareceu diante dela, ainda que, agora, Aria não conseguisse imaginar-se entrando ali – era muito apertado lá; ficaria muito exposta. Parou junto aos degraus da entrada e colocou as mãos nas coxas, inclinando-se, ofegante. Precisava de um segundo antes de continuar.

Várias pessoas passaram por ela. Turistas. Trabalhadores. Estudantes. De súbito lhe ocorreu que estar ali era a pior ideia do mundo. Ela estava em um país estrangeiro – nem ao menos sabia o idioma. Tampouco conhecia uma única pessoa ali. Ninguém a receberia e a esconderia, como aconteceu com Anne Frank. Remexeu em sua bolsa e pegou o celular. Não o ligava desde que entrara no avião – na verdade, tinha tirado a bateria, pois ouviu em algum lugar que as pessoas poderiam rastreá-la pelo GPS, mesmo se seu celular estivesse desligado, se a bateria estivesse instalada. Talvez pudesse telefonar para alguém. Entregar-se. Talvez a polícia pegasse leve se ela se entregasse por vontade própria.

Seus dedos se fecharam em torno da bateria. Deveria apenas recolocá-la no lugar, conseguir um sinal e as pessoas a encontrariam. Estava pronta?

Aria estava prestes a fazer isso quando sentiu a mão de alguém tocar seu ombro. Aria virou-se, com os braços encobrindo, protetoramente, seu rosto. Seu celular caiu de sua mão e deslizou pelos paralelepípedos, mas ela não se moveu para pegá-lo. Encarou a pessoa diante dela. Então, arquejou.

– Eu sabia – disse ele sem fôlego. – Sabia que você viria para cá, como disse que viria.

Aria ofegou, incerta do que realmente sentia. E vacilou, percebeu, entre abraçá-lo e correr para ainda mais longe para protegê-lo.

Noel.

15

OS ALTOS E BAIXOS DE SPENCER

— Srta. Hastings! — gritaram os jornalistas enquanto ela se apressava escadaria abaixo, na frente do prédio do tribunal depois de seu segundo dia de julgamento. — O que a senhorita achou da abertura do caso?

— Tem alguma ideia de onde estaria se escondendo Aria Montgomery na Europa? — falou alto outro jornalista.

— Quais são suas considerações sobre o casamento de Hanna Marin? — gritou outro.

— Ainda acredita que Alison esteja viva? — Um repórter enfiou o microfone com a logo de um noticiário local bem na frente de seu rosto.

Spencer abriu caminho entre eles com os cotovelos, conseguindo atravessar, de alguma forma, as barricadas azuis até chegar a uma área "segura", demarcada pela polícia, na qual os jornalistas não podiam alcançá-la. No estacionamento procurou pelo carro de aluguel que a mãe tinha contratado para levá-la para casa — pelo jeito, a sra. Hastings estava ocupada demais naqueles dias para assistir ao julgamento de sua filha por homicídio. Mas o carro ainda não estava lá. Ela se encostou no muro e respirou fundo, achando que cairia no choro a qualquer instante.

O julgamento tinha sido um desastre naquele dia. As testemunhas de acusação foram as primeiras a depor, e o promotor desencavou, claro, cada passo em falso dado por Spencer nos últimos anos. O empurrão que ela dera em sua irmã na escadaria quando pensou que Melissa fosse A. O surto que tivera na terapia, certa de que tinha matado a Ali Delas. O plágio do trabalho da irmã, que acabou vencendo o Prêmio Orquídea Dourada (não importou ela ter confessado antes de receber o prêmio). O fato de ter incriminado outra garota por posse de drogas. O fato de que tinha sido cúmplice na queda de Tabitha Clark do terraço no resort na Jamaica. E aquela história de ela estar envolvida em um caso de alunos sendo drogados em massa em uma fraternidade em Princeton. *Spencer é violenta, psicótica e uma mentirosa patológica, maquiavélica quando se trata de obter o que deseja,* declarou o promotor aos jurados. *Nós não devemos acreditar em nada do que ela diz.*

E em relação ao que a defesa tinha contra Ali? Tudo que a acusação teve de fazer foi citar aquele maldito diário que os policiais encontraram no bosque. *Ela mostra ser uma pessoa diferente nestas páginas,* disse o promotor. *Alison não era a menina que pensamos que fosse.*

As portas do tribunal bateram de novo, e Spencer observou quando Hanna, andando entre a mãe e Mike, apareceu na porta do tribunal. Ela sentiu uma pontada. Hanna passara o dia lá, estoica e imóvel, enquanto o promotor repassava todas as coisas que *ela* havia feito nos últimos dois anos. Mas Spencer sabia que, pela forma como ela girava a pulseira de lacrosse ao redor do pulso, aquelas acusações a magoavam demais. Uma grande parte dela queria apenas tomar a mão de Hanna nas suas, mas o momento apropriado acabou não surgindo – sempre que havia uma pausa, Mike corria para o lado de Hanna no mesmo segundo e a afastava dali. Spencer se perguntou se eles estavam mesmo se casando, como tinham dito os jornalistas. Hanna faria uma coisa dessas para valer?

– Spencer?

Um homem de jaleco branco e calça azul de hospital correu na direção dela. O queixo de Spencer caiu. Era Wren.

– Oi – cumprimentou Wren sem fôlego, ao se aproximar dela. – Como você está?

O corpo todo de Spencer ficou tenso.

– Você estava no tribunal? – perguntou. Odiava a ideia de que Wren tivesse ouvido todas aquelas coisas horríveis a respeito dela.

– Não, não. Acabei de sair do trabalho. Pensei em passar por aqui e ver como você estava... Eu não soube mais de você. Está dormindo melhor? Como estão os ferimentos?

Wren tinha dirigido por toda aquela distância, apenas para ver como ela estava?

– Eu, ah... Eu estou bem – respondeu Spencer tentando parecer calma. – E cicatrizando bem.

– Bom. – O sorriso de Wren era bem esquisito. – Bem, certo então. A menos... – Ele umedeceu os lábios, parecendo inseguro. – A menos que você queira tomar um café comigo.

– O quê, agora? – perguntou ela.

Wren deu de ombros.

– Tenho a tarde livre. A menos que você tenha outros planos. Tem?

Spencer soltou os ombros.

— Já lhe disse que isso não é uma boa ideia.

— Olha, eu conversei com sua irmã — disse ele.

— Você fez *o quê*? — perguntou Spencer. — Você não tinha esse direito! — Wren deixara a irmã dela pensando que estava rolando um clima entre eles? Será que Melissa a odiava agora? Spencer conferiu a tela do celular, esperando que sua irmã a chamasse a qualquer segundo.

Wren levantou a mão.

— Só disse a Melissa que desejava levá-la para um café como um amigo e queria saber se por ela tudo bem. Ela disse que estava. Palavra de honra.

Spencer piscou devagar. Aquilo não parecia tão arriscado. De repente, sentiu-se exausta. Não queria mais discutir com Wren. E sendo honesta, seria legal alguém levá-la para um café depois de um dia tão horroroso. Com certeza, em sua casa, ela enfrentaria outro jantar opressivamente silencioso. O sr. Pennythistle e Amelia a encarariam como se ela fosse um alienígena e sua mãe agiria como se não existisse.

Mas então Spencer olhou para a tornozeleira. Tecnicamente, ela não estava autorizada a ir a lugar algum que não fosse para casa, para o tribunal e para o médico, a menos que tivesse a permissão de seus pais. O pai dela sem dúvida diria que sim, mas ele estava em uma reunião de trabalho. A mãe, provavelmente, nem atenderia o telefone.

— Você se importaria de vir para a minha casa? — perguntou, tímida, mostrando a ele a tornozeleira. — Seria muito mais fácil.

Wren nem vacilou.

— É claro. Quer uma carona?

Spencer protegeu os olhos do sol com a mão e viu seu carro de aluguel entrando no estacionamento.

— Eu encontro você lá — respondeu, imaginando como sua mãe ficaria fula da vida se ela não usasse o carro que mandara.

A casa estava vazia quando Spencer chegou, o que era muito bom. Conversar com Wren seria bem mais fácil sem sua mãe por perto, xeretando. Minutos depois, Wren estacionou na esquina e saiu do carro. Spencer ficou no gramado, sorrindo como uma pateta para ele.

— Oi, você quer, ah, ir lá para os fundos? — perguntou.

— Claro — respondeu Wren.

Ela o acompanhou pela lateral da casa até o pátio, então puxou uma cadeira à mesa para ele se sentar.

— Hum, quer alguma coisa para beber? — perguntou atrapalhada. — Talvez limonada? Uma Coca-Cola?

— Qualquer coisa que você beber está ótimo para mim. — Ele a encarou confuso, como se Spencer estivesse insistindo em uma coisa sem importância.

— Ah — comentou ela. — Bom, está bem.

Ela pegou duas Cocas no refrigerador e se afundou na cadeira diante dele. Um cortador de grama roncou. O jardineiro dos Hastings podava tranquilamente os arbustos da lateral da casa. A piscina brilhava convidativa e a jacuzzi borbulhava. Spencer não conseguiu evitar a lembrança de quando ela e Wren estiveram naquela banheira juntos, depois do treino de hóquei. Aquela realmente tinha sido a sua vida?

Wren deveria estar pensando na mesma coisa, porque ele disse:

— As coisas estão um pouco diferentes de quando estive aqui, não é?

Spencer olhou em volta. A grama ainda não crescera de modo satisfatório onde o celeiro reformado ficava.

— Concordo com você — murmurou Spencer.

— Soube que você estava no celeiro quando houve o incêndio.

Spencer assentiu, relembrando-se daquela noite horrível. Se alguém tivesse pegado Ali *naquela época*.

— Não vamos começar a falar nisso — pediu. — Penso muito no passado.

Por um tempo, eles falaram sobre Rosewood e o programa de residência de Wren e das músicas recentes de que ambos gostavam. Então, Wren cruzou as mãos.

— Ouvi dizer que você entrou em Princeton, foi isso? *E que assinou um contrato para um livro?*

Spencer deu um gole na Coca-Cola.

— Sim para as duas perguntas, não que algo vá acontecer agora.

Wren fez uma careta.

— Finja, por um momento, que você não vai para a prisão sob uma falsa acusação de homicídio. Sobre o que fala o livro?

Ainda surpreendia Spencer o fato de alguém querer saber sobre esse assunto, mas Wren sempre teve um interesse genuíno sobre quem ela era. Respirando fundo, começou a contar sobre seu blog antibullying.

— Acho que daria um ótimo livro — concluiu, esperançosa. — Há tantas histórias que merecem ser contadas.

— Você ainda pode escrevê-lo, sabe? — lembrou-a Wren. — Afinal de contas, Cervantes escreveu *Dom Quixote* na prisão.

Spencer o encarou, surpresa.

— Sério?

— E O. Henry escreveu vários de seus contos enquanto estava encarcerado por apropriação indevida.

Os olhos de Spencer se iluminaram.

— Adoro as histórias dele.

— Eu também. — Wren descansou o queixo nas mãos. — Mas tenho um pouco de vergonha de admitir isso. O. Henry não era popular entre meus colegas de classe.

Spencer riu.

— Meus colegas na turma de Inglês Avançado sempre tentavam superar uns aos outros na descoberta de escritores obscuros. Tenho certeza de que teria sido bem pior em Princeton.

— Então, qual seria seu bacharelado se você fosse para a universidade? — perguntou Wren.

Spencer se recostou e pensou por um momento.

— Quando me inscrevi, pensei em História, talvez Economia. Meu pai sempre pensou que eu me daria bem em Administração. — Ela deu de ombros. — Mas não vale a pena falar disso. Eu não vou para a universidade.

Wren entrelaçou os dedos.

— Tenho um pressentimento de que você irá, se desejar.

— Então, você acha que eu *não vou* para a cadeia?

Wren se inclinou.

— Bem, eu acredito que as coisas têm um modo próprio de se resolverem.

Spencer arregalou os olhos. E então, antes que se desse conta, Wren estava se aproximando ainda mais e beijando-a, de levinho, na boca. Seus lábios tinham gosto de açúcar. Sua pele estava morna devido ao sol.

Ela se afastou depressa, encarando-o com a boca aberta. Por mais que tentasse afastar seu olhar do rosto de Wren, tudo em que conseguia se concentrar era na pequena gota de Coca-Cola sobre o lábio superior dele, que ela sentiu urgência em limpar.

— Ora, tudo bem — disse Wren, em voz baixa. E depois, ele voltou para seu lugar e se virou em direção ao bosque, observando as árvores, como se nada tivesse acontecido entre eles.

Algumas horas depois, Spencer abriu os olhos. Ela estava deitada em sua cama, sentindo-se grogue – deve ter cochilado depois que Wren foi embora, o que não aconteceu muito depois do beijo.

O beijo. Durou apenas um segundo, mas ela estava pensando sobre aquilo desde que aconteceu. O que tinha significado? Tinha sido apenas um beijinho de apoio, amistoso... ou algo mais? Era uma boa ideia para ela entrar em algum relacionamento justo agora?

Spencer ouviu ruídos de panelas batendo umas nas outras e talheres sendo tirados de gavetas vindos da cozinha. Ela se levantou e foi até o corredor, surpresa em ouvir a voz melodiosa de Melissa no andar de baixo. Sua irmã estava rindo de alguma coisa, claramente de bom humor.

Desceu as escadas e encontrou Melissa e Darren já à mesa. Sua mãe, o sr. Pennythistle e Amelia também estavam sentados.

– O que está acontecendo? – perguntou a todos.

– Spence! – Os olhos de Melissa se iluminaram. – Tentei telefonar para você! Eu me perguntei onde você estava!

Spencer enrugou a testa.

– Eu só... estava lá em cima. – Ela olhou para a mãe, que com certeza sabia, mas a sra. Hastings deu de ombros.

– Sente-se, sente-se – pediu Melissa, indicando uma cadeira vazia para ela. – Temos grandes notícias.

Spencer deslizou para a cadeira. A atenção de Melissa se voltou para Darren de novo. Foi então que Spencer percebeu que ele estava com um terno escuro e gravata acinzentada.

Não estava certa de tê-lo visto tão bem-vestido em sua vida. Ele também brincava, nervoso, com o garfo.

— Perdi alguma coisa? — perguntou Spencer.

— Bem, estávamos prestes a anunciar para todos. — Darren olhou, sonhador, para Melissa. — Pedi Melissa em casamento. E ela aceitou.

Spencer quase riu, cobrindo a boca no mesmo instante com a mão antes de fazer isso. Darren e Melissa eram um casal tão incompatível, mas quem era ela para julgar? Observou Darren tirar uma caixa de veludo de seu bolso e colocá-la nas mãos de Melissa.

De repente, Spencer sentiu uma pontada, Mike teria feito o pedido à Hanna dessa forma? Era péssimo não falar mais com Hanna e não saber da história.

— Vou fazer uma reconstituição da cena para que possa saber como foi — disse Darren. — Melissa Hastings — começou ele, com uma voz para lá de sentimental —, quer se casar comigo?

Melissa arregalou os olhos.

— Sim! — exclamou. — Eu quero!

A sra. Hastings deu um gritinho. O sr. Pennythistle bateu palmas. Todos se abraçaram, Melissa até puxou Spencer para um abraço.

— Mas, ei, temos mais notícias! — disse ela, erguendo a voz acima da confusão. — Também estou grávida.

O queixo de Spencer caiu. Darren sorriu. O sr. Pennythistle bateu palmas de novo.

— Que maravilha!

— D-de quanto tempo? — perguntou a sra. Hastings.

Melissa baixou os olhos, tímida, para sua barriga.

— Nove semanas — respondeu. — Acabamos de fazer uma ultrassonografia e tudo parece perfeito. — Ela pegou uma fotografia em preto e branco e fez circular entre os presentes. Amelia e o sr. Pennythistle ficaram surpresos.

Quando a fotografia chegou nas mãos de Spencer, ela a observou com toda a atenção, tentando distinguir, naquela pequena massa amorfa, onde estariam a cabeça e os pés. Também sentiu uma onda de amor por sua irmã. Talvez fosse por *isso* que Melissa não tivesse querido se envolver com toda a história de Ali, dizendo que ela estava viva para a imprensa etc. Talvez ela quisesse proteger seu filho da ira de Ali.

– Bem, então o casamento precisa acontecer o mais rápido possível – disse a sra. Hastings de modo afetado, cruzando as mãos. Ficou bem claro que o bebê era uma surpresa para ela também. – Foi uma boa coisa eu ter dado a Darren um dos meus anéis para o noivado.

Essa foi a deixa para que Melissa tirasse o anel da caixa. O diamante imenso e quadrado refletiu a luz pela cozinha, de maneira quase mágica, jogando raios de luz em forma de prisma nas paredes. Pela segunda vez naquela noite, Spencer quase caiu na gargalhada.

– Esse foi o *seu* anel de noivado com o papai, não foi? – perguntou ela à mãe.

– Sim – respondeu a sra. Hastings, na defensiva. – Seu pai é um idiota, mas tem um gosto impecável para joias.

Melissa balançou a cabeça.

– É legal de sua parte deixar que fiquemos com ele, mamãe.

A sra. Hastings cortou seu bife.

– Ah, vocês garotas são as herdeiras das joias que ganhei de seu pai. Nenhuma delas significa mais nada para *mim*. – Então, ela encarou Spencer de forma franca. – Bem, *você* não terá nada. Estará presa, as joias não terão utilidade para você. Amelia pode ficar com sua metade.

Spencer não pôde acreditar no que ouvia. Pareceu que a mãe tinha acabado de lhe dar um chute. Sempre soube que a mãe poderia ser fria, mas *pelo amor de Deus*.

Houve um silêncio constrangedor. Era claro que ninguém sabia o que dizer. Então, Melissa tocou a mão de Spencer.

– Como é saber que você vai ser tia?

Spencer tentou sorrir e se manter animada.

– É demais. Estou tão animada por você. E vou tentar ser a melhor tia que já existiu.

– Na verdade, esperava que você fosse *mais* do que a tia do meu bebê – disse Melissa gentilmente, girando o novo anel ao redor do dedo. – Quem sabe madrinha, também?

– *Eu?* – Spencer apontou para si mesma. – Tem *certeza*? – Ela poderia muito bem ser madrinha na *cadeia*.

– Claro. – Melissa apertou a perna de Spencer. – Quero que você faça parte da vida do meu bebê, Spence. Você é a pessoa mais forte que eu conheço, especialmente por tudo que tem passado. – Ela olhou para a mãe, que saiu apressada de sua cadeira e correu para a cozinha. – Não dê atenção para a mamãe, certo? – pediu ela em voz baixa. – Vou dar a você metade das joias que eu herdar. Mas apenas as feias. – Ela cutucou Spencer, sorrindo.

Spencer secou uma lágrima, sobrecarregada pela bondade da irmã.

– Obrigada – conseguiu dizer. – Vou ficar com as mais feias que você herdar.

Melissa limpou a boca no guardanapo.

– Ouvi dizer que você voltou a ter contato com Wren.

Mesmo que Spencer já soubesse disso, ainda sentiu seu rosto queimar.

— Só porque ele é meu médico — explicou, aflita. — Não estamos, quer dizer, *você* sabe.

— Mesmo que estivessem, tudo bem.

Spencer a encarou, surpresa.

— Sério?

Melissa assentiu.

— Wren costumava falar sobre você o tempo todo. E o que aconteceu no final, lá... bem, eu não posso dizer que não tenha meio que orquestrado isso, sabe? — Ela olhou para a imagem da ultrassonografia próxima de seu prato. — Só quero que você seja tão feliz quanto eu sou.

— Obrigada — murmurou Spencer.

Ao dizer isso, Spencer percebeu que *estava* feliz. Não com a situação em que se encontrava, óbvio, mas naquele momento. Pensou que um bebezinho estava entrando em suas vidas e no quanto de alegria ele traria consigo. Pensou em quanto seria agradável ter um relacionamento real, verdadeiro, precioso com Melissa. E então, pensou em Wren. Inclinando-se em sua direção. Beijando-a de leve. O contentamento estampado em seu rosto depois, enquanto ele observava as árvores.

Pegou o celular, de repente, cheia de propósito. A mensagem de Wren, do dia anterior, ainda estava arquivada; apertou um botão e digitou a resposta. *Obrigada por aparecer hoje*, digitou apressada. *Espero poder vê-lo de novo.*

Ela esperava que ele também quisesse o mesmo.

16

CONDENADAS

Na quinta-feira, Hanna começou a notar que o juiz que estava presidindo seu julgamento, o honorável juiz Pierrot, secretamente cutucava seu nariz quando pensava que ninguém estava olhando. E que o meirinho jogava Candy Crush nos intervalos, e que a jurada número 4, uma senhora idosa que usava óculos de aros quadrados e escuros e parecia totalmente alheia ao que acontecia no mundo – motivo pelo qual, era muito provável, tinha sido escolhida –, tamborilava na mesa ao ritmo de "Ding, Dong, The Witch Is Dead". Hanna começou a fazer um jogo de adivinhação com todas essas informações: se o juiz Pierrot cutucasse seu nariz cinco vezes antes do almoço, ela ganhava dez pontos. Se a jurada número 10 girasse o anel de noivado dez vezes durante o dia, ela ganhava 20. Era mais fácil se concentrar naquelas coisas do que no que acontecia de fato no julgamento.

Os testemunhos naquela manhã eram baseados no que tinham a dizer pessoas que diziam ter visto Hanna e as amigas zanzando por Ashland logo antes da suposta morte de Ali. Pelo jeito, as meninas tinham sido muito menos discretas do que supunham, porque a promotoria conseguira *sete testemunhas* para depor sobre aquilo. A maioria, apenas cidadãos comuns sem muito o que dizer, mas a última testemunha, uma mulher usando um terninho azul-marinho e saltos altos, era alguém de quem Hanna se lembrava. Era a senhora com quem Emily falara perto da propriedade da família Maxwell. Emily tinha se alterado de tal maneira que foi preciso que as amigas quase a arrancassem de cima da mulher para acalmá-la.

O que, como era de se esperar, foi o que a mulher contou aos jurados.

– A garota que, lamentavelmente, tirou a própria vida, parecia bem, bem perturbada – disse de forma dramática. – Realmente temi pela minha segurança.

Hanna franziu o nariz. Não tinha sido *assim* tão terrível.

O promotor chamou outra testemunha, uma mulher bem-vestida, que usava um batom vermelho chamativo. Quando disse seu nome para a corte, ela o fez com uma voz clara.

– Sharon Ridge.

Hanna ofegou. Era a mulher que tinha organizado o baile de caridade no clube de campo de Rosewood. O que *estava* fazendo ali, testemunhando contra elas?

– Conte-nos sobre o evento de caridade – pediu o promotor.

Sharon Ridge se aprumou, depois descreveu o evento como uma festa de gala no clube de campo para apoiar a juventude carente da área de Rosewood.

– Aquela foi uma noite muito especial – falou. – Várias pessoas da comunidade compareceram e conseguimos levantar uma quantia significativa em dinheiro.

— E a senhora tinha convidados muito distintos, não é mesmo? — perguntou o promotor.

Ridge olhou em volta.

— Sim, a srta. Marin. — Ela apontou para Hanna. — E a srta. Hastings. Bem como a srta. Fields e a srta. Montgomery, que não está aqui.

— E as quatro meninas pareciam gratas por terem sido convidadas?

Ela arrumou sua gola.

— Bem, não exatamente. Elas pareceram muitíssimo distraídas durante a noite toda. Quis apresentá-las para aos convidados, mas todas pareciam simplesmente olhar através de mim. E quisemos fazer uma pequena cerimônia para homenagear as garotas, afinal, elas haviam passado por tantas coisas. Mas, quando as chamamos para o palco, elas não estavam mais lá.

— Nenhuma delas?

A mulher balançou a cabeça em negativa.

— As imagens das câmeras da entrada principal mostram que elas deixaram as instalações do clube por volta das 21 horas.

— E quando a senhora diz que as meninas pareciam bastante distraídas, fala exatamente de quê?

Ridge afastou o cabelo do rosto.

— Bem, não pude deixar de notar que Aria Montgomery fugiu para o banheiro feminino. Emily Fields estava, sem dúvida alguma, catatônica, assim como Hanna Marin. E Spencer Hastings, bem... — Ela vacilou, parecendo desconfortável.

— Sim...? — inquiriu o promotor.

— Não estou bem certa de que tenha a ver com alguma coisa, mas algumas pessoas mencionaram que a srta. Hastings teve uma discussão bem acalorada com certo rapaz, seu acompanhante. E ouviram o nome *Alison* ser mencionado.

O promotor colocou as mãos na cintura.

— A senhora dispõe do nome desse jovem, correto?

Ela assentiu.

— É Greg Messner.

O promotor olhou para o júri.

— Devo esclarecer que Greg Messner terminou morto naquela mesma noite. — Os jurados ofegaram. — Seu corpo foi encontrado em um riacho em Ashland, Pensilvânia. E as senhoras e os senhores do júri sabem quem mais estava em Ashland naquela mesma noite? Spencer Hastings. E suas três amigas.

Rubens interveio.

— Esse julgamento não é sobre a morte do sr. Messner. E a srta. Hastings não tem nada a ver com isso.

— Aceito — disse o juiz.

Spencer cutucou Rubens enquanto ele se sentava.

— Greg era um dos Gatos de Ali — sussurrou. — Ele me achou através do meu site antibullying. Ele esteve trabalhando *para* Ali... Ela lhe deu instruções para se aproximar de mim e conseguir informações. Não pode dizer isso aos jurados?

— Você deveria mesmo contar isso a ele — sugeriu Hanna, tentando ser útil. Mas Spencer lhe endereçou um olhar de *eu-não-preciso-de-sua-ajuda*. Hanna afundou de volta em seu assento. Não dava mesmo para ser civilizada com Spencer.

Parecendo preocupado, Rubens olhou para as meninas.

— Vamos deixar isso de lado, certo? Vamos nos concentrar em nossas próprias testemunhas, que começam a falar esta tarde.

Hanna mordeu o lábio. Parecia que todo caminho que tomavam terminava em uma rua sem saída. E será que as testemunhas delas realmente fariam alguma diferença? Correu as mãos pelo rosto, o coração estava disparado. Sentia-se como se estivesse presa em um vestido dez números menor que o seu. Não conseguia mover os braços ou o corpo. Mal conseguia respirar.

Depois dos testemunhos daquele dia, Hanna, de alguma forma, conseguiu chegar ao corredor, onde pôde colocar os pensamentos em ordem. Checou a tela do celular pela primeira vez em horas. Tinha 42 novas mensagens, todas respostas aos convites de seu casamento.

Seu casamento. Bom, pelo menos era alguma coisa.

Hanna leu cada *sim*, surpresa por tantas pessoas desejarem ir ao evento. Ramona havia lhe enviado um e-mail, dizendo que o grupo de hip-hop e dança de rua que Hanna queria na festa tinha concordado em se apresentar. Ela também mencionou isso porque várias celebridades compareceriam – não apenas o elenco de *Burn It Down*, mas também alguns repórteres locais e jovens socialites e ela estava pensando em fazer com que a entrada da recepção se parecesse com a cerimônia do tapete vermelho das premiações. A revista *Us Weekly* pareceu adorar a ideia.

Us Weekly? Apesar dos horrores de seu julgamento, Hanna sentiu um pequeno arrepio de excitação. Sabia que aquele casamento seria um grande acontecimento – tudo que dizia respeito às vidas delas naqueles dias era. Todas as noites, o julgamento era assunto recorrente na maioria dos canais de notícias, havia atualizações frequentes sobre a busca pelo paradeiro de Aria na Europa – a última notícia dizia que ela estava em algum lugar da Suécia –, e algumas pessoas mandaram para elas atualizações de Instagram sobre qualquer menção de seu casamento em tabloides do mundo todo. Mas o interesse da *Us Weekly* era legítimo – e não parecia que elas estavam cobrindo o casamento só para serem cruéis a respeito.

Ela digitou o número de Ramona e levou o telefone até a orelha.

— É Hanna. Eu aprovo a ideia do tapete vermelho. Acho que pode ser bem divertido.

— Perfeito — exultou Ramona. — Está tudo dando certo, Hanna. Acho que vai ser fantástico.

— Eu também — concordou Hanna, elevando o tom de voz. — E quer saber? Vamos ter fogos de artifício também.

— Fogos de artifício? — Ramona fez uma pausa para pensar. — Tenho algumas pessoas para quem posso telefonar.

Hanna desligou e colocou o celular de volta no bolso, sentindo-se bem sobre sua última escolha. Fogos de artifício pareciam muitíssimo apropriados para uma recepção de casamento. Provavelmente, aquele seria seu último momento de felicidade. E ela poderia muito bem acabar tudo com um estrondo.

17

INTRIGA INTERNACIONAL

– Acho que nunca vou me acostumar a usar euro como moeda – disse Noel na tarde de quinta-feira, contando uma pilha de notas no quarto do albergue barato onde tinha se hospedado. – Quero dizer, olhe para isto. – Ele exibiu uma nota de dez euros. – Parece com o dinheiro do Banco Imobiliário.

Aria tomou as notas da mão dele.

– Cuidado com isso. Por aqui, dinheiro do Banco Imobiliário é liberdade.

– Só estou feliz de estarmos livres e juntos – disse Noel, puxando Aria para o pequeno e duro colchão da cama do albergue.

Aria apreciou o gesto por um momento, mas depois se afastou. Ainda se sentia muito, muito nervosa sobre Noel estar ali. Especialmente depois de, hum, alguns erros que tinha cometido.

Quando ela virou-se para encará-lo no dia anterior, pensou que tinha inalado os vapores de maconha de um bar de haxixe nas proximidades.

— O que você está *fazendo* aqui? — perguntou nervosa.

Noel deu de ombros.

— Comecei a pensar na forma como você se despediu de mim. E, quando sua mãe me ligou, mais tarde naquela noite, perguntando onde você estava, comecei a juntar dois e dois. Soube que você tinha partido. E soube que precisava encontrá-la. Você tinha mencionado Amsterdã alguns dias antes, lembra-se? E tinha falado especificamente na casa de Anne Frank. Eu só não sabia que a encontraria tão rápido.

Aria olhou para ele, certa de que seu perseguidor ainda estava em seu encalço. Ou seria *Noel* quem a vinha perseguindo? Não importava.

— Noel, você precisa ir embora. Não pode ser visto comigo. E as pessoas não estão procurando por *você*?

— Meus pais acham que fui para nossa casa em Vail. Mas não embarquei. Escapei do Jetway, corri para o terminal internacional e peguei um avião para Amsterdã.

Aria ficou ainda mais aflita.

— Você não entende? — sussurrou ela. — Eu sou uma criminosa internacional! Você precisa ficar bem longe de mim! A polícia está atrás de mim. — Várias pessoas passavam por eles, todo mundo parecendo muito apressado. Aria tinha a impressão de que todos a encaravam, ouviam cada palavra.

Noel pegou o braço de Aria e caminhou com ela ao longo do canal.

— Você só chegou aqui há um dia. E não fez nada para chamar atenção, certo? Não usou seus cartões de crédito, não usou documento de identidade, não é?

O lábio de Aria tremeu.

Ela havia feito todas aquelas coisas.

— Talvez — mentiu. — Mas há alertas a meu respeito. A Interpol está procurando por todos os lugares. Em qualquer lugar, sempre haverá alguém que vai me reconhecer. — Ela cerrou os olhos. — Talvez eu devesse me entregar.

— Besteira. — Noel segurou sua mão. — Eu vou mantê-la a salvo.

A primeira coisa que fizeram foi encontrar um sujeito que fez documentos americanos para Aria e Noel, mal olhando para eles e sem perguntar se eles aprovavam seus nomes falsos. Elizabeth Rogers para Aria e Ronald Nestor para Noel. Aria gostou de seu nome falso. Elizabeth Rogers lhe pareceu o nome de uma garota que escrevia para o jornal da escola, mantinha o quarto arrumado e era retraída demais para namorar. Uma menina que nunca, *jamais* esteve envolvida em um julgamento por homicídio.

A presença calma e gentil de Noel a acalmou. Talvez ela realmente *estivesse* segura com ele. Sabendo que Amsterdã era um lugar perigoso para permanecerem, embarcaram em um trem, com seus passaportes falsos, para Bruxelas, na Bélgica, dando entrada em um pequeno albergue, em uma rua tranquila. Noel e ela passearam ao luar pela passarela que dava para a cidade. Apesar dos protestos de Aria de que alguém poderia reconhecê-la, ele a levou para jantar em um pequeno restaurante que servia batatas fritas à moda belga com maionese, as preferidas dela. Voltaram para seu quarto no albergue sentindo-se quase sem graça quando caíram na cama juntos.

— Vamos para o Japão — sugeriu Aria, ao deitar a cabeça no travesseiro. Aquilo tudo parecia tão estrangeiro, tão exótico, tão completamente diferente de tudo que tinha a ver com sua antiga vida, *ou* com Ali. — Vamos ensinar inglês. E comer sushi. E andar de bicicleta. E aprender japonês.

— Vamos precisar de um guia — disse Noel. — Achar um lugar para morar.

Aria pensou sobre aquilo.

— Uma cidade costeira, que tal? Ou próximo a uma montanha?

— Ah, eu me pergunto se o Japão tem boas pistas de esqui. — Noel pareceu animado. — Nunca estive lá, mas Eric sim.

Uma expressão tristonha atravessou seu rosto. Aria baixou os olhos. Claro que ele queria telefonar para o irmão e perguntar. Mas não poderia.

Então, Noel a puxou para seus braços.

— Isso parece perfeito, Liz.

— Eu só atendo por *Elizabeth* — provocou Aria. — Mas obrigada, Ronald.

— É Ron para você. — Noel deu um breve sorriso.

E agora, ali estavam eles, fazendo as malas para partir outra vez. Aria pesquisou voos para Tóquio e achou alguns mais baratos saindo de Londres, então eles planejaram atravessar o Eurotúnel de ônibus. Embarcariam em um voo para Tóquio no dia seguinte.

Depois das malas prontas, desceram as escadas estreitas até o saguão. De mãos dadas, subiram em um bonde que os levaria até uma estação de trem no subúrbio. A maioria das pessoas no bonde era muito velha ou parecia estudante.

— Viu só? — sussurrou Noel, apertando a mão dela. — Ninguém está encarando você de forma minimamente esquisita. — Noel pareceu se animar e abriu sua mochila. — Eu me esqueci. — Pegou uma sacola de plástico e passou para Ali. — Trouxe uma coisa para você ontem.

Aria colocou a mão dentro da sacola. Lá havia uma peruca de cabelos compridos e louros. Ali tocou nela. Parecia cabelo de verdade.

— Nossa!

— Comprei enquanto você experimentava aquele vestido na loja, ontem à noite — explicou Noel, mencionando a única butique onde pisaram na passagem deles por Bruxelas. — Apenas para o caso de você se sentir... aflita sobre alguém reconhecê-la. Pensei que seria um disfarce bem bonitinho.

— É linda. — Aria desejou que pudesse colocá-la naquele instante, mas sabia que o gesto poderia atrair alguma suspeita.

Noel desviou o olhar para a sacola.

— Há mais alguma coisa aí dentro.

Ela examinou a sacola de novo, então tirou de lá de dentro uma pulseira de ouro, fininha e de aparência antiga, incrustada de pedrinhas púrpura.

— Ah... Noel — murmurou. Na parte interna, pôde ler a marca *Cartier*.

— Queria dar para você na noite do baile — explicou ele em voz baixa. — Mas então as coisas... bem, você sabe.

Aria pensou em como tinha deixado Noel apavorado naquela noite no cemitério perto do baile — ela pensou que tivesse um bom motivo. Naquele momento, tinha acabado de descobrir tudo sobre aquela amizade secreta entre Noel e Ali. Na manhã seguinte, Noel foi encontrado no galpão de material esportivo do colégio. Nick e Ali tinham batido nele, até onde se sabia, porque ele tinha falado demais.

— A pulseira da minha avó — disse ele. — Ela me deu antes de morrer e disse que eu deveria dá-la a alguém realmente especial. — Ele hesitou. — Foi a última coisa que peguei antes de vir encontrá-la. Minha avó significava muito para mim e você também significa.

Aria colocou a pulseira e ergueu o pulso, seu coração batia cheio de amor.

– Obrigada.

Desceram do bonde na estação de trem e andaram pelo saguão cheio de ecos, procurando saber que trem deveriam tomar. Exibiram seus novos passaportes no guichê de compra de passagens e a mulher atrás do vidro assentiu de modo sonolento. Embarcaram rapidamente, arrastados pela multidão, cercados de conversas entrecortadas e agitação. Depois de dez minutos, um apito soou e o trem deixou a estação. Aria olhou pela janela, o estômago dando cambalhotas de excitação, sua nova pulseira firme no pulso.

Noel recostou a cabeça em seu assento. Aria examinou a cabine com atenção e depois pegou uma revista do bolso na poltrona à sua frente. De repente, algo a incomodou e ela teve um pressentimento bastante forte, quando folheou a revista e, logo nas primeiras páginas, seu rosto a encarou de volta. Era uma imagem borrada dela no aeroporto da Filadélfia, ainda usando o vestido preto do funeral de Emily. *Aria Montgomery fugindo da polícia*, dizia a manchete.

O artigo não dava mais informações do que aquele que Aria tinha lido em Amsterdã, embora entrevistasse várias pessoas que diziam ser "amigos íntimos de Aria". Entre elas, o que não deixava de ser engraçado, estava Klaudia Huusko, a estudante de intercâmbio que morava com a família Kahn. "Aria me empurrou de um teleférico na estação de esqui", a reportagem reproduzia as palavras de Klaudia – ditas, evidentemente, naquele sotaque falso e ridículo que ela fingia ter. "Ela também me espionou. É uma garota muito dissimulada. Tomara que ela não esteja na Finlândia, minha família poderia acabar machucada."

A segunda entrevista era com Ezra Fitz. Aria quase deixou cair a revista quando leu o nome dele. Incluía também uma foto, ele parecia meio inchado e estava usando um par de óculos de aros pretos, antiquados. "Aria sempre falou de seu amor pela Europa, então não tenho dúvida de que ela foi mesmo para lá", disse ele. Abaixo havia uma nota sobre o lançamento do livro de Ezra, *Encontre-me depois da aula*, em outubro próximo. O cretino estava atrás de publicidade gratuita.

Aria ergueu a cabeça. Alguém a estava encarando... podia sentir. Olhou ao redor, então notou um homem na parte dos fundos do vagão. Ele usava casaco e suas mãos estavam enfiadas nos bolsos. Mesmo quando ela o olhou nos olhos, ele não desviou o olhar.

Aria fingiu estar muito interessada nos botões de seu casaco. Quando olhou de novo para ele, o sujeito *ainda* estava olhando. A respiração de Aria acelerou. O homem parecia mais velho, profissional. Ele pegou o celular e começou a falar alguma coisa inaudível no bocal. Mas, de quando em quando, olhava de novo para Aria, sua expressão cada vez mais condenatória.

O suor escorreu pela testa de Aria. Devagar, tentando parecer casual, deu um tapinha no ombro de Noel.

— Ah... Olha, eu acho que precisamos dar o fora desse trem.

Noel não entendeu nada.

— O quê? Por quê?

Aria colocou um dedo sobre os lábios.

— Só venha atrás de mim para o próximo vagão dentro de alguns minutos, certo?

Ela se levantou, pendurando a bolsa no ombro. Ainda podia sentir os olhos do homem sobre ela enquanto empurrava a porta da passagem para o próximo vagão. A porta bateu e Aria cambaleou até alcançar o corredor. Engolindo em seco, enfiou-se no banheiro mais próximo e trancou a porta.

Encarou seu reflexo no espelho, então colocou a peruca loura. No mesmo instante, Aria se transformou em outra pessoa – mas seria o bastante? Apanhou os óculos escuros na bolsa e depois colocou também um chapéu.

Noel a esperava quando Aria apareceu na porta do banheiro. Dava para notar que ele tinha perguntas, mas ela permaneceu em silêncio, olhando ao redor, procurando pelo sujeito. Ele estava no vagão deles, ainda ao celular. Quanto tempo demoraria para que ele percebesse que ela não voltaria?

Por sorte, o trem chegou a uma estação. Uma gravação anunciou o nome do lugar, em holandês, francês e alemão. Aria agarrou a mão de Noel e o rebocou pela plataforma. Correram por todo o caminho até a escadaria, e então Aria olhou por cima do ombro. O homem não os seguia.

– *Agora* será que dá para me explicar o que está acontecendo? – pediu Noel, gritando, quando eles desciam atabalhoadamente pelos degraus.

– Bem, achei que tinha alguém me observando no vagão – respondeu Aria, ofegando. – Você viu o sujeito? Um cara no fundo do vagão?

Noel fez uma careta.

– O cara veio até mim perguntar se eu não tinha um isqueiro para acender seu cigarro. E-ele ouviu meu sotaque, perguntou de onde eu era.

Aria ficou paralisada.

– E o que você respondeu?

Noel vacilou. Olhou novamente para o trem.

– Disse que era dos Estados Unidos. Foi só isso. Depois eu me afastei dele. Desculpe-me. – Ele balançou a cabeça. – Aria... Provavelmente não é nada. Você está sendo paranoica.

Aria sentiu um peso desconfortável no estômago.

— Eu meio que tenho motivos para ser.

Noel assentiu. Então, ele deu um sorriso malvado e afastou uma mecha do cabelo louro de Aria de seu rosto.

— Você fica sexy nesse papel de criminosa internacional.

— *Para com isso!* — Aria deu-lhe um tapa, achando graça. Mas ficou tocada com a tentativa de Noel de tornar aquele momento mais leve. Talvez o homem *não estivesse* atrás dela. E agora, em meio àquela multidão de pessoas, sentia-se anônima outra vez. E, bem, aquilo *era* mesmo meio que sexy. Aria se sentia como uma personagem em *Assassinato no Expresso Oriente*. E, de repente, sentiu-se tão exausta que pegou a mão de Noel e o puxou para baixo da escadaria. Ela o beijou como se fosse o último dia deles na Terra.

Ou como se fosse seu último dia de liberdade.

18

UM PEQUENO TESOURO

Mais tarde, naquela mesma quinta-feira, depois de Spencer ter enfrentado outro longo e horroroso dia no tribunal, Rubens gesticulou para que ela e Hanna o seguissem para conversar no corredor. Spencer manteve sua cabeça abaixada, evitando os jornalistas junto das portas, que pediam entrevistas. Várias testemunhas delas também estavam lá. Andrew Campbell, que Spencer não encontrava havia meses, mas tinha dado um testemunho muito gentil, afirmando que ela era uma pessoa bacana. Kirsten Cullen também estava lá, bem como alguns dos professores de Spencer e até mesmo um representante do comitê curador do Prêmio Orquídea Dourada. Spencer tinha plagiado o artigo de sua irmã, mas precisou de uma boa dose de coragem e caráter para ir a público e confessar que tinha mentido. Aquele não era, disse o representante, o comportamento de uma assassina.

Spencer sabia que estavam todos ali e queria ter tempo de agradecer a cada um, mas Rubens fez um gesto indicando que ela e Hanna continuassem andando. Ela sorriu para eles, então correu atrás de seu advogado.

Rubens as levou para uma sala de reuniões, que contava com uma longa mesa de madeira e era decorada por uma enorme pintura a óleo de um homem de nariz arrebitado, com uma peruca empoada, do tipo da de George Washington. Ele se sentou na frente delas, cruzou as mãos e soltou um longo suspiro.

— Vou ser direto com vocês. — Rubens as encarou. Spencer e Hanna estavam sentadas tão distantes quanto possível, sem olhar uma para a outra. — Ouvi rumores de que o promotor vai trazer uma testemunha surpresa. Isso é incomum, já que devemos declarar previamente todas as testemunhas, mas pode ser feito se alguém não concordar em testemunhar até o último minuto. É alguém que eles dizem ser a pá de cal para enterrar de vez nosso caso.

Hanna enrugou o nariz.

— Quem poderia ser?

— É, além do fantasma de Ali aparecendo e dizendo que a matamos — completou Spencer séria, brincando com um botão de seu casaco.

Rubens bateu a caneta na mesa.

— Não estou bem certo de quem poderia ser, mas o promotor parece ter algum ás na manga... E isso não é nada bom. Estou me perguntando se seria sensato da parte de vocês negociarem algum tipo de acordo.

Spencer se encolheu.

— *O quê?*

Não pareceu que o advogado estivesse brincando.

— Fazemos um acordo. Vai ser uma multa bem alta. E ainda algum tempo na prisão. Mas poderia ser *menos* tempo na cadeia.

Spencer o encarou.

— Mas não *matamos ninguém*!

— Não deveríamos ir para a prisão de forma alguma — completou Hanna.

Rubens massageou as têmporas.

— Meninas, eu entendo. Mas o que vocês estão esperando que aconteça, uma declaração de inocência absoluta, não irá acontecer. Eu quero baixar as expectativas de vocês.

Spencer afundou na cadeira.

— Você deveria provar ao júri que o suposto crime não pode ser estabelecido sem dúvida razoável. Tudo que os policiais têm são um dente, sangue e nós na cena do crime, quando não deveríamos estar lá. Emily teve uma crise de nervos, tivemos alguns problemas no passado, mas nada disso faz de nós assassinas. Por que entregaríamos os pontos?

Rubens deu de ombros.

— O fato de ninguém ter encontrado os restos mortais de Ali deve pesar na decisão, e vou enfatizar isso nas minhas argumentações finais. Não estou jogando a toalha, está bem? Apenas estou informando que vocês têm uma opção. — Então ele se levantou. — Pensem a respeito, tudo bem? Vamos ter um recesso de algumas horas. Poderíamos resolver isso hoje mesmo.

E ir para a prisão imediatamente?, pensou Spencer, com dor de estômago. *Não, obrigada.*

Rubens deixou a sala e Spencer e Hanna ficaram sozinhas. Spencer encarou sua velha amiga, sentindo-se muito esquisita.

— Isso é uma *droga* — murmurou Hanna.

Spencer assentiu. Olhou para a pulseira de lacrosse no pulso de Hanna, desejando saber o que dizer. Qualquer coisa.

Se ela apenas conseguisse se aproximar e dar um abraço enorme em Hanna, tudo seria perdoado.

Então, ela percebeu uma coisa enfiada na bolsa de Hanna. Parecia um convite. Spencer olhou com mais atenção, notando o próprio nome de Hanna, junto com o de Mike. *Hanna Marin e Michelangelo Montgomery convidam para o casamento deles na mansão Chanticleer, neste sábado, às 20 horas.*

Doeu, especialmente por ela não ter sido convidada.

Hanna percebeu que Spencer olhava os convites. Seu rosto empalideceu.

– Ah, Spence. Falando nisso... aqui está. – Colocou a mão na bolsa e apanhou um convite para ela.

Spencer o encarou. Sua cabeça disparou.

– Você não precisa me convidar apenas porque eu vi os convites, Hanna.

Hanna arregalou os olhos.

– Não, eu *quero* convidá-la! – Ela riu, nervosa. – Spence, quero que sejamos amigas de novo. Aquela briga foi uma estupidez. Precisamos superar isso, não acha?

Spencer contraiu a mandíbula. Queria mesmo acreditar em Hanna, mas alguma coisa no que ela dissera não caía bem. Spencer não conseguia tirar a briga delas da cabeça. *Deixe de bancar a mártir.* Ninguém jamais tinha sido tão malvado com ela daquele jeito, nem mesmo Melissa.

Então, Spencer entendeu o que era. Hanna não tinha pedido desculpas por culpá-la da morte de Emily. E o que Spencer queria, mesmo, mesmo, era um pedido de desculpas. Não um convite de casamento.

Hanna a encarou com aqueles imensos olhos de corça. Spencer aprumou-se e devolveu o convite.

— Vou estar ocupada nesta noite — disse em uma voz solene, depois deu meia-volta e marchou para fora dali.

— Spencer! — gritou Hanna, indo atrás da amiga. Spencer continuou se afastando, deixando-a para trás.

Ela empurrou a porta dos fundos do tribunal cheia de emoções conflitantes, tanto pelo convite de Hanna quanto pela sugestão de Rubens para tentarem um acordo. Aquilo era algo que *deveriam* fazer? Sem dúvida, um acordo acabaria com aquele julgamento e com a perseguição. Mas seria, ao mesmo tempo, uma admissão de culpa de alguma coisa, e elas *não eram culpadas*. Spencer não queria ir para a prisão por *algum* tempo; ela não queria ir de *jeito nenhum*.

Fechou os olhos e pensou mais uma vez em Angela fixando aquele preço absurdo para ajudá-la a desaparecer. Pensou em todas as alternativas, mas não conseguiu encontrar nenhuma maneira de conseguir tanto dinheiro. A perspectiva era tão boa quanto a morte.

— Spencer.

Ela se virou. Sua irmã, Melissa, corria na direção dela pela rampa do tribunal. Spencer ficou surpresa.

— Você estava lá?

Melissa assentiu.

— Precisava ver como as coisas estavam indo. — Ela abaixou o olhar, parecendo tão derrotada quanto Spencer. — Não tinha percebido como estão tão sérias, meu bem. Precisa de um abraço?

Os olhos de Spencer se encheram de lágrimas. Ela derreteu nos braços da irmã, apertando-a com força. Então, Melissa deu um tapinha em seu braço.

— Vamos lá! Vou levá-la para casa. Cancelei o carro de aluguel.

Spencer entrou no Mercedes da irmã e se acomodou no assento de couro quente. Enquanto percorriam as ruas de Rosewood, Melissa tentou distrair Spencer, falando sobre as coisas de bebê as quais ela estava planejando comprar.

— É uma loucura a quantidade de coisas de que você precisa para receber uma pessoinha — disse ela. — Tantos cobertores e babadores, mamadeiras e brinquedos, e não sabemos se ele dormirá na nossa cama ou se usaremos um berço...

Seu anel refletia a luz conforme ela gesticulava. Era muito esquisito ver Melissa usando o antigo anel da mãe delas; Spencer se perguntou o que seu pai tinha achado daquilo. As palavras cruéis de sua mãe ressurgiram em sua mente, também. *Ah, vocês garotas são as herdeiras das joias que ganhei de seu pai. Bem, você não terá nada. Estará presa, as joias não terão utilidade para você.*

De repente, uma ideia se formou em sua mente. Ela deu um gritinho abafado.

Melissa a encarou.

— Você está bem?

Spencer colocou uma mecha de cabelo atrás da orelha e tentou sorrir.

— Claro.

Mas no restante do caminho para casa, ela balançou sua perna sem parar. Quando era pequena, costumava se esgueirar até o closet de sua mãe para observar seu porta-joias de laca vermelha e preta. Às vezes, ela até mesmo experimentava algumas. Será que o porta-joias ainda estava lá? Quando sua mãe tinha checado a caixa pela última vez?

Spencer poderia, realmente, pensar em *pegar* algumas daquelas joias... para pagar Angela?

Assim que sua irmã estacionou na frente da casa, Spencer lhe deu outro abraço de gratidão e correu para dentro, batendo a porta. Esperou até que Melissa se afastasse e então correu para o andar de cima. Como de hábito, a suíte da mãe cheirava a seu perfume preferido, Chanel Nº 5, e era tal e qual um impecável quarto de um hotel cinco estrelas, os travesseiros afofados, a colcha alisada, todas as roupas guardadas. A empregada até mesmo passava os lençóis todas as manhãs, antes de refazer a cama.

Spencer foi direto na direção do enorme closet de sua mãe. As coisas da sra. Hastings ficavam de um lado, os ternos do sr. Pennythistle, de outro, os sapatos deles em prateleiras ao fundo. E então, na estante do meio, lá estava: o mesmo porta-joias vermelho e preto do qual ela se lembrava.

Com as mãos tremendo, Spencer testou a tampa. Não se moveu. Segurou a caixa contra a luz e então percebeu um teclado próximo à dobradiça. Claro: havia uma senha.

Sentou-se, tentando lembrar qual era a senha antiga. Era o aniversário de Melissa, não era? Digitou 1123 para 23 de novembro, mas apareceu uma luz de LED vermelha. Spencer fez uma careta. Por que a mãe mudaria de senha?

Tentou 0408, data do aniversário de Amelia, e depois o do sr. Pennythistle, mas a luz vermelha piscou outras duas vezes. Depois, sentindo-se desanimada, digitou a data do próprio aniversário. A luz de LED verde piscou, e a dobradiça se abriu. Spencer apertou os lábios, tomada por uma culpa esmagadora. Mas talvez a mãe tivesse usado a data de seu aniversário apenas porque era uma data fácil, apenas outra combinação numérica sem importância alguma depois de tantas outras combinações parecidas que já tinham sido usadas. Aquilo não *significava* nada, não é?

Várias pulseiras de diamantes estavam cuidadosamente dispostas em uma bandejinha de veludo. Duas caixas vermelhas da Cartier estavam mais abaixo, com uma caixa da Tiffany e uma de um joalheiro da Filadélfia, onde o sr. Hastings costumava ir. Spencer abriu a primeira caixa Cartier e encontrou um anel imenso de esmeralda que seu pai dera à mãe havia alguns Natais. A caixa seguinte continha um par de brincos de diamantes com os quais ele a presenteou em um aniversário. Havia mais caixas de veludo em uma segunda bandeja onde ficavam pulseiras, argolas de diamantes e pingentes, um anel com um diamante em forma de pera que parecia ter ao menos três quilates, e um broche de diamante-rosa, que Spencer lembrou de ter sido dado por seu pai à mãe no nascimento dela.

Ela ouviu um barulho e ergueu os olhos. A mãe estava ali? Com as mãos tremendo, pegou algumas caixas de veludo e as enfiou no bolso. Escolheu o diamante-rosa – sua mãe provavelmente não daria falta –, algumas pulseiras, um par de brincos com diamantes imensos pendurados, que pareciam idênticos àqueles que já estavam nas orelhas da sra. Hastings, depois arrumou tudo na caixa para parecer que ela não tinha sido mexida.

Fechou a tampa, saiu correndo do quarto e já estava quase no seu quando alguém tossiu atrás dela. Spencer se virou. Amelia estava parada no meio do corredor, encarando-a.

– A-ah! – gaguejou Spencer. – Não sabia que você estava em casa.

Amelia a olhou de cima a baixo, com os lábios bem apertados. Olhou para a porta aberta do quarto da sra. Hastings e não disse nada.

O coração de Spencer disparou.

— Eu, hum, queria pegar o *babyliss* da minha mãe — tagarelou. — É muito melhor que o meu. — Foi a única coisa na qual ela conseguiu pensar.

Mas então o olhar de sua irmã de consideração deslizou até as mãos de Spencer. Não estavam apenas sem o *babyliss*, mas também ostentavam o anel com diamante em formato de pera que ela havia surrupiado do porta-joias. O coração dela bateu ainda mais rápido. *Apenas dê o fora daqui*, uma voz gritou em sua cabeça. *Vá antes que você cave um buraco ainda mais fundo.*

Ela passou por Amelia, entrou no próprio quarto e bateu a porta, fazendo barulho. Depois de um instante, ouviu a irmã de consideração fechando a porta do próprio quarto e ligando o rádio na estação de música clássica SiriusXM. A culpa começou a envolvê-la como um laço. Amelia ia acabar falando sobre aquilo. Spencer deveria colocar todas as joias no lugar?

Mas a única coisa na qual conseguia pensar era nas quatro paredes de uma cela da prisão. E as palavras do advogado: *Seria sensato da parte de vocês negociarem algum tipo de acordo.* Pareciam os dois únicos pensamentos válidos em seu cérebro e encobriam todo o resto.

Saiu correndo do quarto e foi até o escritório do sr. Pennythistle. Ele tinha uma linha telefônica independente da linha da casa, que ela sabia que estava sendo monitorada. Detestava usar esse telefone, pois os policiais poderiam monitorá-lo também, embora duvidasse que eles fossem tão detalhistas. E, de qualquer modo, falaria com Angela apenas por alguns segundos — a polícia não teria tempo o bastante para rastrear a ligação.

Angela atendeu ao primeiro toque.

— Quem fala?

Por um instante, Spencer não conseguiu falar.

— É-é Spencer Hastings — disse por fim. — Só quero informá-la de que tenho o dinheiro que você pediu, então posso... você sabe. Então pode me ajudar com aquilo de que preciso.

— Estou ouvindo — disse Angela, ríspida. — Quando pode trazer o dinheiro?

— Bem, são joias, não dinheiro — explicou Spencer. — Não posso ir entregá-las, pois estou usando uma tornozeleira de monitoramento, mas estou pronta para dar esse passo, juro. Quero desaparecer o mais rápido possível — completou. — Qualquer hora que você possa fazer isso acontecer.

Houve uma pausa. Spencer olhou para o relógio, lembrando-se, graças a um episódio antigo de *24 Horas*, que só tinha 20 segundos antes que o telefonema pudesse ser rastreado.

— Certo — disse por fim a mulher do outro lado da linha. — Mande-me uma fotografia das joias, assim vou saber se valem alguma coisa. E quero você do lado de fora de sua casa no sábado à noite, 22 horas. *Em ponto*. Atrase-se um segundo sequer e eu perderei o interesse em suas joias e qualquer acordo entre nós estará cancelado. Entendeu?

— Claro. — As mãos de Spencer tremiam. — Mas você vai conseguir tirar minha tornozeleira quando me pegar?

Angela resmungou.

— Tenho como tirar essa coisa e enganar o sistema por um tempinho. Mas você não vai ter muito tempo. Vamos ter de tirá-la de circulação nesse intervalo e *rápido*.

— Obrigada — disse Spencer, sentindo o corpo estremecer. — Nós nos vemos no sábado à noite, então.

Houve um *clique* e Angela desligou. Spencer olhou seu reflexo na penteadeira do outro lado do escritório. Seus bolsos estavam cheios de joias. Ela fechou os olhos. *Sábado à noite*. Dali a dois dias. Poderia aguentar até lá.

Ela precisava.

19

CESSAR-FOGO E ACEITAR A RENDIÇÃO

Aria apanhou o saquinho que continha as peças de Palavras Cruzadas e o sacudiu.

— Se eu pegar mais uma vogal, vou enlouquecer.

Colocou a mão dentro do saco e escolheu uma peça, e virou-a. Era um *E*.

— Ah, meu Deus — disse ela, fazendo drama e se jogando de volta no colchão. — Estou perdida. Posso dizer "Etirei o pEu no gEto?".

Noel deu um sorriso cansado. Enquanto arrumava suas peças, desviou o olhar para a janela. O sol estava alto no céu.

— Não quer passear um pouquinho? — Ele estava quase choramingando.

Aria fez uma careta.

— Acho melhor não.

Noel se levantou da cama e foi até uma *chaise* no canto. O quarto, em um pequeno subúrbio belga, era mais luxuoso e caro do que Aria gostaria, mas eles tinham descido do trem no meio do nada e aquilo tinha sido tudo que conseguiram encontrar. A princípio, tentaram tirar melhor proveito da situação, Aria encantando-se com a biblioteca do hotel, afirmando que aquilo a manteria ocupada por dias. Quando encontrou o jogo de Palavras Cruzadas enfiado em uma das prateleiras do saguão, desafiou Noel para um torneio. Descreveu a sala de ginástica do hotel e disse que poderiam assistir a filmes. Ficar ali seria muito divertido!

Mas nenhum dos aparelhos de ginástica funcionava. Os filmes para locação estavam todos em holandês e alemão, sem legendas. O restaurante do hotel só tinha uma estrela, arenque em conserva, e Aria tinha certeza de que nas Palavras Cruzadas faltava a maior parte das consoantes.

Ela queria acreditar no que Noel insistia em dizer, que o sujeito do trem não a reconhecera. Afinal, todas as reportagens diziam que ela estava na Suécia, ou Espanha, e uma delas até mesmo mencionou o Marrocos.

Mas, durante toda a noite anterior, pensamentos paranoicos dispararam em todas as direções dentro de sua cabeça. A coisa mais segura a fazer era ficar deitada no quarto até tudo desaparecer. Tentou tornar a coisa toda mais divertida e sexy fazendo massagem em Noel, dançando para ele "Wrecking Ball" da Miley Cyrus, que passou no VH1, fantasiando sobre os vários lugares que poderiam conhecer no Japão. Até mesmo o deixou ganhar nas Palavras Cruzadas. Mas você só pode tornar um quarto de hotel de 30m^2 divertido por um tempo. Já era sexta-feira. Ela estava ficando sem opções para distraí-lo.

Apanhou o controle remoto e ligou a televisão, sintonizando na CNN Internacional, procurando notícias sobre o julgamento. Aria tinha certeza de que as argumentações finais do julgamento seriam naquele dia. E como estaria indo o casamento de Hanna e Mike? Noel dissera ter ouvido sobre a cerimônia em um noticiário no aeroporto de Amsterdã. Se ela pudesse apenas dar uma olhada na internet, mas temia que alguém rastreasse sua busca. Até mesmo ligar a televisão parecia bem arriscado.

Noel pegou o controle remoto e sintonizou em um canal que parecia a versão holandesa do *Food Network*.

– Você se preocupa demais – disse ele. – Precisa se acalmar. Temos os passaportes falsos. Temos sido extremamente cuidadosos. Além disso, atravessei um oceano para vir à Europa para encontrá-la. – Ele piscou. – Você poderia ao menos me mostrar alguns dos pontos turísticos, sabia?

Aria engoliu em seco e olhou pela janela. Talvez Noel estivesse certo. E era verdade – ele *tinha mesmo* atravessado um oceano. Não se poderia dizer que ele estava exatamente se divertindo. Talvez, se ela colocasse a peruca loura e os óculos escuros, tudo desse certo.

– Certo – concordou. – Vamos dar uma voltinha. Mas vamos evitar lugares cheios demais, certo?

– Graças a Deus. – O rosto de Noel se encheu de alívio. – Eu estava começando a enlouquecer aqui.

Estava frio, então eles vestiram blusas de moletom com capuz e cachecóis. A peruca loura fazia o couro cabeludo de Aria coçar, mas ela não ousaria sair sem ela. A ida até o elevador transcorreu bem, mais porque não havia ninguém no corredor. Depois veio a caminhada pelo saguão, a recepcionista parecia entretida com alguma coisa na tela do computador e não prestou atenção nos garotos. Mas assim que alcançaram a rua, a garganta de Aria começou a fechar. Parecia que todo mundo na calçada tinha parado e olhado para ela. O porteiro os encarava de modo estranho? O que aquele cara estava fazendo do outro lado da rua, apenas olhando para seu celular?

— Vi uma cafeteria bacana há alguns quarteirões — disse Noel. — Quer ir até lá?

— Hum... — Aria acariciou a peruca. Não conseguia imaginar como seria ir a algum lugar tão público. Mas talvez a cafeteria não fosse tão iluminada. Talvez pudessem ficar escondidinhos. Talvez ninguém tivesse visto o rosto dela nos jornais. *Aja normalmente*, advertiu a si mesma.

Aria caminhou pela rua, apertando a mão de Noel. Na metade do quarteirão, notou um sedã preto estacionado do outro lado. Suas janelas eram escuras, mas ela sabia que tinha alguém dentro do carro. Quando eles viraram à esquerda, os faróis do sedã se acenderam, e o carro começou a segui-los devagar.

Ela enterrou as unhas no braço de Noel.

— Acho que aquele carro está nos seguindo.

— O quê? — Noel se virou.

Aria apertou ainda mais as unhas.

— Não *olhe*.

Noel suspirou alto.

— Ninguém está atrás de nós.

— Pois eu sinto que estão, sim. — Ela começou a andar mais depressa, mas não *tão* rápido, fingindo ser apenas outra turista saindo para jantar. — Por que estão dirigindo tão devagar?

Noel fez uma careta.

— Será que é porque estamos em uma área onde o limite de velocidade é de 40 quilômetros por hora?

Mas Aria tinha um pressentimento horrível, bem mais forte do que o que a tomara na banca de jornal em Amsterdã. A história acabava ali. Alguém a reconhecera — talvez *tivesse* mesmo sido o homem no trem. Ele poderia ter avisado as autoridades, que enviaram um alerta, e alguém do hotel fez a ligação. Ela e Noel tinham basicamente se entregado aos policiais federais que os buscavam. Ela poderia muito bem bater na janela e estender seus pulsos para as algemas.

– O que quer fazer? – perguntou Noel.

– Não *sei* – murmurou Aria entredentes, desejando que houvesse um beco onde se esconder. O carro parecia segui-los, apesar de estar meio distante, como se o motorista tentasse checar se eram eles de verdade. Ou estava fazendo uma ligação para alguém. – Não podemos voltar para o hotel. Eles vão nos seguir.

– Aria, não há ninguém nos seguindo – disse Noel. – Deveríamos continuar andando.

Aria olhou para Noel com medo, quando passaram por uma padaria.

– Não devíamos ter deixado nosso quarto. E eu não deveria ter feito sua vontade.

Noel trincou os dentes.

– Ah, então agora é minha culpa.

Aria não respondeu.

– O que deveríamos fazer, ficar escondidos para sempre? – perguntou Noel.

– *Sim!* – guinchou Aria, agitando os braços nas laterais de seu corpo. – Deveríamos ficar bem escondidos pelo tempo que fosse necessário.

Noel deu uma risada estranha.

Aria se virou e o encarou.

– O que foi?

Ele se encolheu.

— Porque essa não é *você*, Aria. E honestamente, pensei que passar esse tempo aqui seria de alguma forma... divertido. Não seria... *assim*.

Aria trincou os dentes.

— Bem, lamento que fugir da polícia não seja como férias para você. Mas eu não lhe *pedi* para vir, Noel. Teria ficado bem sozinha.

Ele a encarou.

— Você não parecia muito bem quando eu a encontrei. Estava completamente perturbada.

— Lamento ter lhe causado tanto estresse — disse ela, amarga, ignorando aquele comentário. Então, ergueu os olhos. — Sabe, se fosse *outra* pessoa aqui, *alguém* que você quisesse mesmo estar protegendo, aposto que você não estaria reclamando de falta de diversão.

Ele a encarou, feroz.

— Outra pessoa como *quem*?

As palavras tinham vindo tão rápido à boca de Aria que ela não teve tempo suficiente para processá-las.

— Esqueça — respondeu. — Estou apenas chateada.

Noel colocou as mãos no quadril, parando próximo a um lava-rápido.

— Você está falando sobre Ali, não está?

Aria se afastou. Detestava o fato de Noel conhecê-la tão bem.

— Talvez — respondeu, sentindo alguma coisa se estilhaçar dentro do peito. — Você teria feito qualquer coisa por ela, Noel.

— Não, eu não teria. — As narinas dele se abriram. — A única pessoa por quem eu faria tudo é *você*. — Ele a encarou. — Por que não acredita nisso?

Aria olhou para uma poça de óleo cintilante na rua. Algum dia perdoaria Noel por Ali, que nublava tudo em sua mente? Duas noites antes, quando ele lhe dera a pulseira, ela tivera um pensamento fugaz: *Ele tinha pensado alguma vez em dá-la para Ali também?* Até mesmo a peruca loura, ela percebia agora, parecia *o cabelo de Ali*.

— Ainda é tão difícil — respondeu ela com uma voz rouca. — E não consigo evitar de pensar que, se você não tivesse confiado tanto nela, talvez não estivéssemos aqui.

Noel recuou.

— O que você quer dizer?

— Quero dizer... — Aria hesitou. *Quer dizer que você poderia ter contado a alguém. Quer dizer que você poderia tê-la feito parar de nos perseguir. Quer dizer que Ali não teria saído do hospital, não teria matado todas aquelas pessoas, não teria vindo atrás de nós e eu não estaria nessa situação.*

Mas pareceu muito sério para ser dito em voz alta. Parecia que ela o estava culpando. E Aria sabia que aquilo não era certo — era tão errado, na verdade, quanto Hanna culpar Spencer pela morte de Emily, apenas por sugerir que passassem a noite na praia. Havia uma série de fatores em jogo. Noel não tinha planejado aquilo tudo. Ninguém tinha.

Noel a encarava como se entendesse exatamente o que estava acontecendo em sua mente. Deu um grande passo para trás, parecendo aturdido.

— Meu Deus, Aria — sussurrou. — Você não entendeu nada, *nada*.

Ela ergueu a mão.

— Eu não...

— Bem no fundo, você ainda me culpa. Ainda me odeia. Arrisco minha vida para vir à Europa por você, e nem *isso* é o bastante.

— Noel — disse ela, aproximando-se dele. — Não é isso...

Mas ele ergueu a mão para impedi-la de se aproximar ainda mais e se afastou, de volta para o hotel.

— Apenas me deixe sozinho um pouco, pode ser? Preciso pensar.

— Noel! — gritou Aria. Sem se virar, Noel começou a correr na direção do carro que os seguia. — Noel! — gritou ela de novo. Ele manteve o ritmo. Seu cabelo acompanhando o ritmo das passadas. Noel correu para o meio da rua, quase sendo atropelado por um homem em uma motocicleta. — Noel! — gritou Aria. — Apenas *pare*!

Naquele instante, as quatro portas do sedã se abriram. Quatro vultos de preto apareceram e se jogaram, todos de uma vez, sobre Noel. Aria ouviu um grito e então percebeu que ela mesma tinha gritado. Em segundos, os policiais ergueram Noel. O sol foi refletido por um objeto prateado, e então Aria ouviu o clique nítido de algemas se fechando ao redor do pulso dele. Cobriu a boca com a mão.

Ouvindo passos, Aria se virou. Dois outros policiais avançavam em sua direção, gritando o que, provavelmente, era *pare* em holandês ou alemão, ou algum idioma com o qual Aria não estava familiarizada. Nas jaquetas deles pôde ler INTERPOL. Em um piscar de olhos, tinham Aria em uma chave de pescoço. Ela se encolheu, tentando respirar. Era como aquela citação antiga que ela lera em *Ardil 22* para a aula de inglês: *Só porque você está paranoico, não significa que não estão atrás de você.*

Tudo aconteceu em questão de segundos, e os policiais federais estavam colocando ambos em dois carros separados. Aria queria olhar nos olhos de Noel — ela estivera certa o tempo todo. Mas de repente aquilo não se parecia exatamente com uma vitória. Em vez disso, *preferia* que ele estivesse certo.

Porque agora eles estavam total e completamente ferrados.

20

ARGUMENTOS FINAIS

Na sexta-feira à tarde, usando seu vestido preto mais caro e seus sapatos de saltos mais altos, Hanna acomodou-se no carro de sua mãe, a caminho do tribunal. Quem estava de fora talvez jamais soubesse que estava indo para a parte final de um julgamento que, provavelmente, a mandaria para a cadeia pelo resto da vida. Hanna parecia uma garota conversando ao celular, fazendo planos importantes. Que era o que estava fazendo.

Um dos itens de sua lista de afazeres era se assegurar de que os funcionários do bufê chegassem pontualmente às 13 horas, que o rabino que sua mãe insistira em contratar estivesse realmente confirmado e que a revista *Us Weekly* ainda cobrisse o tapete vermelho na recepção. Mas, no momento, ela estava falando com sua meia-irmã, Kate.

– Então, a disposição dos lugares já está pronta? – perguntou ao celular.

– Sim – respondeu Kate. – Você e Mike juntos, em uma mesa só de vocês. Sua mãe e sua avó paterna separadas, como você pediu. E organizei o restante das mesas de acordo com as preferências dos convidados... você sabe, os veganos todos juntos, as pessoas que achamos que vão acabar bebendo demais em um canto, e juntei vários garotos e garotas, então haverá muitas possibilidades de diversão na pista de dança. Ah, e vou me sentar junto dos rapazes da equipe de lacrosse, pode ser?

– Claro que sim! – respondeu Hanna, sentindo-se agradecida. Ela e Kate atravessaram algumas épocas ruins, mas estava animada com o fato de a meia-irmã participar dos preparativos de seu casamento. Kate também tinha cuidado das lembrancinhas, capas para iPhone nas cores da decoração, verde-menta e coral, e também fizera uma montagem de imagens de Mike&Hanna para exibir na recepção. – Você está sendo de grande ajuda – completou Hanna. – Quer ser minha madrinha?

Kate riu desconfortável.

– Ah, Hanna, não. Você deveria convidar Spencer. – Ela tossiu. – Mas eu, ah... Eu não a vi em minha lista de convidados. Cometemos algum engano?

Hanna brincou com a pulseira de lacrosse de Mike em seu pulso. *Não, porque ela se recusou a comparecer.* Sabia o quanto Spencer ficara magoada ao ver o convite de casamento em sua bolsa e, tudo bem, *tinha mesmo* sido uma decisão de último minuto convidá-la. Mas Hanna queria realmente que ela fosse... Por que Spencer não podia entender isso? O que desejava dela? Era como se existisse um muro entre elas, que ficava mais alto a cada dia.

Em um universo paralelo, Aria, Emily e Spencer seriam suas madrinhas, e elas fariam um trabalho incrível. Spencer seria fantástica organizando os lugares dos convidados e mantendo o pessoal do bufê na linha. Aria faria lembrancinhas artesanais lindas para os convidados. Emily faria um discurso comovente e emocionado que traria a casa abaixo. Ainda que soubesse que não era possível, Hanna foi adiante e encomendou três faixas de cabelo de lantejoulas para as meninas, como se elas fossem realmente suas damas de honra. Elas seriam acessórios perfeitos para os vestidos da Vera Wang que Hanna tinha escolhido – ainda que não os tivesse comprado, não era tão louca *assim*. E quando as faixas chegaram, naquela manhã, Hanna fora inundada por uma imensa onda de tristeza e precisou lavar o rosto com água gelada. O que mais doeu foi ver a faixa que tinha escolhido para Emily entre as outras. Tinha uma borboleta de lantejoulas e era de um azul brilhante que teria combinado perfeitamente com o tom de pele de Emily.

Hanna se deu conta de que não tinha respondido à pergunta de Kate, mas estavam estacionando junto ao prédio do tribunal, então Hanna disse apenas que precisava desligar e se despediu. Depois de estacionarem, Hanna e sua mãe tiveram de lutar para passar por um enxame de repórteres, microfones e câmeras na entrada principal. Um homem capturou sua atenção, quando ela empurrou as portas do tribunal. Hanna desviou o olhar depressa. Era o pai de Ali. Ele comparecia às sessões, todos os dias, religiosamente, sentando-se em silêncio no fundo da sala. Ela se perguntou se ele contava à esposa, todas as noites, o que havia acontecido na corte. Contava a ela como a promotoria iria, definitivamente, ganhar aquele caso. Garantia a ela que a justiça seria feita. Ela se lembrou, de repente, de uma coisa que Emily dissera em Cape May, ao descobrir que a sra. D não iria ao julgamento – que a mãe deveria mesmo estar lá, a não ser que soubesse que sua filha *não estava* morta. Ou então, quem sabe, a sra. D apenas as odiasse tanto quanto o resto da América... ou o resto do mundo, para falar a verdade.

Em pouco tempo, Hanna estava sentada em seu lugar de costume, ao lado de Rubens, inalando sua lamentável colônia pós-barba. Ele resmungou um olá para ela, que rosnou de volta. Hanna ainda estava louca da vida por ele sugerir a ideia do acordo no outro dia. Mas podia ser que Rubens também estivesse chateado com ela e Spencer por não aceitarem sua ideia.

Rubens voltou-se para Hanna, e em seguida, para Spencer, que tinha tomado seu assento do outro lado.

– Tenho algumas novidades. Antes de tudo, ouvi que Aria Montgomery foi encontrada.

O coração de Hanna parou de bater.

– E-ela está bem?

– Onde ela estava? – perguntou Spencer.

– Em uma cidade próxima a Bruxelas. A polícia está trazendo os dois para a América. Ela não chegará a tempo para nada do julgamento, a não ser para a sentença do júri.

– Espere, você disse *os dois* – disse Hanna. – Havia alguém *com* Aria?

– Acredito que o namorado dela. – Rubens conferiu seu celular. – Eles também o estão trazendo de volta.

Hanna cobriu a boca com sua mão. *Noel* tinha seguido Aria até a Europa? Ela jurava que Mike tinha lhe dito que ele fora para a casa dos pais, no Colorado. Imaginou se Mike tinha pensado sobre isso e virou-se para olhar para ele, sentado no fundo do tribunal. Mas Mike não estava em seu lugar de costume.

– A segunda coisa – disse Rubens. – A promotoria está mesmo trazendo uma testemunha surpresa.

— Ali? — deixou escapar Hanna, antes de pensar no que dizia.

Spencer bufou. Rubens balançou a cabeça.

— Não, claro que não. Nick Maxwell.

Houve uma pausa. Hanna sentiu-se, de repente, entorpecida.

— O-o que isso significa?

Spencer pareceu animada.

— Isso pode ser bom. Nick odeia Ali, disse um monte de coisas segundo aquele artigo no jornal. Ele poderia contestar todas as afirmações que constam naquele diário.

Rubens fez uma expressão de desagrado.

— Mas, vejam bem, ele é uma testemunha da acusação, o que significa que não vai dizer nada depreciativo sobre o diário. A promotoria provavelmente lhe ofereceu um acordo para que mudasse sua história.

Hanna ofegou.

— Eles podem *fazer* isso?

— Não é justo! — disse Spencer ao mesmo tempo.

Rubens abriu sua garrafa de água e deu um bom gole.

— Nunca disse que a lei é justa. Mas não fiquem preocupadas. Eu tive uma ideia.

Spencer fez uma careta.

— *Você,* uma ideia? — resmungou.

Hanna sorriu para ela. Estava pensando a mesma coisa. Spencer a encarou por um instante, quase como se o gelo estivesse prestes a partir, mas então desviou o olhar.

O juiz Pierrot emergiu de sua sala e ocupou seu lugar. Os jurados também apareceram. O meirinho fez seu discurso de sempre, todo mundo se levantando e blá-blá-blá. Em seguida, Nicholas Maxwell foi chamado para o banco das testemunhas.

As portas se abriram, e dois guardas escoltaram Nick, que ainda vestia seu macacão laranja da prisão e estava com os pés e pulsos algemados, até a frente da corte. Ele estava de cabeça baixa, mas mesmo assim Hanna o viu dando um sorriso conspirativo na direção de Reginald, o promotor. Ela cerrou o punho. Eles *tinham* um acordo. O que Nick iria dizer?

— Sr. Maxwell — disse Reginald, pavoneando-se diante do banco das testemunhas onde Nick foi colocado —, de acordo com algumas fontes, o senhor fez coisas terríveis. Está correto?

Nick deu de ombros.

— Acho que sim.

— Alison DiLaurentis, em seu diário, escreveu que o senhor a coagiu a matar várias pessoas. Que foi *sua* a ideia de matar a irmã dela, Courtney. Bem como assassinar Ian Thomas e Jenna Cavanaugh e incendiar a propriedade dos Hastings. Que o senhor bateu nela, manipulou-a e basicamente fez dela sua refém. Isso procede, senhor?

Nick baixou os olhos para seus pés acorrentados. Um músculo saltou em seu maxilar.

— Sim — resmungou, por fim.

Hanna fechou os olhos. *Inacreditável.* Deu um cutucão em Rubens.

— Não foi o que ele nos disse quando o visitamos na cadeia.

— Então, basicamente, o senhor e Alison não mantinham um relacionamento amoroso, como alegam a srta. Hastings, a srta. Marin e as outras meninas — disse o promotor. — O senhor a estava torturando. Mantendo-a viva e fazendo com que ela o ajudasse.

Nick assentiu quase de forma imperceptível. Hanna agarrou o pulso de Rubens, mas ele a empurrou. Aquilo *não era. Mesmo. Justo.*

— E então, o que ela escreveu naquele diário, é tudo verdade?

— As coisas sobre mim são — resmungou Nick.

— Mesmo o senhor tendo dito para a imprensa que não eram?

Ele assentiu.

— Eu estava chateado. E surpreso por ela ter exposto aquelas coisas. É isso.

— E assim podemos supor que tudo o *mais* que está no diário também é verdade?

O olhar de Nick percorreu o tribunal, pousando em Hanna. Ele riu.

Reginald foi até os jurados.

— E então, se Alison tivesse, vamos dizer, implorado às senhoritas Hastings, Marin, Montgomery e Fields por misericórdia, contando-lhes que ela era inocente e que elas não deveriam machucá-la, pois ela era um peão em seu jogo, isso não teria sido uma mentira também?

— Não — respondeu Nick. — Alison queria ficar amiga delas de novo. Ela implorou várias vezes que eu não as machucasse.

— Ah, meu *Deus* — murmurou Spencer.

O promotor pareceu ter ouvido o que Spencer disse, mas simplesmente voltou a atenção a Nick.

— O que o senhor pode nos dizer sobre essas quatro garotas? O senhor as conhece muito bem, pelo que eu soube.

Rubens se levantou.

— Objeção! Meritíssimo, esse homem é um assassino e admitiu que é manipulador. Não serve como uma testemunha de caráter.

Mas o juiz pareceu intrigado.

— O senhor pode continuar, dr. Reginald.

Todos os olhos se voltaram outra vez para Nick. Ele deu de ombros e olhou para Hanna e Spencer.

— Elas simplesmente querem tudo do jeito delas — disse ele sem rodeios. — Querem obter notas perfeitas, a qualquer custo. Querem sair impunes de tudo, não importa que ponham a culpa em alguém. Querem fazer desaparecer seus segredinhos sujos. Tudo com o que se importam é protegerem a si mesmas... *e* se vingar de Alison. Dei uma boa olhada nos rostos delas no dia em que as prendi no porão. Não estavam com raiva de mim... mesmo, não estavam. Estavam com raiva *dela*.

— E o que o senhor acha que elas fariam com Alison se a encontrassem de novo?

Nick não ponderou nem por um segundo.

— Matá-la. Sem dúvida.

Reginald se virou.

— Sem mais perguntas.

Todo mundo parecia bem agitado. Hanna cobriu o rosto, sentindo-se humilhada demais para olhar ao redor. Sentiu que Rubens se levantava ao seu lado, mas isso só fez o seu coração afundar ainda mais. O que diabos ele perguntaria a Nick?

Rubens foi até o banco das testemunhas e encarou Nick.

— Então o senhor está admitindo que Alison era sua escrava e não sua namorada.

Nick não o encarou.

— Ah... sim.

— O senhor tem certeza disso?

Ele fez uma careta.

— Acabei de dizer que tinha.

— Então, o que o senhor contou para a polícia no começo das investigações, que o senhor e Alison faziam tudo juntos, foi uma mentira, hein?

— Ah, *sim* — respondeu Nick, revirando os olhos.

— E o que realmente aconteceu é que o senhor fez uma lavagem cerebral em Ali, certo? Forçou-a a ajudá-lo a matar a irmã? E quando ela deixou mais uma vez a clínica psiquiátrica, o senhor a capturou, fez com que ela torturasse as garotas, ajudasse a matar Ian Thomas e tudo mais?

Nick perscrutou o tribunal em busca do promotor, então deu de ombros, à guisa de resposta positiva. Hanna mordeu o lábio, perguntando-se o que Rubens tinha em mente. Reginald fizera todas aquelas perguntas poucos instantes antes.

— Então, o senhor não amava Alison *de jeito nenhum*? — perguntou Rubens. — Não faria tudo que poderia por ela? Como por exemplo, contratar uma enfermeira particular para cuidar das queimaduras dela depois do incêndio da casa em Poconos, pagando o salário dela com seus próprios recursos?

Um pequeno músculo do olho de Nick pulsou.

— Sei como ficam as vítimas de queimadura, e vi a imagem da câmera de segurança de Alison no minimercado — disse Rubens. — Ficou claro que ela ficou com cicatrizes no rosto, mas pareciam ter sido tratadas. O senhor sabe como ficam as queimaduras quando não são tratadas corretamente? Não é nada bonito.

O promotor deu um tapa na mesa.

— O sr. Maxwell contratou aquela enfermeira com a responsabilidade de manter Alison viva para que ela pudesse ajudá-lo. Isso não teve nada a ver com amor.

— Pode até ser que seja verdade. — Rubens batucou com um dedo nos lábios, parecendo pensativo. — Mas então me lembrei daquelas fotografias de Alison que a polícia achou no porão da casa em Rosewood. — Ele foi em direção ao monitor de televisão e mostrou à audiência o conteúdo de uma série de arquivos de evidências digitais, o que incluía várias fotos do santuário de Ali feito por Nick. – A maior parte dessas fotografias de Alison foi tirada antes do incêndio da casa em Poconos. – Ele apontou uma de Ali na entrevista coletiva que seus pais deram depois que ela deixou a clínica psiquiátrica e, em seguida, uma foto de Ali no baile do Dia dos Namorados, na noite em que ela tentou matá-las. – E há até mesmo algumas fotografias de *Courtney*, da época em que as garotas a conheceram. – Ele indicou o lado direito da tela, onde era possível distinguir algumas imagens de Courtney, no sétimo ano, com Hanna e as outras. – Há também fotografias de Alison, antes de Courtney ter feito a troca com a irmã e antes que as garotas ficassem amigas. Mas então notei esta aqui...

Ele apontou para uma fotografia na parte de cima do monitor, no canto esquerdo, que mostrava apenas os olhos de Ali, que indicavam que ela sorria. O resto de seu rosto estava escondido por um cobertor.

– O formato da sobrancelha dela está um pouco diferente, e seu cabelo parece bem mais escuro. Pedi para a polícia analisar a foto, e os especialistas forenses me informaram que foi feita em uma máquina de fotografias, em uma farmácia, em alguma época do ano passado. – Ele encarou Nick. – O senhor usou uma fotografia recente, de depois do incêndio da casa em Poconos. Da época em que ela estava com *o senhor*.

Nick piscou. De novo, procurou o promotor entre os presentes.

– Pode ser... – admitiu.

– Observe os olhos de Ali. – Rubens bateu com a ponta do dedo no monitor para enfatizar a imagem. – Como ela lhe parece?

– Ela está... Não sei. Sorrindo, acho – admitiu Nick.

— Sorrindo. — Rubens olhou para os presentes. — Um sorriso sincero, eu diria. Até mesmo um sorriso apaixonado. Um sorriso que nos conta que ela sabia exatamente no que estava se metendo. *Não*, em outras palavras, o sorriso de uma garota que parecia estar sendo atormentada.

— Objeção! — berrou Reginald. — O dr. Rubens está conjecturando!

Mas um sorriso começou a se formar no rosto de Hanna. Ela não tinha percebido aquela fotografia recente de Ali no santuário. Rubens levantara uma questão — uma ótima questão.

— E vamos conversar sobre aquela carta passada sob a porta da casa em Poconos — continuou Rubens. — O senhor afirma tê-la escrito, estou certo?

Nick assentiu.

— Eu a escrevi para as garotas e a assinei como se fosse Alison.

— E Alison foi absolutamente contra isso também, não foi? É o que ela diz no diário, certo?

— Sim, é isso, sim. — Gotas de suor brotavam na testa de Nick.

O coração de Hanna batia cada vez mais rápido.

— Como todos sabemos, a polícia encontrou aquela carta do lado de fora da casa de Poconos, na noite do incêndio — disse Rubens. A carta fora uma evidência-chave no julgamento de *Nick*. Rubens foi até seu laptop, apertou um botão, e lá estava a carta, de repente, em uma imensa tela de projeção. — Não vou lhes pedir que a leiam novamente, senhoras e senhores do júri, já que a essa altura estão familiarizados com seu conteúdo, mas explica o que de fato aconteceu no dia em que a irmã de Alison trocou de lugar com ela. São mencionadas coisas como o poço dos desejos que Courtney desenhou na bandeira da cápsula do tempo, um jogo do colégio Rosewood, e como Courtney roubou o anel "A-de-Alison". Foi o senhor quem escreveu essas coisas, sr. Maxwell?

Nick deu de ombros.

– Ora, estava na carta, não estava?

– Só estou me perguntando como o senhor conhecia detalhes tão específicos – disse Rubens a ele. – Alison contou tudo isso ao senhor de livre e espontânea vontade?

– Espere! – O promotor se levantou. Sua boca se abriu. Mas ele não disse mais nada. Meio que parecia desorientado.

Pela primeira vez, desde que o julgamento tinha começado, Hanna olhou para Spencer e encontrou seu olhar. As sobrancelhas dela estavam erguidas. Era como se um pequeno raio de sol as tivesse alcançado no tribunal. Nick passou a mão na testa para enxugá-la.

– Hum, não? – Ele parecia não ter certeza, como se não mais conhecesse o roteiro que deveria seguir. – E-eu a obriguei a me contar?

– Ah. – Rubens colocou as mãos na cintura. – Claro. Mas, sr. Maxwell, se Alison não foi a verdadeira autora desses assassinatos, se Alison estava procurando um meio incontestável de provar às antigas amigas que *ela* não era o inimigo, será que ela não teria contado ao senhor detalhes incorretos?

Nick piscou.

– Hã? – perguntou baixinho.

Reginald se colocou em pé, mas não disse nada, apenas o encarou.

– O senhor não parecia saber se todos os detalhes eram verdadeiros ou não – disse Rubens. – E se Alison fosse esperta, e ela é, lhe daria toda uma série de informações erradas, assim, quando as garotas lessem a carta no quarto da casa em Poconos, teriam pensado: *Opa. Essa não é Ali.* Elas teriam se assustado, é claro, afinal estavam trancadas dentro da casa, um fósforo tinha sido aceso, mas elas poderiam ter se perguntado sobre o que, exatamente, estava em jogo.

– Talvez Alison *não seja* assim tão inteligente – disse Nick, soando bem pouco convincente.

Rubens deu de ombros.

– Fica bem claro que vocês dois não pensaram que as garotas iriam sobreviver para falar sobre o conteúdo da carta. Mas elas sobreviveram, senhor, e me parece que com Alison lhe fornecendo detalhes tão específicos e acurados, ela poderia ser considerada como sua cúmplice, não sua refém. Agora, conte-nos a verdade. Alison lhe passou as informações para a carta de boa vontade. Mas o fez porque desejava que as garotas soubessem de toda a verdade terrível. Ela lhe pediu que escrevesse, porém, pois assim suas impressões digitais seriam encontradas na carta se fosse descoberta. Aposto que ela o elogiou pela redação, não foi? Fez o senhor pensar que *você* era mais adequado a escrever uma carta, já que você lidava melhor com as palavras.

Nick umedeceu os lábios.

– Como você soube disso? – perguntou em voz baixa.

– Objeção! – gritou Reginald, levantando-se e encarando Nick, furioso.

– Só mais um minuto, Meritíssimo – disse Rubens. – Minha última pergunta é sobre a srta. Marin, a srta. Hastings e as outras visitantes que o procuraram na prisão na última semana. – Ele sorriu. – Presumo que vocês tiveram uma conversa interessante, não?

– Na verdade, não – resmungou Nick.

— Engraçado, entretanto, que elas tenham aparecido em Cape May, Nova Jersey, um dia depois de visitarem o senhor. Também é engraçado que sua avó, Betty Maxwell, tenha uma casa de veraneio lá.

— Um monte de gente tem casas de veraneio em Cape May — gritou o promotor de sua cadeira.

— Isso é verdade. — Rubens olhou para Nick. — Sim, é bem verdade. Mas botei minha equipe bisbilhotando por aí e sabe o que descobriram? Uma testemunha que pode colocar a srta. Hastings e as outras três meninas naquela casa de praia, naquele dia. — Ele se aproximou do monitor e clicou em um arquivo diferente. Uma imagem de Hanna, Spencer, Emily e Aria se abraçando em frente à casa de praia, que tinham invadido, apareceu. O coração de Hanna quase parou: rezou para que aquilo não as colocasse em mais problemas. Mas, pela expressão no rosto de Rubens, talvez essa não fosse a sua estratégia.

— Isso não parece coincidência, parece? — perguntou. — E veja que coisa estranha: quando interroguei o guarda da prisão que o escoltou para fora da sala de visitas, depois de conversar com as garotas, ele disse que o senhor mencionou sua avó Betty a elas, *assim como* a cidade de Cape May. Agora, por que faria isso?

Os lábios de Nick tremeram.

— Eu...

— Posso elaborar uma teoria? — sugeriu Rubens, juntando as mãos. — Acho que o senhor desejava que as quatro meninas fossem para aquela casa de praia, porque não tinha certeza de que Alison estava mesmo morta. E está furioso por ela ter jogado a culpa de seus crimes no senhor... *O senhor* a amava, *o senhor* pensou que estariam juntos por toda a vida. Acreditou que as garotas poderiam encontrá-la. E queria que elas a fizessem aparecer de uma vez por todas.

— Isso não é verdade — respondeu Nick.

— Que outro motivo o levaria a deixar escapar que sua avó tem uma casa em Cape May? — Rubens fazia gestos amplos. — Obviamente não estava oferecendo um lugar para as meninas passarem um fim de semana tranquilo. Vai ficar sentado aí e me dizer, com sinceridade, que acredita mesmo que Alison está morta? Diante de todas essas pessoas, depois de jurar sobre a Bíblia, correndo o risco de acrescentar perjúrio à sua ficha criminal, o senhor vai me dizer que acredita do fundo do coração que Alison morreu?

Houve um silêncio mortal na sala de audiências. Hanna encarou Reginald. Seu rosto estava pálido, a boca, meio aberta. Nick passou as mãos pelo rosto, os olhos corriam de um lado para outro. Por fim, o juiz interveio.

— Responda à pergunta — ordenou.

— E-eu não sei. — A voz de Nick falhou. — Ela *poderia* ainda estar por aí. Quero dizer, provavelmente não, mas...

— Sim, ela *poderia*. — Rubens olhou para os jurados com uma expressão triunfante. — Ela poderia. E isso porque Alison é o cérebro dessa história, não Nicholas. Ele era o peão no jogo dela, não o contrário. E devo relembrá-los de que só podem condenar à prisão as senhoritas Hastings, Marin... e a srta. Montgomery, quando ela voltar... se estiverem 100% certos de que elas não apenas *mataram* Alison, mas que Alison está, de fato, morta. E talvez, apenas talvez, ela não esteja. Alison já foi dada como morta antes, afinal de contas; depois do incêndio da casa em Poconos, quando Nick, *ele mesmo,* salvou a vida dela. Alison sabe como burlar a lei. Não é inconcebível que ela esteja, agora, fazendo a mesma coisa.

Então, abaixando suas mãos, ele olhou para o juiz, parecendo exausto.

— Sem mais perguntas, Meritíssimo.

— Essa era nossa última testemunha — disse o juiz. — Depois das disposições finais, o júri vai deliberar. Vamos fazer um recesso de uma hora.

No mesmo instante, o tribunal entrou em ebulição. O guarda escoltou Nick pelo corredor, mas não antes de ele encarar o promotor com um olhar confuso e assustado. Rubens deixou o tribunal também, parecendo quase feliz. Hanna se virou para Spencer outra vez. Sua velha amiga olhou para ela de forma relutante, depois lhe deu um sorriso contido.

Hanna correspondeu antes de ela se afastar. Assim como o depoimento de Nick, não era grande coisa — apenas a ponta do iceberg. Mas pelo menos era alguma coisa.

21

UM ÚLTIMO NAMORICO

Na noite de sexta-feira, Spencer estava acomodada na cozinha, ajudando Melissa a arrumar sacolas e mais sacolas cheias de coisas que havia comprado na loja Buy Buy Baby. Deveria haver pelo menos quinze minúsculos macacões de tom pastel na pilha.

— Então, ouvi dizer que os bebês são muito sensíveis a corantes, portanto você vai precisar lavar todas as roupinhas antes que sejam usadas — murmurou Melissa, examinando um enorme frasco de sabão líquido orgânico Honest Company.

— Eu assumo o serviço de lavagem — voluntariou-se Spencer. Então começou a rir. O bebê não viria antes de mais sete meses de espera, era uma bobagem lavar todas as roupinhas agora. Por outro lado, ela poderia não estar por ali para ajudar em sete meses. Se Angela a ajudasse a desaparecer, não estaria ali para coisa alguma. Ela não conheceria o bebê... *nunca*.

Spencer juntou todos os macacões e começou a remover as etiquetas, evitando esse pensamento a todo custo.

— Então — disse Melissa enquanto guardava juntas mamadeiras de marcas diferentes —, o fim da sessão de hoje na corte foi mesmo encorajador, não é?

Spencer assentiu, apavorada demais para falar. Todo mundo estava alvoroçado sobre como Rubens havia conduzido o interrogatório de Nick. Alguns repórteres estavam dizendo que representava uma grande virada no caso, mas outros ainda continuavam falando sobre a versão dos fatos de Reginald, e em todos os passos em falso suspeitos que Spencer e as outras garotas haviam dado nos últimos anos.

Aquilo tudo deixou Spencer bem aflita. Ela queria agarrar-se a qualquer fio de esperança, mas talvez fosse uma tolice. Talvez fosse melhor continuar com o plano original. Desaparecer antes que o veredito final fosse anunciado.

— E ouvi sobre Aria, também — acrescentou Melissa.

Spencer correu os dedos por um macacãozinho listrado bege e branco. O avião de Aria havia pousado no aeroporto da Filadélfia cerca de uma hora antes. Uma câmera de televisão tentara capturar imagens de Aria desembarcando, mas o policial que a acompanhava tapou a lente com a mão.

— Gostaria que nunca a tivessem encontrado — disse Spencer, pensativa. Era estranho: quando Aria fugiu, Spencer ficou muito perturbada, não apenas porque Aria tinha posto em prática o que *ela* apenas desejara ter coragem de fazer, mas também porque deixara as amigas sozinhas lidando com toda aquela droga de julgamento. Mas, conforme a semana progredia, sua raiva dera lugar à aceitação. Talvez uma delas merecesse a liberdade. Era assustador imaginar pelo que Aria tinha passado no exterior — *e* o que poderia enfrentar agora que estava de volta. A notícia era de que ela talvez recebesse uma sentença dupla porque havia fugido.

A porta dos fundos foi aberta, e a sra. Hastings apareceu trazendo consigo algumas sacolas de supermercado. Spencer se apressou em ajudá-la, mas a mãe a fez parar.

— Estou bem — respondeu, olhando Spencer de um jeito esquisito.

Spencer recuou. Sua mãe ainda a encarava.

— O que foi? — perguntou Spencer, por fim.

A sra. Hastings colocou uma sacola na mesa da cozinha.

— Talvez você queira explicar por que Wren Kim está na entrada da nossa casa perguntando por você.

Spencer ficou boquiaberta. Ela e Wren não haviam feito planos, embora fosse excitante saber que ele estava ali. A sra. Hastings parecia mesmo furiosa.

— Você não deve sair de casa — continuou a sra. Hastings. — Especialmente com *ele*.

— Mãe — disse Melissa sem erguer a voz, da ilha da cozinha —, deixe que Spencer vá. Não vai estragar nada. Deixe ela se divertir um pouco. Ela já não sofreu o bastante?

Tanto Spencer quanto a sra. Hastings se viraram para encarar Melissa. Spencer queria correr até ela e esmagá-la em um abraço. Após uma pausa, a sra. Hastings suspirou e começou a retirar as mercadorias das sacolas como um robô.

— Tudo bem — disse, nervosa. — Se é assim que deseja passar seus últimos dias em liberdade, fique à vontade.

Spencer mordeu o lábio. *Obrigada pelo voto de confiança, mãe.* A mãe falava como se tivesse certeza de que Spencer iria acabar na cadeia.

Spencer passou batom rapidamente, desabotoou um pouco a blusa e correu para a porta da frente. E lá estava Wren, na varanda, com as mãos enfiadas nos bolsos. O rosto dele se iluminou quando a viu, e Spencer sentiu o coração acelerar.

O cabelo negro de Wren estava penteado para trás, as maçãs do rosto acentuadas estavam especialmente proeminentes, e o corpo musculoso não ficava nada mal naquela jaqueta *vintage* de veludo e calça ajustada. Toda a atração que ela sentia por ele e que estava tentando sufocar de repente aflorou. Ela o desejava. De verdade. E o mais incrível era que poderia tê-lo.

– Oi – disse ele com timidez, segurando um buquê de lírios.

– O-oi – respondeu Spencer, aceitando as flores e as segurando junto ao peito.

Wren engoliu em seco.

– Gostaria de levá-la a algum lugar essa noite. Para jantar, talvez? – Ele olhou ao redor. – Algum lugar *fora* da casa de vocês? Hum, não acho que eu deva entrar. – Wren fez uma careta. – Sua mãe pareceu ficar bem zangada quando me viu.

Spencer revirou os olhos.

– Ela vai ficar bem. Vamos sair daqui – concordou, apanhando sua bolsa. Mas, ao sentir Wren tomar seu braço e a conduzir para o carro, ela se lembrou de repente: *Sábado à noite, 22 horas... Em ponto*, Angela lhe havia dito. Isso era... *amanhã*. Em vinte e quatro horas, ela nunca mais veria Wren.

Spencer decidiu não pensar sobre isso, também.

Enquanto entravam no carro de Wren, ela se virou para ele e sorriu.

– Sabe, há algumas coisas que eu não me importaria de fazer essa noite se você estiver disposto.

Ele a olhou e sorriu abertamente.

– Estou disposto a fazer qualquer coisa – respondeu ele. – Desde que eu esteja com você.

E, então, eles foram.

★ ★ ★

Duas horas depois, Spencer tinha um novo par de sapatos depois de uma maratona de compras na Walnut Street, sentia-se mais relaxada pelos dez minutos de massagem no pescoço que recebeu da mulher chinesa no calçadão junto à praça Rittenhouse, e estava deliciosamente satisfeita após uma sessão improvisada de degustação de queijos em um pequeno bar de *tapas* na rua 19. Era o programa mais espontâneo que ela fazia em, bem, talvez *desde sempre*. Foi bom livrar-se do antigo jeito Spencer Hastings de ser e adotar um estilo muito mais alegre, pelo menos por mais um dia.

Após mais algumas paradas repentinas, que atendiam apenas aos seus desejos, ela e Wren caminhavam de mãos dadas, carregando uma sacola de compras pela rua Chestnut em direção ao centro. De repente, ela viu alguma coisa ao longe e apertou a mão dele.

– Vamos dar uma volta de carruagem!

Wren olhou para ela, parecendo assustado.

– *Você* quer dar uma volta de carruagem? Se lembro bem, você uma vez me disse que achava que eram cafonas e desumanas.

Spencer enrugou a testa, incomodada por uma remota lembrança de si mesma dizendo aquilo a Wren durante uma de suas tórridas sessões de namoro, quando ela escapulia para a cidade para ficarem juntos no começo do ensino médio. Bem, aquela era a velha Spencer.

– Vamos – ela disse, agarrando a mão dele e puxando-o para a fila de carroças, na praça.

Depois de Wren dar quarenta pratas para um condutor usando cartola, fraque e óculos de armação de metal ao estilo de Benjamin Franklin, os dois subiram no assento traseiro da carruagem e se aconchegaram juntinho debaixo de uma manta de flanela, que cheirava a estrume. Spencer olhou para Wren e sorriu.

— Isso não é divertido?

— Claro que é — disse Wren. — Mas tudo é divertido com você.

Ele a puxou para si, e Spencer suspirou, feliz. A noite toda eles haviam encontrado desculpas para tocar um no outro: empurrões amistosos, pés que se roçavam embaixo da mesa, a mão distraída de alguém sobre a perna de outro alguém. Ela se inclinou para beijá-lo, mas de repente Wren colocou sua mão nos ombros dela, afastando-a gentilmente.

— Nossa, Spencer — disse ele com seu sotaque britânico ritmado. — Não precisamos apressar as coisas. Podemos falar a sério por um minuto?

Spencer se aprumou.

— Falamos sério a noite toda.

Ele ergueu uma sobrancelha.

— Fomos espontâneos a noite toda. E, desculpe-me mencionar, essa não é exatamente a Spencer Hastings que conheço. Você parecia... bem acelerada. A noite toda foi como se estivéssemos correndo de um programa para outro, para que você não tivesse de pensar sobre coisa alguma.

— Não, não foi nada disso — respondeu Spencer automaticamente, ainda que Wren tivesse acertado em cheio.

Ele desviou os olhos para a bolsa de couro que estava carregando.

— Eu tenho uma coisa para você.

Wren apanhou um objeto embrulhado em papel marrom. Spencer franziu o cenho e o abriu. Dentro havia uma cópia das memórias da prisão de Nelson Mandela.

— Para que é isso? — perguntou, olhando para ele.

O pomo de adão de Wren estremeceu.

— Achei que poderia ajudar se... você sabe. Se você tiver de ir para a prisão. Se a justiça não for feita. Você pode levar livros para a prisão. Quero dizer, o guarda vai checar se não há uma serra escondida, mas não há, eu juro.

Spencer correu os dedos pelas páginas.

— Ah. Bem, obrigada.

Wren limpou a garganta.

— Você mal falou sobre o julgamento... ou o que pode acontecer. Mas quero que saiba que você pode me dizer qualquer coisa.

Spencer ficou grata pelo fato de a carruagem estar passando por um trecho particularmente escuro da praça, pois assim Wren não podia ver sua expressão de conflito.

— Estou tentando não pensar no julgamento — admitiu.

— Entendo — respondeu ele, gentilmente. — Mas talvez você *devesse* pensar. E deveríamos pensar em como vamos fazer para nos encontrar. Eu vou visitá-la, você sabe, se for preciso. E podemos ligar um para o outro e...

Spencer cruzou os braços.

— Esse é um assunto sobre o qual eu não quero falar.

Wren ficou ainda mais sério.

— Estarei ao seu lado, Spencer. Esse não é um caso sem importância para mim. Quanto mais falo com você, quanto mais tempo passamos juntos... e sei que isso parece uma loucura... mas, bem, eu sou louco por *você*, Spencer. Eu quero nos dar uma chance, de verdade. Ver aonde vai dar.

Spencer sentiu a garganta fechar. *Eu sou louco por você.* O problema era, ela percebeu, que ela também queria que tivessem uma chance.

Mas ela sabia exatamente como aquilo acabaria. Ia fugir no dia seguinte. Cortaria todos os laços. Spencer de repente entendeu o que Angela quis dizer, ao mencionar que algumas pessoas escolhem a prisão em vez de simplesmente fugir, porque não conseguiriam deixar suas famílias e as pessoas que amavam para trás. Se ela fosse embora, seria como se todo mundo que importava para ela estivesse morto.

Mas não podia pensar em nada daquilo agora. Virou-se para Wren e balançou o dedo.

— Você está arruinando nosso belo momento romântico. Agora vamos apenas aproveitar o passeio, observar as estrelas e sentir o cheirinho do cocô de cavalo, certo?

Os olhos de Wren brilharam quando eles passaram sob um poste de luz. Ele não parecia muito feliz.

— Isso é por tudo o que aconteceu entre nós no passado? É por isso que não está me deixando saber como realmente se sente?

Não estou deixando você saber como me sinto porque eu não posso fazer isso!, Spencer queria gritar. Ela queria arrancar o cabelo, socar o ar e gritar até que os pulmões explodissem. Tudo aquilo era tão injusto. Ela enfim tinha encontrado um cara de quem gostava e agora tinha que dizer adeus.

De repente Spencer começou a chorar com a cabeça apoiada nas mãos, o corpo estremecendo com soluços silenciosos.

— Ei, ei — murmurou Wren, esfregando as costas dela. — Está tudo bem.

— Desculpe — disse Spencer, entre soluços. Ela quase riu do estado em que se encontrava. Durante muito tempo, enfrentara os interrogatórios, acusações e julgamentos, e poderia ter desabado e tido um ataque de choro a qualquer momento, mas tinha que acontecer bem na última noite, enquanto dava uma volta de carruagem com Wren.

Wren inclinou-se para falar com o cocheiro, e a carruagem parou.

— Eu moro a apenas alguns quarteirões daqui — disse Wren. — E você precisa de um chá. Apenas chá — acrescentou, antes que ela pudesse dizer qualquer outra coisa. Spencer deu uma fungadela e assentiu.

Wren ofereceu a mão para ajudá-la a descer, e os dois saltaram da carruagem. Então, ele a levou até o prédio onde morava. Permaneceram em silêncio no saguão do edifício e no elevador, mas, assim que entraram no apartamento — um lugar a que ela não ia havia quase dois anos, mas do qual imediatamente se lembrou, com seus cômodos sufocantes, geladeira bege e uma pequena televisão encaixada em um móvel no canto da sala —, Wren passou seus braços ao redor de Spencer e a puxou para um abraço. Seus olhos ainda estavam marejados, mas ela não estava mais tendo um chilique. Ela viu seu reflexo no espelho, com a maquiagem borrada e o rosto corado. Estranhamente, não deu a mínima.

— Qual chá você prefere, camomila ou hortelã? — perguntou Wren, seus olhos castanhos cálidos. — Ou chocolate quente, talvez?

— Na verdade — Spencer escutou-se dizer, enquanto afundava no sofá —, você poderia apenas se sentar comigo por um segundo? — Ela recostou nas almofadas, e Wren a envolveu em seus braços de novo, puxando-a para perto. Enquanto Spencer se curvava em direção ao seu corpo, seus olhos encheram-se de lágrimas mais uma vez. Ela se sentia tão segura com ele.

Assustava-a pensar que talvez nunca mais se sentisse tão segura.

22

LAR, DOCE LAR

Na noite de sexta-feira, muito depois do pôr do sol, dois policiais saudaram Aria na alfândega do aeroporto da Filadélfia. Agradeceram rapidamente ao delegado federal que a escoltara de Bruxelas à Filadélfia, um homem que cheirava a suor, estalava os lábios ao receber a bandeja de refeição e que esperava do lado de fora do minúsculo banheiro do avião toda vez que ela ia fazer xixi.

Os policiais tomaram Aria pelos braços e a arrastaram na direção da esteira de bagagens. As algemas que ela usava havia dez horas feriam seus pulsos. Sua cabeça rodava de tanto cansaço e Aria se sentia grudenta, suja e doente. Enquanto passavam junto às pequenas filas de checagem de passaporte, todos os oficiais ergueram os olhos para observá-la. Ao passarem por um McDonald's vazio e algumas lojas de presentes, os balconistas a encararam, boquiabertos. Eles desceram em silêncio pela escada rolante, ouvindo Frank Sinatra no sistema de alto-falantes. Mas de repente, junto à esteira de bagagens, uma verdadeira multidão se materializou em torno dela. Flashes estalavam. Todos começaram a gritar.

– Srta. Montgomery! – gritavam os repórteres, correndo até ela.

Aria cobriu os olhos, desejando ter sido avisada para o que estava por vir. Claro que haveria imprensa lá. Sua fuga era a história mais suculenta dos últimos tempos.

– Srta. Montgomery – mais repórteres rugiram –, a senhorita realmente achou que conseguiria se safar?

– Sua fuga significa que é culpada? – gritou alguém.

Os repórteres começaram a gritar e a fazer perguntas na direção de outra pessoa – e foi então que Aria se virou para ver Noel descendo pela escada rolante. Eles estavam no mesmo voo, mas em seções diferentes do avião, cada um acompanhado por um delegado federal. No começo da viagem, ela ainda sentia raiva dele, mas logo esse sentimento deu lugar a uma culpa profunda. Como Noel podia saber se estavam *mesmo* sendo seguidos? E por que diabos ela falara todas aquelas coisas absurdas sobre ele e Ali? Noel provavelmente a odiava agora.

– Sr. Kahn, por que o senhor seguiu sua namorada para a Europa quando sabia que era um crime? – gritou alguém.

– Vocês dois estão juntos nos crimes de que ela é acusada? – perguntou outro repórter. – O senhor participou do assassinato de Alison?

– Saiam da frente – grunhiu um dos agentes de Aria, empurrando alguns dos repórteres e fotógrafos.

Aria ainda olhava para Noel. Ele estava de cabeça baixa e usava capuz. Não paravam de fotografá-los, e a imagem deles estaria em todos os lugares. Ah, se ao menos ele nunca tivesse ido à Europa. Aria tinha arruinado a vida dele.

— Aria! — gritou uma voz familiar.

Aria ergueu os olhos. Sua mãe abria caminho com os cotovelos em meio à multidão. Os olhos de Ella estavam vermelhos, a maquiagem estava borrada e ela usava um short com estampa de camuflagem e um blusão de moletom da equipe de lacrosse do colégio Rosewood Day que pertencia a Mike — como se não tivesse tido tempo e essas fossem as primeiras coisas que havia encontrado para vestir. Byron estava ao lado dela, também, parecendo tenso e envergonhado.

Ella agarrou Aria pelos ombros.

— Estávamos tão preocupados! — disse, e então começou a chorar.

— No que você estava *pensando*? — gritou Byron atrás dela.

— Sra. Montgomery, sr. Montgomery... — Um dos policiais que escoltavam Aria ergueu a mão para mantê-los a distância. — Os senhores foram informados que levaríamos a srta. Montgomery para casa, e os encontraríamos lá. — Aria recebera permissão de passar aquele fim de semana em casa, sob prisão domiciliar e desde que sob constante supervisão dos pais. Foi uma enorme vitória, aparentemente orquestrada por Seth Rubens. Em condições normais, ela teria sido enviada diretamente à prisão depois de fugir daquela forma, mas sua família pagara a fiança. Aria perguntou se Noel havia recebido o mesmo privilégio, mas os oficiais se recusaram a falar sobre o assunto.

Ella olhou feio para o policial.

— Eu não ficaria simplesmente sentada em casa, *esperando* — disse ela enquanto caminhava ao lado de Aria, atravessando as portas duplas do aeroporto rumo à calçada. — Você tem noção do que fez?

— Desculpe — disse Aria, sentindo os olhos marejados.

— Desculpas não vão resolver — disse Byron com tristeza, balançando a cabeça —, o juiz não se importa com suas desculpas.

Aria baixou a cabeça enquanto os policiais a empurravam para dentro de um carro que esperava por eles, acomodando-se no assento traseiro malcheiroso de couro falso. Um policial checou suas algemas. Um segundo policial a algemou dentro do carro, e então foi para o assento da frente, visível por um conjunto de barras grossas. Os repórteres correram na direção do carro, ainda gritando perguntas e tirando fotos. Aria se perguntou o que diriam as legendas que acompanhariam a imagem de seu rosto macilento, inchado e manchado de lágrimas na primeira página do dia seguinte. Ela olhou para fora da janela, além dos jornalistas, observando seus pais entristecidos junto ao meio-fio. Sentiu uma dor avassaladora dentro do peito que a fez soluçar. Eles pareciam inconsoláveis.

Aria poderia adicioná-los à lista de pessoas cujas vidas arruinara.

— Tem leite na geladeira — disse Ella sem emoção enquanto Aria se arrastava para o café da manhã.

Ella estava à mesa usando um penhoar e um par de chinelos de seda bordados. Não ergueu os olhos das palavras cruzadas de sábado do *New York Times*, apesar de não ter preenchido nenhum dos quadradinhos. Havia várias caixas de cereal sobre a mesa, além de uma tigela de frutas, uma caixa de suco de laranja e um garrafa térmica cheia de café. Mike estava lá, também, mexendo no celular.

— Tudo bem — resmungou Aria, sem ter certeza se deveria sentar-se com eles ou voltar para o quarto depois de se servir. Não sentia um pingo de fome. Tinha ouvido a mãe soluçar pela metade da noite. Byron tinha dormido lá e Aria *o* ouvira chorar também. O pai não havia chorado nem mesmo quando um cavalo islandês o pisoteou em Reykjavík, quebrando três de seus dedos.

Ela se serviu de uma tigela de cereal e se sentou junto da ilha da cozinha, na pontinha do banco. Sua nova tornozeleira bateu contra a perna de metal do banco, e Mike estremeceu, como se a irmã tivesse raspado suas unhas em um quadro-negro.

— Desculpe — balbuciou Aria, erguendo os ombros.

Como não era difícil de imaginar, os policiais tinham prendido aquela coisa nela quando a despejaram na entrada da casa dos Montgomery na noite anterior — *e*, claro, tomaram o passaporte dela, o passaporte falso, a habilitação, a carteirinha do colégio Rosewood Day, o celular e qualquer outra coisa que pudesse conectá-la ao mundo exterior.

Ella se aprumou e olhou para Mike.

— Precisamos buscar seu smoking em uma hora, e então você vai à mansão Chanticleer no fim da tarde. Seu pai vai buscar a vovó no aeroporto, e eu vou ficar de prontidão, porque sua tia Lucy está vindo de Chicago. Então pegue o Subaru, pode ser?

— Deixa comigo — respondeu Mike.

Ella assentiu e então tocou o próprio rosto.

— *É* preciso descobrir como vou desinchar meus olhos antes de hoje à noite. — Dito isso, ela deixou a cozinha rapidamente, arrastando o penhoar atrás de si.

Aria olhou para o irmão.

— Seu casamento é hoje. Eu me esqueci.

Mike deu uma fungadela.

— Sim, eu acho que *você* andou envolvida demais consigo mesma.

Aria baixou a cabeça.

– Eu sinto muito. – As lágrimas corriam pelo rosto dela.

Os únicos sons na cozinha eram de Mike mastigando seu cereal e os solucinhos patéticos de Aria. Finalmente, Mike suspirou.

– Então você irá?

Aria encolheu-se. Passou-se um longo momento.

– Você não me quer em seu casamento – respondeu ela.

Mike deu de ombros.

– Tenha santa paciência, Aria. Você ainda é minha irmã. Hanna provavelmente também gostaria de vê-la.

Aria engoliu em seco. Eram grandes as chances de Hanna odiá-la por desaparecer e deixá-las sozinhas para enfrentar o julgamento. Além disso, as coisas entre elas estavam muito difíceis depois da morte de Emily, muito complicadas. Será que poderiam ser amigas de novo, depois de tudo que passaram?

Ela se serviu de mais um pouco de cereal.

– Não sei.

– Vamos. Teremos garçonetes do Hooters.

Aria o encarou.

– Hanna permitiu garçonetes do Hooters no *casamento* dela?

– É uma das razões pela qual estou me casando com ela.

Aria queria rir, mas ainda se sentia muito entorpecida.

– Vou pensar – disse ela.

Mike revirou os olhos.

– Você deveria se sentir grata pelo convite. Estou muito bravo com você, sabia?

Ela o espreitou.

– Porque deixei Noel encrencado?

Mike pareceu ficar irritado.

— Aquele cara que se responsabilize pelo que fez. Não, estou bravo porque, primeiro, ninguém dormiu desde que você fugiu. Isso não foi bacana, Aria. E, segundo, porque você foi a Amsterdã sem mim... *de novo*! Quantas vezes eu disse que, na sua próxima viagem para lá, *você tinha de me levar junto*?

Ele colocou sua xícara de café na pia de qualquer jeito, deu uma rosnada e subiu as escadas batendo os pés. Aria o observou deixando o cômodo, girando a colher na tigela de cereal outra vez, e outra vez. Ai, ai.

Então, pensou no que fazer. Claro que deveria ir ao casamento do irmão – desde que estivesse com os pais, provavelmente não haveria problemas. Mas de repente se deu conta: era quase que certo que Noel também seria convidado. A polícia o deixaria comparecer? Talvez conseguissem conversar. Talvez ela pudesse pedir desculpas. Implorar pelo perdão de Noel. Dizer a ele que, se ela pudesse assumir a pena dele, ela o faria.

Aquele pensamento era um minúsculo raio luminoso de esperança. Talvez Aria fosse mandada para a cadeia pelo resto da vida, mas faria o possível para se acertar com Noel antes de ir. Ou morreria tentando.

23

EU ACEITO!

Faltavam menos de trinta minutos para o grande momento, quando Hanna caminharia rumo ao altar, quando ela, sua mãe e Ramona se reuniram em um dos cômodos da mansão Chanticleer. Uma tesourinha voava na mão de Ramona.

— Uma vez que coloque esse vestido, não a quero sentada — instruiu. — Vai amassar, e essa é a pior coisa que pode acontecer com uma celebridade que atravessa um tapete vermelho... *e* com qualquer noiva, já que falamos nisso. E já que você será ambas, terá de ficar de pé o resto do dia.

— Pode deixar — respondeu Hanna, obediente, ajeitando as ondas hollywoodianas que seu cabeleireiro havia recém-criado em seus cabelos castanho-avermelhados acima dos ombros. Ela examinou o reflexo no espelho, fez biquinho com seus lábios incrivelmente vermelhos e bateu as pestanas, incrementadas com cílios postiços. Ela devia ser a quase criminosa mais bonita na história das meninas-prestes-a-irem-para-a-prisão.

Não que essa fosse sua maior preocupação. Ou o fato de que as declarações finais de seu julgamento já haviam sido feitas e que, agora, os jurados, hospedados no Rosewood Holiday Inn, estariam discutindo seu destino. O casamento dela estava prestes a começar, e ela iria *aproveitá-lo*, droga. Mesmo com apenas uma semana para planejar, tudo tinha se ajeitado. O tempo estava perfeito para uma cerimônia ao ar livre, e as fileiras de cadeiras de cada lado do corredor estavam decoradas com lindas rosas brancas. O rabino contratado por sua mãe era jovem, alto e quase bonito – ora, para um rabino, claro –, e as garçonetes que o Hooters enviara para servir asinhas de frango aos convidados não eram assim tão ruins. A equipe de repórteres da *Us Weekly* já havia chegado para organizar o tapete vermelho na entrada da mansão. Hailey Blake havia lhe enviado várias mensagens de texto, perguntando se poderia levar mais alguns atores e modelos famosos como acompanhantes. A comida para a recepção parecia deliciosa, e os garçons que serviriam os canapés eram uns mais lindos do que os outros. As mesas de jantar estavam primorosamente decoradas, arrumadas com a mais bela porcelana decorada com prata que Hanna já tinha visto. Ramona contratara a melhor empresa de fogos de artifícios da Filadélfia para uma linda exibição durante a recepção, e a hashtag #CasamentoHannaMarin tinha sido citada 981 vezes nas últimas três horas. Hanna estava esgotada e pronta.

A sra. Marin, deslumbrante em um vestido Chanel off-white, começou a tirar o vestido de Hanna do plástico. Devagar e cuidadosamente, ela o fez deslizar pela cabeça de Hanna, ajeitando os babados e afofando a cauda.

– Hanna... – suspirou a sra. Marin. – Ele é ainda mais bonito do que eu lembrava.

Hanna estremeceu de felicidade ao se deparar com seu reflexo no espelho. Aquele vestido fazia sua pele parecer rosada e sua cintura minúscula. O corpete cravejado de pérolas reluzia.

– Está bom – grunhiu Ramona e, Hanna sabia, isso era o mais próximo de um elogio a que ela chegaria. Então saiu às pressas, resmungando algo sobre checar as flores.

Hanna se virou para a mãe, que enxugava os olhos no fundo do cômodo.

– Então... – ela disse, respirando fundo. – Está pronta para me levar ao altar?

A srta. Marin assentiu, seus lábios apertados com firmeza. Talvez para não cair no choro.

Hanna sentiu os olhos cheios de lágrimas, também.

– Obrigada por ser tão boa para mim durante todo esse tempo – disse Hanna. – Sei que as coisas foram meio... difíceis. E sei que sou jovem demais. E que...

– Está tudo bem – interrompeu a srta. Marin, correndo na direção dela e tocando os ombros da filha. – Essa cerimônia a faz feliz e isso é tudo de que preciso. Tudo que *sempre* precisei – disse ela, segurando Hanna pelos braços e examinando a filha de alto a baixo. – Lembra que costumávamos brincar de casamento quando você era pequena? Eu deixava você usar minha anágua rodada?

Hanna ficou surpresa. Tinha se esquecido que ela e a mãe costumavam fazer aquela brincadeira – tantas das suas memórias envolviam seu pai e o relacionamento que um dia tiveram. Mas, de repente, ela se lembrou de sua mãe ajudando-a a amarrar um laço na cabeça e fazendo cachos no seu cabelo. Ficou triste ao perceber que aquela memória estivesse esquecida por tanto tempo. Ou que tivesse se afastado da mãe por tanto tempo. Era uma coisa que não devia ter feito.

Ouviram uma batida na porta, e Hanna virou a cabeça nessa direção. A srta. Marin franziu o cenho.

– Quem poderia ser?

– Talvez Ramona de volta? – murmurou Hanna, adiantando-se para abrir a porta. Hanna teve de ajustar o foco quando um vulto alto apareceu em seu campo de visão. Era seu pai.

– Ah! – disse a sra. Marin, bastante espantada.

O sr. Marin, usando terno preto conservador e uma gravata vermelha, estava bem ali, na frente dela. Quando viu a filha, pareceu ficar emocionado e seu olhar ficou mais doce.

– Ah, Hanna – disse, emocionado. – Meu bebê. Você está linda.

Hanna afastou-se dele, perturbada.

– Que parte de *não venha* você não entendeu? – perguntou indignada.

O sr. Marin cruzou os braços.

– Hanna. Sei que a desapontei de diversas formas. E sei que me coloquei em primeiro lugar vezes demais. Não fui um bom pai para você e jamais poderei compensá-la por isso. Você tem o direito de me odiar para sempre. Mas, por favor, permita que eu fique. Por favor, deixe-me vê-la se casando. Quero levá-la ao altar.

– Hum, essa função já foi preenchida – intrometeu-se a sra. Marin. Ela colocou uma das mãos no braço de Hanna. – Você quer que ele vá embora, querida?

Hanna trincou os dentes. Seu pai tinha encenado esse pequeno ato de contrição *tantas vezes*. E tantas vezes ela o havia perdoado, só para ser abandonada de novo e de novo. Mas, daquela vez, não sentiu o mesmo impulso de agradá-lo. E foi então que percebeu: a relação entre eles mudara. O pai nunca mais ocuparia o mesmo lugar em sua vida. Ele havia perdido aquele privilégio de forma irremediável.

Ao mesmo tempo, ao vê-lo ali, com aquela expressão abatida no rosto, suas mãos nos bolsos da calça, em uma atitude patética, ela sentiu alguma coisa que se aproximava da pena. Talvez devesse permitir que ele tivesse aquilo. Talvez ela devesse tratá-lo melhor do que ele a tratara tantas vezes.

Hanna deu um suspiro.

– Você pode ficar – decidiu. – Mas mamãe tem razão: *ela* vai me levar ao altar. E ponto final.

– Está bem, está bem. Obrigado por me deixar ficar. – O sr. Marin se adiantou para abraçar a filha, e ela retribuiu, ainda que o tivesse mantido a distância para não amassar o vestido. Pelo canto do seu olho, viu sua mãe revirando os olhos.

Então Ramona reapareceu.

– Estão prontos para você, Hanna.

Hanna podia sentir os nervos estalando. Ela se virou mais uma vez para o espelho, ajeitando o cabelo com o coração disparado. Ela estava mesmo fazendo isso. Realmente estava se casando com Mike. Ela sorriu. Aquilo ia ser demais.

O pai teve o bom senso de deixar o cômodo em silêncio para ir se juntar aos convidados. Com a cabeça girando, Hanna apertou a mão da mãe enquanto Ramona a conduzia. E, de repente, não pôde evitar todo tipo de pensamento agourento. E se ela escorregasse na grama? E se Mike não estivesse no altar esperando por ela? Eles deveriam dizer qualquer coisa em hebraico que ela não sabia? Depois de ir a tantos casamentos judaicos, subitamente não conseguia se lembrar da cerimônia.

– Hanna? Ah, meu *Deus*!

Por um instante, Hanna pensou que as duas moças no final do corredor eram uma miragem. Spencer, com um vestido bege longo e fluido, adiantou-se em sua direção, com os braços estendidos. Aria a seguiu, deslumbrante em um vestido longo verde-esmeralda.

— Nossa — disse Spencer parecendo sem jeito. Parecia que ela desejava tocar Hanna, mas não tinha certeza se poderia.

Hanna a encarou.

— Você veio! — disse finalmente, conseguindo se recompor.

Spencer a abraçou forte.

— Claro que sim, Hanna. Eu não perderia seu casamento.

— Sinto muito mesmo — soltou Hanna.

— Não, *eu* sinto muito — disse Spencer.

— E essa é a única *razão* pela qual fico feliz de ter sido apanhada pela polícia. — disse Aria, aproximando-se das amigas.

Hanna virou-se para ela. Apesar de tudo que tinha enfrentado, Aria parecia bem.

— Como você está? — perguntou.

Aria deu de ombros.

— Ah, você sabe. Não estou aquela maravilha, mas tudo bem.

— Noel realmente foi encontrá-la na Europa? — perguntou Hanna. — Como *isso* aconteceu? E como pegaram vocês?

Aria colocou um dedo sobre os lábios.

— Depois eu conto tudo, juro. Mas este é o *seu* momento, Hanna.

Spencer pigarreou.

— Foi tão horrível ficar sem falar com você, Han. Sinto-me uma imbecil.

— Está tudo bem, Spence — disse Hanna, percebendo que deveria ter dito isso havia dias — Fui uma babaca também. As coisas têm sido tão difíceis, sabe? O julgamento, Ali, Emily...

Aria pareceu perturbada.

— Sinto tanta falta dela.

— Eu também — murmurou Spencer, começando a soluçar.

— Eu ainda *penso* nela — disse Hanna —, e Spence, não *foi* culpa sua. Não foi mesmo.

— Ah, sim, foi! — Spencer cobriu os olhos com as mãos.

— Você estava certa, Han. Eu não devia ter sugerido que ficássemos em Cape May. Foi por isso que entrei na água atrás dela. Eu me senti responsável.

— Nenhuma de nós tem culpa do que aconteceu — declarou Aria. — Nós amávamos Emily. Queríamos protegê-la. E pensamos que a manteríamos segura, todas juntas em um quarto de hotel. Mas não foi assim.

Hanna as puxou para si outra vez. Era tão bom abraçá-las. Era isso que deveriam ter feito no funeral de Emily. Não foi culpa de ninguém. Todas adoravam Emily. Todas queriam o melhor para ela.

De repente, Ramona apareceu, louca da vida.

— Que diabos está acontecendo aqui, garotas? — gritou, inspecionando a maquiagem borrada de Hanna. Ela ativou o fone *bluetooth* próximo à sua orelha — Janie ainda está aqui? Venha correndo ao vestíbulo para arrumar a maquiagem da noiva.

A maquiadora chegou quase que no mesmo instante e começou a bater levemente com uma esponja cheia de base no rosto de Hanna. As meninas foram para o corredor onde a sra. Marin estava esperando para levar a filha ao altar. A daminha de Hanna, Morgan, também estava lá, parecendo uma fadinha em seu vestido de tule branco. Uma faixa azul--turquesa em sua cintura acentuava a cor de seus olhos, e seu longo cabelo castanho-claro estava preso em um coque de bailarina. Quando viu Hanna, Morgan soltou um gritinho e correu para abraçá-la.

— Você está tão bonita! — disse a menina.

Hanna sorriu alegremente para Morgan e então virou-se para tomar o braço da mãe. Spencer espiou o altar pelas portas entreabertas, que deixavam entrar a brilhante luz do sol da tarde, e Hanna já imaginava como seria lindo caminhar até o altar ao som da harpa que Ramona contratara.

— Tem um monte de gente aqui — sussurrou Spencer. — Incluindo Hailey Blake e aquele cara bonito do novo seriado policial.

— E Mike está lá no altar — informou Aria. — Ele parece *tão* nervoso. Só não sei se é porque ele está se casando ou se porque em breve estará cercado de garçonetes do Hooters.

— A recepção vai contar com garçonetes do Hooters? — Spencer parecia confusa.

Hanna deu uma risadinha.

— É uma longa história. — Então ela olhou para suas amigas com uma ideia na cabeça. — Escutem — disse —, quero que andem comigo até o altar. Como minhas madrinhas.

Spencer e Aria trocaram um olhar excitado.

— Tem certeza? — perguntou Aria.

— Claro que tenho.

Hanna pensou sobre as faixas para cabelo que havia comprado para elas e que deixara em casa. Queria que houvesse tempo de buscá-las, mas não havia — e quer saber? Tudo bem. Em vez disso, apanhou dois buquês de flores dos vasos de terracota ao lado das portas, arrancou alguns galhos e os entrelaçou aos cabelos das amigas. O que restou dos buquês, deu a cada uma delas.

— Assim. Estão lindas.

Aria parecia prestes a cair no choro de novo.

— Isso significa tanto, Hanna.

— Estou feliz por você estar fazendo isso — sussurrou Spencer. — É o que Emily iria querer.

— Eu também acho — disse Hanna.

O harpista começou a tocar os primeiros acordes de "Canon in D", de Pachelbel. Ramona confabulou com alguém em seu fone e então conferiu os convidados.

— Estamos prontos.

— Vá — cochichou Hanna, cutucando Aria para começar a seguir até o altar.

Pouco depois, Ramona gesticulou para Spencer seguir em frente. E, então, chegou a vez de Hanna. Tremendo, ela agarrou o braço da mãe e deu pequenos passos uniformes, sentindo-se quase zonza. Não tinha certeza de estar respirando até conseguir percorrer uma distância curta, quando ela olhou para frente e viu Mike, deslumbrante no smoking mais lindo do mundo, abaixo de uma pequena tenda, de olhos arregalados e lábios abertos. A expressão dele era uma mistura de adoração amorosa e olhar sexy, típico de um adolescente fã das meninas do Hooters, que parecia louco de vontade de rasgar seu vestido.

Hanna enfim respirou fundo, riu e talvez tenha começado a chorar mais uma vez, encantada em vê-lo ali, radiante por saber que ele era dela. As amigas estavam de volta em sua vida. A mãe estava a seu lado. Centenas de rostos iluminaram-se quando se viraram e a viram. De repente, Hanna sentiu uma esmagadora sensação de paz. Casar-se antes do veredito, fosse qual fosse o parecer dos jurados: aquela fora a melhor decisão de sua vida.

Tudo, ao menos uma vez, estava absolutamente perfeito.

24

ELA FICA OU ELA VAI?

Mesmo que Spencer não fosse normalmente o tipo de garota que dança em casamentos, passara a noite toda dançando de "Shout" a "Cha Cha Slide", além de "Baile dos passarinhos". Havia liderado uma fila de conga ao redor das mesas, ajudou a erguer a cadeira de Hanna durante a *Hora* e até mesmo dançara de forma provocativa com uma das moças do Hooters que usava uma camiseta recortada e short laranja de paetês. Era tão bom celebrar alguma coisa. Esquecer, por um breve momento, como seu futuro parecia assustador.

Durante um breve intervalo na música, ela se acomodou para uma taça de champanhe. O casamento tinha mesmo sido espetacular – música maravilhosa, comida deliciosa, as meninas do Hooters incrivelmente bem-educadas, e as fotos de todos os convidados no tapete vermelho acrescentaram um toque cintilante ao evento. Bem, também é verdade que a avó de Hanna, Chelsea, que viera especialmente do Arizona, parecia meio irritada e inconformada por Hanna estar se casando tão jovem, e que Lanie Iler e Mason Byers, que namoravam havia séculos, tiveram uma briga colossal no banheiro. Ah, e também era verdade que o sr. e a sr. Marin tinham meio que passado a noite evitando um ao outro. Mas aquela era uma média de desastres aceitável em qualquer casamento, não era? Spencer sentia-se feliz por Hanna ter aquele dia especial para se lembrar. E mais feliz ainda por *ela* ter passado por cima de seu orgulho ridículo e ido ao casamento.

Aria afundou na cadeira ao lado de Spencer e agarrou uma taça de vinho de uma bandeja que passava. Enquanto cruzava os tornozelos, sua tornozeleira rastreadora bateu ruidosamente contra a perna da cadeira.

– Você não vai acreditar no que acabo de ver no banheiro – disse ela, com os olhos brilhando –, a mãe de Kirsten Cullen pegando James Freed!

– Você está brincando! – Spencer assumiu uma expressão irônica. – James sempre teve um fetiche pelas mães dos amigos.

– É, bem, pelo menos alguém está tendo uma noite mais animada do que a minha. – Aria deu um suspiro.

Perscrutou o salão até que seus olhos encontraram Noel Kahn, que também usava um rastreador em seu tornozelo, sentado com um grupo de amigos da equipe de lacrosse. Noel ergueu os olhos, como que sentindo o olhar de Aria e então, rapidamente, virou o rosto. Aria o imitou.

– Você quer falar sobre isso? – perguntou Spencer baixinho. Aria não havia realmente pensado sobre tudo o que acontecera em Amsterdã, apesar de ter ficado claro para ela que Noel havia se metido em uma grande encrenca por segui-la até lá. Não que eles não estivessem se falando.

Aria balançou a cabeça.

– Não.

Spencer sentiu-se melancólica por Wren não estar lá com ela. Deveria tê-lo convidado? Estava morrendo de vontade de vê-lo de novo. Depois da noite anterior, durante a qual ele fora um fofo enquanto ela desmoronava, ele a levou para casa pouco depois da meia-noite, e ela nem sabia se o veria outra vez. Temia que a simples visão dele a fizesse abandonar sua resolução de partir.

E ela precisava partir – e *logo*.

O grande relógio na sacada do segundo andar que dava para o salão chamou sua atenção. Já eram 9. Seu carro de aluguel chegaria às 21:30.

– Você viu Hanna por aí? – perguntou a Aria. Procurou na pista de dança pela única garota em um longo vestido branco.

Aria franziu a testa e procurou, observando os convidados. Quase todos estavam na pista de dança, dançando ao som de Katy Perry.

– Faz um tempinho que não a vejo.

De maneira alguma Spencer iria embora sem despedir-se de Hanna. Ela levantou e agarrou o braço de Aria.

– Venha comigo.

– Por quê? – perguntou Aria, mas sua voz desapareceu em meio ao som da multidão.

Spencer a puxou através do salão, sua cabeça virando enquanto procuravam pelo vulto elegante e ágil de Hanna. Finalmente, ela a viu em um canto. Seu coração quase trincou ao ver o rosto rosado de Hanna, seu enorme sorriso, suas mãos expressivas. Como poderia deixar as amigas para sempre? O que pensariam dela quando não aparecesse no tribunal para o veredito? Provavelmente o mesmo que Spencer sentira quando Aria sumiu: meio que traída, com inveja e extremamente ferida.

Ela se adiantou até Hanna e lhe deu um enorme abraço. Hanna pareceu surpresa.

– Você está bem?

– Claro que estou – disse Spencer em uma voz rouca. – Eu só... senti sua falta enquanto não estávamos nos falando. E, ao ver você parada aí, senti sua falta de novo.

– Oh – arrulhou Aria para Spencer, sua pele cheirando ao mesmo perfume de patchuli que sua mãe usava. – Eu senti sua falta, também.

Spencer se afastou e olhou para as amigas.

– E não importa o que acontecer, prometam-me que serão fortes, certo?

O sorriso de Aria desapareceu. Hanna estremeceu.

– Sempre teremos umas às outras.

– Seremos fortes – ecoou Aria.

Então a mãe de Hanna deu um tapinha no seu ombro, empurrando um velho parente em sua direção. Aria virou-se para Mike, distraindo-se, também. Spencer aproveitou a deixa para escapulir por uma saída lateral, esgueirar-se no vestiário, apanhar a sacola que havia preparado com antecedência e levado consigo, para não precisar voltar para casa antes de o carro de Angela ir apanhá-la. Ela deu uma geral na sacola para garantir que as joias ainda estavam lá. Então, deu uma última olhada para o salão e todas as pessoas de Rosewood que conhecera por toda a sua vida. Todas as crianças que sentaram ao seu lado na escola. Tantos dos professores que tivera, os vizinhos com os quais crescera, as famílias que conhecia tão bem – até seus pais também estavam lá, tratando-se de forma surpreendentemente civilizada.

Um nó se formou em sua garganta.

Mas então ela se virou e correu pelos degraus de pedra em direção ao estacionamento. O carro que contratara esperava por ela junto ao meio-fio. Ela entrou e bateu a porta.

Enquanto o carro seguia na direção da estrada 76, Spencer espiou pela janela sentindo-se quase nostálgica, olhando para as luzes das casas ao longo do rio Schuylkill. Sempre tinha adorado aquela paisagem enquanto dirigia para fora da cidade. Mais uma coisa que nunca mais veria depois dessa noite.

Seu celular tocou, e ela checou a ligação. Wren. O dedo de Spencer permaneceu por um segundo sobre o botão IGNORAR, mas então alguma coisa a fez atender.

– Spencer? – Wren parecia estar sorrindo. – O que está fazendo?

– Ah... nada – disse Spencer, acuada, observando o tráfego pela janela. – Apenas, você sabe, sentada no meu quarto.

– Seu rastreador confirmaria isso? – perguntou Wren. – Ele não diria, por exemplo, que você esteve em um casamento fabuloso e que sua foto foi tirada no tapete vermelho?

Spencer fechou os olhos. *Fora pega.*

– Eu queria convidá-lo – soltou ela. – Mas foi tudo tão repentino. E eu queria ficar um pouco com as minhas amigas hoje. Estivemos brigadas por tanto tempo, acabamos de nos reconciliar, e eu...

– Está tudo bem – interrompeu Wren. – Eu entendo, mesmo. Você precisava de uma noite com elas.

De repente, os olhos dela estavam cheios de lágrimas. Ah, Wren a entendia tão bem. Era tão bom que ele permitisse que ela fosse ela mesma. Odiava ser obrigada a deixá-lo.

– Olhe aqui – dizia Wren. – Há alguma forma de você deixar esse casamento fantástico e vir ficar comigo um pouquinho? Posso buscá-la em sua casa se você quiser. Eu só queria vê-la hoje à noite.

Spencer checou o relógio no painel do carro. 21:45. Apenas quinze minutos até a chegada de Angela.

— Estou exausta.

— Não aceitarei um não como resposta, certo? Estarei na sua casa em meia hora. Até logo.

— Espere! — gritou Spencer, mas Wren já havia desligado. Ela cobriu o rosto. Wren iria até sua casa e Spencer não estaria lá. E se ele suspeitasse? E se chamasse a polícia? Ele não faria isso para *entregá-la*, claro... mas por preocupação. Colocando seu plano em risco. E Spencer precisava que tudo desse certo naquela noite.

Mas, lá no fundo, fantasiava em ver Wren mais uma vez. De algum jeito. Apenas mais uma vez antes de partir.

Ela daria qualquer coisa para isso.

Teria apenas cinco minutos quando chegasse em casa. A noite estava morna e abafada, e sua pele já suada estava ainda mais grudenta quando ela se sentou para esperar, junto ao meio-fio. Sua casa se elevava atrás dela, tão familiar. Morara ali a maior parte de sua vida. Tinha tantas lembranças daquele jardim, da varanda e por trás daquelas paredes. Por causa de tudo o que A aprontara nos últimos anos, às vezes sua vida parecia recheada de lembranças ruins, mas havia também as boas. Todas aquelas festas do pijama cheias de risadinhas com as amigas. Todos os brilhantes trabalhos escolares que escrevera em seu quarto, todas as peças de teatro ensaiadas no quintal, as vezes em que seu pai grelhava hambúrgueres enquanto ela e Melissa, usando tiaras, escreviam menus com giz de cera para seu "restaurante". Logo, uma nova geração estaria fazendo as mesmas coisas ali, naquela casa. Spencer pensou sobre o bebê de Melissa.

Seus pensamentos se voltaram para os macacõezinhos comprados pela irmã no dia anterior. Depois que fugisse, Melissa certamente não iria querê-la para madrinha do bebê... Será que contaria ao bebê sobre ela? Ou todos fingiriam que Spencer nunca existiu?

Luzes de farol de carro surgiram no final da rua, e Spencer se levantou. Um carro preto se aproximou dela, e a janela do motorista foi, lentamente, aberta. O rosto de Angela a encarava.

— Entregue as joias. Eu vou examiná-las, e, se forem boas, você pode entrar.

De súbito, Spencer deu-se conta de que não conseguia se mexer. Ora, não havia forma de ela se convencer a nunca mais ver Wren... ou Hanna... ou Aria... ou mesmo sua família.

Ela se afastou do carro.

— Desculpe — disse em voz baixa. — Eu... não posso.

Angela a encarou.

— Como?

— Eu... Eu mudei de ideia.

Angela deu um risinho.

— Então você quer ir para a prisão? — Revirou os olhos. — Você está fora de si.

Talvez Spencer *estivesse mesmo* fora de si. Mas alguma coisa na reconciliação com suas amigas naquela noite, e no fato de estarem *juntas*, fez com que desejasse ficar e encarar as consequências, quaisquer que fossem. Não parecia justo que fugisse e recomeçasse em outro lugar, enquanto Aria e Hanna tinham de ficar ali, pagando pelos crimes de Ali. Estavam juntas naquilo, para o bem ou para o mal. *Sempre teremos umas às outras*, dissera Hanna.

E ela estava certa.

E ela teria Melissa, também. E o bebê de Melissa.

– Recomponha-se – disse Angela. – Então acho que isso é um adeus, não é?

E assim, Angela se foi. Spencer observou enquanto seus faróis sumiam ao dobrar a esquina, imaginando se cometera um erro incomensurável.

Mas sabia, lá no fundo, que não. Pelo menos, poderia ser quem sempre fora. Wren estava a caminho, e Spencer pretendia aproveitar cada minuto que tivessem juntos.

Ela seria Spencer Hastings, a garota que sempre foi, por mais um tempinho.

25

A LUA DE MEL MAIS CURTA DA HISTÓRIA

Pouco depois da 1 hora – depois da queima de fogos de artifício; depois dos muitos brindes de Hailey Blake, da mãe de Hanna, dos colegas de lacrosse de Mike, e até mesmo do pai de Hanna; depois de tirar um milhão de fotos no tapete vermelho, beijar um zilhão de parentes, e de pelo menos trinta compartilhamentos de fotos do casamento nas redes sociais –, Hanna estava ao lado de Mike, despedindo-se de seus convidados junto aos degraus de pedra da entrada da mansão. Alguns convidados jogaram arroz em suas cabeças. Outros sopravam bolhas de sabão. Hanna olhou para a multidão, procurando as amigas, mas só viu Aria. Ela se perguntou onde estaria Spencer. Era uma pena que perdesse aquele momento. Então, uma taça de champanhe apareceu embaixo do seu nariz. Ergueu os olhos e viu Mike sorrindo para ela.

– Uma taça antes da viagem? – perguntou ele fazendo um gesto na direção do Rolls-Royce que os esperava de motor ligado.

Hanna ergueu uma sobrancelha.

— Isso é coisa *sua*?

— Talvez — disse Mike. Ele sorriu cheio de mistério e a pegou pelo braço. — Venha. Vamos.

Hanna deu uma última olhada por cima do ombro para os convidados — a mãe chorava acenando para Hanna e Mike; sua tia Maude, que sempre fora exuberante, ainda flertava com o sr. Montgomery; e a maioria dos convidados de celulares em punho fotografava a decoração para o Instagram. Ela deu um aceno vago, tomou a mão de Mike e se voltou para ele, animada por qualquer que fosse a próxima surpresa. Eles não tinham conversado seriamente sobre o que fariam depois do casamento... provavelmente porque Hanna e Ramona estavam ocupadas demais com o casamento em si.

— Tudo que você quiser, *marido* — murmurou.

— Tudo bem, *esposa*. — Mike beijou a orelha dela e abriu a porta do passageiro. O aroma de couro novo era delicioso.

— Então você teve uma boa noite?

— Maravilhosa. — Hanna suspirou, deslizando pelo banco. Mike sentou ao seu lado, e o carro partiu. Hanna apoiou a cabeça nos ombros de Mike e fechou os olhos, sentindo-se meio tonta e inteiramente contente. Por fim, o carro estacionou. Quando ergueu os olhos, Hanna viu que não estava na frente de um hotel luxuoso da Filadélfia ou mesmo de uma pousada exótica, como esperava. Estavam na frente da casa dela.

— Oh — disse, um tanto desapontada. Seu único consolo era que a mãe não poderia reclamar por dormirem juntos.

— Espere um pouquinho! — disse Mike ansioso, ajudando-a a sair do carro. Com um grande sorriso, ele a levou para os fundos da casa. Quando viu seu quintal, Hanna ofegou.

Tochas Tiki brilhavam ao redor do pátio, música havaiana ecoava das caixas de som, e o gerador de ruído branco do quarto de Hanna estava sobre uma mureta, simulando o ruído de Ondas do Mar. Por todos os cantos, Hanna viu piscinas infantis cheias d'água e palmeiras infláveis, e metade do pátio estava coberta com caixas de areia. Duas margaritas em copos cafonas esperavam por eles sobre uma mesinha.

Hanna sorriu para Mike, um pouco confusa.

— O que é tudo isso?

— Bem... — Mike gesticulou meio tímido. — Sei que você sempre desejou ter sua lua de mel em uma ilha tropical, no Havaí ou Caribe ou algo assim. E pensei que, já que não podemos viajar, eu poderia trazer as ilhas para você. Mas, se não gostou, podemos ir para o Ritz ou outro lugar.

— Eu *amei* a ideia! — disse Hanna, mais tocada do que poderia expressar. Ela puxou Mike e o abraçou bem forte, sentindo as lágrimas queimarem seus olhos. A cada momento da noite que passaram juntos, ao observá-lo no altar enquanto faziam seus votos, enquanto ele dançava três músicas, uma depois da outra, com seus parentes simplórios da Flórida, Hanna sabia que não poderia amá-lo mais do que já amava... Mas talvez aquilo superasse qualquer coisa. Ela não parava de se surpreender com o fato de que Mike pudesse fazer tudo isso para ela sabendo, lá no fundo, que ele e Hanna provavelmente nunca teriam uma vida realmente juntos. Que os únicos momentos que teriam seriam passados em uma sala de visita na prisão, no tribunal, ou durante as ligações telefônicas. E ainda assim, ele não havia desistido.

Mas, bem, quem poderia dizer? Sempre havia esperança, certo?

— Você realmente gostou? — perguntou ele, beijando os cabelos de Hanna

— É perfeito. *Você* é perfeito — respondeu, acariciando as costas dele. — E será um grande marido.

— O mesmo vale para você — disse Mike. Então ele se afastou um pouquinho e olhou para ela, tocando uma das suas delicadas pérolas do corpete do vestido. — E sabe, esse vestido é lindo e tal e tal, mas acho que devemos vestir alguma coisa mais confortável.

— Eu concordo — disse Hanna flertando com ele, para depois tomar sua mão e levá-lo para dentro.

Ding-dong.

Hanna gemeu e rolou na cama, tocando o abdômen nu e suave de Mike. Ele suspirou enquanto dormia.

Ding-dong.

Ela se sentou e esfregou seus olhos, olhando ao redor. Mantas e lençóis estavam espalhados ao redor dela e de Mike, e Dot havia se aninhado entre eles, com a cabecinha no traseiro de Mike. Hanna reprimiu uma risada, então sentiu uma onda de melancolia.

Se ela pudesse ter semanas, meses, *anos* acordando junto a ele dessa forma.

Ela ouviu vozes exaltadas no andar de baixo, e Hanna se deu conta de que a campainha tinha tocado. Então, houve uma batida na porta de seu quarto. Hanna vestiu um robe e abriu a porta o suficiente para ver o rosto pálido e os olhos arregalados de sua mãe.

— A polícia está lá embaixo para levá-la, querida — sussurrou sua mãe. — O júri chegou a um veredito.

— Em um *domingo*? — Hanna surpreendeu-se. Em um segundo, estava completamente acordada e se vestindo com rapidez.

Todos tinham os olhos turvos ao chegarem ao tribunal. Hanna apertava a mão de Mike enquanto caminhavam do estacionamento para a entrada do prédio. Flashes estouravam em seu rosto, e ela não conseguia deixar de pensar que, ao vê-la com a maquiagem borrada e o penteado ainda bagunçado e duro de spray da recepção, seus seguidores do Twitter ririam dela. Mas aqueles pensamentos foram rapidamente sufocados pelas perguntas gritadas pelos repórteres:

— Qual você acredita que será a decisão dos jurados? Como se sente sobre ir para a prisão? Acha que vocês serão liberadas?

Assim que entraram, Mike virou-se para Hanna e a abraçou com força.

— Vai ficar tudo bem.

Hanna assentiu, apavorada demais para falar, com medo de vomitar de pânico. De alguma maneira, suas pernas conseguiram levá-la até a sala de audiências. Spencer e Aria já estavam em seus lugares, os rostos brancos como papel. Sem dizer nada, Hanna sentou-se ao lado delas e apertou as mãos das amigas. Seu coração estava disparado.

Os jurados reuniram-se novamente, os advogados tomaram seus lugares e o juiz tomou seu assento. Ela olhou para trás, examinando a sala, observando seus pais, os pais de Aria, um grupo de profissionais da imprensa. Então, olhou mais uma vez para os jurados em seu nicho. De repente, um deles cruzou seu olhar. Um sorriso minúsculo apareceu no rosto da mulher que a encarava. O queixo de Hanna caiu. Aquilo deveria ser um bom sinal, certo? Será que o júri decidira que as meninas não eram culpadas?

A voz ressonante do juiz ecoou pela corte, e todos os olhos se viraram para ele.

— O júri chegou a um veredito? — perguntou.

Um homem pálido de meia-idade, aparentemente eleito como presidente do júri, segurava um papel com força.

— Sim, Meritíssimo.

Pareceu levar anos até que o meirinho percorresse a distância do nicho dos jurados até o juiz magistrado. Hanna pensou que poderia desmaiar enquanto o juiz pegava o papel da mão dele e o estudava. Spencer cravou as unhas na palma da mão de Hanna. Aria tremia ao seu lado. Por alguns poucos segundos, pareceu não haver uma única pessoa respirando naquela sala.

O juiz tossiu, então baixou os óculos. Encarou o primeiro jurado e perguntou:

— Qual é o veredito?

O homem respondeu:

— O júri decidiu que Hanna Marin, Spencer Hastings e Aria Montgomery são culpadas pelo assassinato de Alison DiLaurentis.

Hanna ficou boquiaberta. Alguém perto dela gritou. As mãos de Spencer escorregaram das dela. Hanna olhou indistintamente em volta, até enxergar o sr. DiLaurentis, sentado lá no fundo. Havia um pequeno sorriso nervoso em seu rosto. Em seguida, ela viu Mike em meio à multidão. Sua pele estava pálida. Ele piscava com força, talvez para segurar as lágrimas. Hanna olhou para ele o quanto pôde, mas não poderia lhe oferecer um sorriso encorajador, nem ele a ela. Foi então que percebeu. Mike não acreditava que aquilo pudesse mesmo acontecer.

Talvez ela não tivesse acreditado também. Mas a realidade era aquela, e ela estava tonta. Nunca mais o veria de novo, exceto na sala de visitas da prisão. Ela nunca mais veria *nenhum deles* de novo.

O juiz ainda disse mais coisas – algo sobre as sentenças perpétuas das meninas terem início imediato, pois todas representavam risco de fuga, e que a sentença transcorreria na Instituição Correcional Keystone State, mas Hanna mal registrou o que ele dizia. Sua visão começou a escurecer. *Culpada. Culpada. Culpada.* As palavras ecoaram em sua mente como um gongo. *Vida na prisão. Para sempre.*

E então tudo desapareceu.

26

BLUES DA CARCERAGEM

Aria costumava ter um estômago de ferro fundido quando se tratava de enjoos, mas alguma coisa sobre o jeito com que o motorista da prisão, um sujeito careca, corpulento e usando uma jaqueta cáqui, dirigia a van até a Instituição Correcional Keystone State fez seu estômago revirar por todo o trajeto, até que por fim passaram pelos portões da prisão. Talvez fosse sua forma irresponsável de dirigir, ou talvez fosse o cheiro dele... O cheiro de carne-seca parecia sair dos poros do homem.

A van freou bruscamente, e a única coisa que manteve Spencer, Aria e Hanna em seus lugares foram os cintos de segurança. O motorista olhou para elas, saiu e escancarou a porta traseira da van.

– Fim da linha – ordenou, então deu uma risadinha. – Bem-vindas à sua nova casa, vadias.

Aria se arrastou para fora da van o melhor que conseguia com as algemas em seus tornozelos. Hanna e Spencer a seguiram, sem dizer uma palavra. Elas não haviam se falado desde que o veredito fora anunciado, na verdade. Choraram umas nos ombros das outras, sim. Olharam para as outras horrorizadas, definitivamente. Mas o que havia mesmo para ser *dito*?

Culpada. Ainda era horrível pensar naquilo. Qualquer coisa que Rubens havia dito, qualquer *lógica* sobre o que poderia ter acontecido, qualquer garantia de apelo o mais rápido possível, entrou por uma das orelhas de Aria e saiu pela outra. Um júri formado por seus pares considerou que eram culpadas. Aquilo a fez sentir-se a menor das criaturas. As pessoas realmente acreditavam que era uma assassina. Tinham escutado aquele caso ridículo e acreditado que ela havia matado. Aria não podia acreditar.

O motorista as empurrou para uma porta de metal aberta. Outra guarda, uma mulher corpulenta de cabelos curtos castanhos e com papada, esperava por elas, com uma cesta de metal em suas mãos. Aria olhou para o nome no crachá. BURROUGHS. Ela lera em algum lugar que as pessoas eram conhecidas apenas pelo último nome nas prisões – primeiros nomes eram muito pessoais. Ou talvez lhe dessem muita identidade. Então ali, Aria não seria mais Aria, mas simplesmente Montgomery. Não mais um indivíduo, mas um número. Não mais uma artista, mas uma assassina condenada.

– Entreguem todos os seus pertences – Burroughs ordenou para Spencer, a primeira da fila. – Qualquer joia, qualquer coisa que tenha nos bolsos, coloque aqui.

Spencer tirou um par de brincos e o colocou na cesta. Aria não tinha o que entregar. Dera para Ella a pulseira Cartier que Noel havia lhe dado e pedira que a mãe a guardasse, até devolvê-la à família Kahn. Pedir aquilo a rasgou por dentro. Ela desejava agora que não tivesse hesitado em falar com ele no casamento de Hanna e Mike. Ele parecia tão... zangado.

E não havia comparecido ao seu julgamento. Bem, era compreensível, o julgamento dele seria logo. Ela se perguntava qual teria sido a reação dele ao saber que ela fora condenada. Talvez ele não se importasse de modo algum.

De repente Burroughs a empurrou contra a parede, e o rosto dela bateu contra os blocos cinzentos. Ela sentiu as mãos de Burroughs movendo-se grosseiramente para cima e para baixo em seu corpo, cutucando as axilas, abaixo de seus seios e fazendo uma varredura completa entre suas pernas. Burroughs deu um passo para trás e as espreitou.

– Antes de entrarmos, devo avisá-la que não vou admitir nenhuma desobediência – resmungou. – Sem conversa. Sem olhar para as outras internas. Sem reclamações. Vocês vão fazer o que forem mandadas e sem enrolar.

Aria ergueu a mão.

– Quando poderei fazer uma ligação?

Burroughs bufou indignada.

– Querida, os privilégios por aqui são *conquistados*. E você sem dúvida não fez nada para merecê-los. – Ela olhou para as outras. – Assim como os privilégios do banheiro, privilégios do sono e mesmo privilégios para comer.

– Privilégios para comer? – repetiu Spencer, com a voz falhando. – Isso não parece correto.

Whap. A mão da mulher voou, golpeando o queixo de Spencer com tanta rapidez que Aria quase não viu. Spencer cambaleou, gemendo. Aria virou-se para ela, querendo confortá-la, mas temia que a mulher pudesse atacá-la, também.

– Eu disse *sem reclamações* – sibilou Burroughs. Então, empurrou as meninas por um longo corredor nojento que cheirava a chulé, suor e a mais encardida privada que já existiu, até que chegaram à entrada do que parecia ser um banheiro, apesar de não ter porta. – Hora do banho – anunciou, empurrando-as para dentro.

Aria olhou para os azulejos desbotados, as torneiras gotejando, os cubículos sem porta. O lugar estava cheio de mulheres – mulheres de aparência assustadora, com tatuagens, sorrisinhos de escárnio, de ombros caídos, posturas masculinizadas, completamente nuas, sem um pingo de vergonha. Algumas delas gritavam com as outras e uma briga de proporções épicas parecia prestes a começar. Uma garota asiática magricela estava parada em um canto, balbuciando alguma coisa em uma língua que Aria nunca havia escutado. Uma mulher, fazendo a sobrancelha junto à pia, ostentava uma cicatriz que corria de um lado ao outro do rosto. Quando viu que Aria a observava, deu um sorriso enorme e bem esquisito, com a pinça na mão.

– *Olá*, mocinha – provocou ela.

Aria não conseguia se mover. Seus pés não obedeciam. Ela não podia tomar banho ali. Ela não podia nem *ficar* ali. Como suportaria aquilo? Como se manteria forte? Lembrou-se do que Rubens dissera a elas depois do anúncio do veredito:

– Vai acabar tudo bem, meninas. Vamos apelar. Ainda podemos vencer.

– E se não vencermos? – perguntou Hanna aos soluços.

Rubens mordeu o lábio.

– Bem, então vocês podem esperar cumprir algo em torno de 25 anos. Talvez vinte, se tiverem bom comportamento. Já vi condenados conseguindo a condicional com 15.

Quinze anos. Aria teria 35 então. Metade de sua vida teria passado. Noel não esperaria por ela, de qualquer jeito, mesmo que tivessem ficado juntos.

De alguma forma, ela conseguiu ir para o chuveiro, que não tinha cortinas. Tentou, da melhor forma, se cobrir e se lavar ao mesmo tempo, embora o sabonete fosse escorregadio, não fizesse espuma de verdade e cheirasse a vômito. Burroughs circulava por ali, braços cruzados, observando cada uma delas por motivos que Aria não compreendia – talvez apenas para acostumá-las com a humilhação. Apenas fora do cubículo, as prisioneiras circulavam como tubarões.

– Novas garotas? – Aria ouviu uma delas perguntar à guarda.

– Elas são bonitas pra caramba – disse mais uma.

– Elas parecem ser umas vacas – outra comentou.

Aria apoiou a cabeça contra o azulejo imundo da parede e deixou as lágrimas caírem.

Depois de uns três minutos, a guarda entrou e desligou a água, ordenando que Aria saísse.

– Roupas de volta – gritou.

Aria, Spencer e Hanna se secaram o melhor que podiam e rapidamente colocaram seus macacões cor de laranja. A pele de Aria agora cheirava ao sabonete rançoso que havia usado. Seu cabelo molhado escorria pelas costas, uma sensação que sempre tinha odiado.

Então Burroughs gesticulou para as três a seguirem por outro corredor escuro e sem janelas – o lugar fazia Aria se lembrar de um daqueles labirintos em que os cientistas colocam ratos para experimentos psicológicos –, até que chegaram a uma grande sala com beliches. Havia prisioneiras por todos os lados, e elas pareciam bem agressivas. O hip-hop ecoava no ar. Havia uma gritaria em um canto, mas a voz de um guarda elevou-se acima da confusão, mandando quem quer que fosse calar a boca imediatamente.

A guarda virou em outro corredor, mas pegou apenas a mão de Aria, instruindo outro guarda para levar Hanna e Spencer a outro lugar.

— Sua vez na orientação, Montgomery. D'Angelo, leve Hastings e Marin até os beliches delas.

Aria engasgou.

— Não podemos ficar todas juntas?

Burroughs riu baixinho.

— Desculpa, queridinha.

Aria se virou para Spencer, que lhe lançou um olhar tão aterrorizado, tão desesperado, que o próprio coração de Aria acelerou. Hanna acenou. Alguma coisa sobre aquilo tudo parecia terminal, como se nunca mais fossem se ver. As guardas deviam saber que eram amigas e que, supostamente, haviam cometido o assassinato juntas. Se seu objetivo era transformá-las em criaturas miseráveis pelo resto de suas vidas, claro que fariam tudo que pudessem para manter as meninas separadas.

Você aguenta, disse Aria a si. Mas a verdade era que não tinha tanta certeza.

Burroughs segurou firme seu antebraço e a puxou até uma pequena sala de conferência no final do corredor. O lugar tinha umas poucas cadeiras dobráveis e estava tão quente e sufocante que Aria começou imediatamente a suar. Ela fechou os olhos, tentando fingir que estava em uma aula de hot ioga, mas sem a ioga. Não deu certo.

Uma mulher loura e magra, bem dentuça, estava na frente da sala.

— Sente-se — disse para Aria, apontando para uma das cadeiras vazias.

Algumas cadeiras já estavam ocupadas por mulheres em macacões laranja. Aria olhou para cada uma delas, imaginando ao lado de quem poderia sentar sem temer por sua vida. Havia uma moça latina gordinha, com uma tatuagem na têmpora, uma garota pálida que tremia um pouco, talvez se desintoxicando ou à beira de um surto psicótico. Havia um grupo de mulheres, todas sentadas juntas, que por suas expressões ameaçadoras pareciam ser membros da mesma gangue, e uma garota negra e alta de óculos, imóvel no fundo da sala, atenta como uma gata.

Aria olhou para a moça negra com esperança. Ela parecia sã. Cabeça baixa, sentou-se numa cadeira próxima a ela e pôs as mãos no colo, imaginando o que viria em seguida.

Olive, também conhecida como Dama Dentucinha, fechou a porta, o que apenas aumentou a sensação abafada dentro da sala. Foi até o canto e ligou um pequeno ventilador de mesa, mas o direcionou para si mesma.

— Bem-vindas à Instituição Correcional Keystone State — disse em uma voz branda. — Estou aqui para dizer tudo de que precisam saber, inclusive regras, horários, distribuição de tarefas, horário do refeitório, consultas médicas, privilégios especiais e o que fazer se começarem a terem ideias suicidas.

Aria apertou os olhos com as mãos. Ela já tinha ideias suicidas.

Olive levou um tempo para explicar os vários protocolos da prisão, transformando os mais tolos direitos civis — breves momentos com a família todo sábado de manhã, permissão de comprar coisas como escova de cabelo e chinelo caso as famílias enviassem dinheiro, meia hora por dia para caminhar sob o sol no pátio da prisão — em privilégios luxuosos. Aria desejava poder perguntar à Olive se havia uma biblioteca por ali, ou se tinha permissão para comprar material de pintura, ou se havia um psicólogo na equipe que pudesse lhe explicar como, exatamente, ela conseguiria enfrentar aquela situação sem perder a pouca sanidade que lhe restara. Mas já havia aceitado o fato de que provavelmente não conseguiria nenhuma dessas coisas.

Ela se recostou e olhou para o teto, com uma gota de suor escorrendo pela testa. A moça negra de óculos ajeitou-se ao seu lado, e quando Aria se virou, seus olhares se encontraram. Aria atreveu-se a dar um sorriso tímido.

— Ei — sussurrou —, é o seu primeiro dia, também?

A garota assentiu e sorriu de volta. O coração de Aria recebeu uma dose mínima de esperança. Ora, aquela menina parecia tão normal. Talvez fizesse uma nova amiga. Ela precisava de quantas pudesse ter. Então a garota acrescentou:

— Mas já estive aqui antes, Aria.

Aria piscou com força, sentindo-se como se o mundo todo se transformasse em um borrão.

— C-como você sabe o meu nome?

A garota se aproximou de Aria até que seus corpos quase se tocassem.

— Porque tenho esperado por você — sussurrou. — Você é uma das garotas que mataram Alison DiLaurentis, certo?

Aria ficou boquiaberta. Demorou demais para encontrar as palavras certas para responder.

— N-não — disse, com a voz falhando. — Nós não a matamos. Somos inocentes, os jurados se enganaram.

A garota olhou para a frente outra vez, seu sorriso agora fino e amargo.

— Sim, você a matou. E todas nós sabemos disso. Ela é uma heroína para algumas de nós, você sabe. Ela é a razão para suportarmos essa vida.

O corpo de Aria pareceu entrar em curto. Ela queria sair correndo dali e se afastar da garota, mas estava entorpecida demais para conseguir se mexer. *Ela é a razão para suportarmos essa vida*. O queixo da garota estava erguido, sua expressão límpida e segura. Acreditava realmente no que ela dizia sobre Ali – acreditava em Ali, pelo amor de Deus. E então quando Aria baixou os olhos, notou uma tatuagem com tinta preta ainda recente formando uma casquinha no pulso da garota. Era uma única letra: *A*.

O sangue de Aria gelou. Ela instintivamente remexeu nos bolsos procurando por seu celular, mas é claro que não havia nada lá. Se tivesse o celular, teria enviado mensagens às amigas imediatamente. *SOS*. Um dos Gatos de Ali estava ali com elas – *na prisão*.

Então pensou com franqueza sobre sua situação. Seria um milagre se sobrevivesse pelos próximos 15 anos. Talvez não visse nem o dia seguinte.

27

UMA TESTEMUNHA SURPRESA DE TIRAR O FÔLEGO

Segunda-feira pela manhã, Spencer se colocou de quatro no chão do banheiro feminino, com uma esponja sem dúvida cheia de fungos tóxicos em suas mãos e um balde de uma água nojenta e fedida ao seu lado. Tentando não respirar, mergulhou a esponja na água e começou a esfregar o chão em círculos. Tentou até mesmo se concentrar, usando técnicas de respiração de ioga, que sempre a ajudaram antes. Mas depois da terceira inspiração, percebeu que alguém a observava e se virou.

Uma moça magricela, com pele cor de oliva e usando um tapa-olho, observava Spencer da pia, sorrindo com dentes tortos e podres.

— A vadiazinha rica não consegue limpar um banheiro, hein?

— Eu estou bem — respondeu Spencer. Ela deu uma piscadela, desejando não ter dito nada. Lembrou-se do livro de Angela, que ensinava que o segredo era *não* fazer contato com as outras presas — era um sinal de fraqueza. E essa garota, cujo nome era Meyers-Lopez, seguira Spencer a manhã toda, tentando aproximar-se dela.

Meyers-Lopez sentou na pia.

— Aposto que nunca pensou que viria para cá — sibilou. — Aposto que pensou que ia conseguir se safar. Ela me contou tudo sobre você, sabia? Ela me disse que você é uma metida. Como era uma cadela mimada.

Spencer recuou e fez círculos maiores com sua esponja. *Por favor, faça com que uma guarda entre aqui agora, por favor, faça com que uma guarda entre aqui agora*, ela desejou. Aquela era a parte mais aterrorizadora da prisão até agora. Não eram as brigas atemorizantes no meio da noite, como a briga que Spencer testemunhara na noite anterior e que roubara um total de 45 minutos do seu sono. Nem o fato de que a comida era a coisa mais revoltante do mundo, infestada com todos os tipos de bactérias — ela temeu engolir um waffle naquela manhã por medo de ter uma convulsão relacionada ao botulismo no mesmo instante. Nem mesmo o fato de que ainda não tinha se encontrado com Aria ou Hanna *sequer uma vez*, nem que tivesse de viver ali pelos próximos trinta anos dormindo ao lado de uma mulher cujo apelido era Maria Malvada. Na noite anterior, Maria Malvada a perscrutara com tanta ruindade no olhar que Spencer teve certeza de que acordaria cheia de hematomas no dia seguinte.

Não. A parte mais aterrorizadora da prisão eram as detentas que haviam feito contato com Spencer nas últimas 24 horas e mencionado como idolatravam e adoravam a santa e imaculada Alison DiLaurentis.

Todas diziam que ela *falara* com cada uma delas, que *contara* a elas sobre Spencer e as outras — quem poderia saber? Talvez Ali tivesse falado mesmo. Qualquer que fosse o caso, aquelas mulheres eram definitivamente seguidoras de Ali e haviam ameaçado Spencer, dizendo que logo se vingariam.

E isso queria dizer... *o quê*? Ela levaria uma surra? Seria *assassinada*?

Spencer esfregava o chão com toda a força que podia, ignorando o olhar de ódio de Meyers-Lopez. Fazia todo o sentido. Não apenas Ali tinha bolado um plano à prova de tudo para condená-las – e Spencer tinha certeza de que Ali subornara alguns dos membros do júri –, mas também plantara alguns dos Gatos de Ali na penitenciária para garantir que as próximas décadas da vida de Spencer fossem miseráveis. Será que os Gatos de Ali tinham uma linha direta com ela? Isso poderia, de alguma forma, provar que Ali estava viva? *Ah, claro*, ela pensou enquanto a água suja respingava contra a parte de baixo da pia. Ela nunca conseguiria provar aquilo. Ali e suas seguidoras eram muito mais capazes do que ela.

Ela levou a esponja até um dos cubículos. A porta bateu pouco depois, e quando Spencer saiu do cubículo, estava só no banheiro. Ela sorriu, como se aquilo realmente fosse uma pequena vitória. Talvez Meyers-Lopez tivesse se cansado de Spencer.

Ela foi até o balde para recolocar a esponja na água quando seus dedos tocaram alguma coisa pegajosa e firme. Ela recuou. Alguma coisa escura flutuava na superfície. Então, Spencer se deu conta de que havia uma patinha, um bigode, um *focinho*. Ela gritou. Era um rato morto.

– Ai, meu Deus, ai, meu Deus – disse, olhando para a própria mão. Tinha acabado de tocar em um rato morto. *Ela acabara de tocar em um rato morto*. Provavelmente tinha se contaminado com a peste. De algum lugar do corredor, jurava que podia escutar as risadas de Meyers-Lopez.

— Hastings?

Spencer se virou. Burroughs, a guarda que as recebera no dia anterior, olhava para ela junto do batente. Por um momento, Spencer pensou que *ela* iria levar a culpa pelo rato morto.

— Preciso que venha comigo — resmungou Burroughs.

— P-para quê? — ousou perguntar Spencer.

As linhas na testa de Burroughs aprofundaram-se ainda mais.

— Seu advogado está aqui, certo? E quer falar com você.

Spencer olhou para ela. *Seu advogado?* O que Rubens possivelmente tinha a dizer? Ele já estava pronto para apelar?

— Bem, ande logo! — disse Burroughs perdendo a calma.

De cabeça baixa, Spencer saiu apressada do banheiro seguindo Burroughs de perto. Elas atravessaram uma série de corredores até chegarem às salas particulares, onde as prisioneiras se reuniam com os advogados. Burroughs destrancou a última porta à direita e a abriu. Rubens estava de pé, olhando pela janela gradeada. Aria e Hanna estavam sentadas à mesa, parecendo tão chocadas quanto Spencer.

Ela olhou para todos.

— O que está acontecendo? — perguntou, cautelosa.

Era difícil ler a expressão de Rubens. Ele juntou as mãos.

— Vocês vêm comigo.

Spencer franziu a testa.

— Para onde?

— Para o tribunal.

Hanna pareceu preocupada.

— *Por quê?*

Rubens olhou de um lado para outro, parecendo muito preocupado. Algumas detentas passavam pelo corredor, tentando parecer ocupadas.

— Não posso falar aqui — disse com reservas. — Vocês precisam vir, sim? *Agora.*

Vários guardas as conduziram pelo corredor, através do refeitório e até as portas duplas que levavam para fora. Spencer aproximou-se das amigas, feliz em vê-las de novo, ainda que a afligisse não saber o motivo de tudo aquilo.

— O que acham que está acontecendo? — sussurrou para as outras.

— Talvez estejamos sendo transferidas — disse Aria. Sua expressão de desespero aumentou. — Deus, aposto que é isso. Vamos ser levadas para algum lugar ainda *pior*.

Hanna ofegou.

— Não pode haver algo pior que isso. Elas me mantêm trabalhando na cafeteria com uma criatura que já decidiu que me odeia. Ela me prendeu na sala de refrigeração duas vezes! — Olhou ao redor, como se a mulher estivesse ouvindo. — E, quando finalmente consegui sair, fez piada sobre meus mamilos gelados e endurecidos. E fez *todas* na cozinha olharem para eles.

Aria apertou a mão de Hanna.

— Estou na lavanderia e acho que uma das outras garotas trocou a água da minha garrafa com água sanitária. Graças a Deus eu não bebi.

Spencer engoliu em seco, pensando sobre sua experiência com o rato.

— Alguma delas mencionou Ali?

Os olhos de Aria se arregalaram.

— A garota que conheci na orientação mencionou.

— A megera da cozinha não, mas acho que minha companheira de cela sabe sobre Ali — sussurrou Hanna. Ela olhou de volta para as portas da prisão. — Ela *parece* totalmente normal e é jovem como nós, mas tem uma tatuagem de *A* na parte interna do pulso e já sabia meu nome.

Aria arregalou os olhos.

— Eu posso ter conhecido a mesma garota. Ela é definitivamente um Gato de Ali.

Hanna fechou os olhos e gemeu.

— Sabia que ela é uma tricoteira? Ela pode ter agulhas de tricô legalmente em seu beliche. Eu tive tanto medo ontem à noite de ser... — Ela fez um movimento de facada.

Burroughs se voltou e olhou para elas.

— Sem conversa!

E, então, estavam fora do prédio. Spencer achou delicioso sentir os raios de sol no rosto, mas não pôde aproveitar aquilo por muito tempo porque as guardas as empurraram para a van que iria transportá-las. Hanna e Aria tropeçaram para dentro, e o mesmo motorista que as conduzira até ali levaria as meninas ao tribunal. Rubens acomodou-se no assento do passageiro. Spencer olhou para a parte de trás da cabeça dele, tentando imaginar que diabos estava acontecendo. O que era tão importante para elas estarem sendo levadas de volta ao tribunal? O júri as sentenciaria imediatamente à *morte*?

Após um longo silêncio quase intolerável, o prédio do tribunal apareceu diante delas. A van sacolejou até encontrar uma vaga e parou junto ao meio-fio. Spencer espiou pela janela.

— Por que a imprensa está aqui? — perguntou.

O advogado pulou do seu assento e abriu as portas.

— Vamos lá — disse áspero.

Hanna saiu, quase tropeçando em suas correntes nos tornozelos.

— Vamos ser acusadas de mais alguma coisa? Você tem a obrigação de nos dizer, você sabe.

— S-sim — disse Aria, tremendo. — Se é alguma notícia ruim, você precisa nos contar agora mesmo.

Mas os repórteres já haviam alcançado Rubens e o bombardeavam com perguntas desconexas.

— O que está acontecendo? — gritavam todos. — Por que foram chamados de volta à corte? O que aconteceu?

— Sem comentários, sem comentários — dizia Rubens, apertando com força a mão de Spencer e praticamente rebocando-a degraus acima. As outras garotas os seguiram. Spencer notava, claro, todos aqueles flashes sendo disparados em sua direção, tirando fotos dela de macacão cor de laranja e cabelo despenteado, provavelmente com o rosto suado, encardido e nojento. Mas estava curiosa demais sobre o que aconteceria a seguir dentro do prédio para se preocupar. Os guardas as fizeram passar pelo detector de metais, e, um instante depois, estavam paradas do lado de fora da sala de audiências.

Rubens se voltou para encará-las, com a mão na maçaneta. Havia uma expressão estressada em seu rosto, mas Spencer não sabia dizer se era ou não uma coisa boa.

— Tudo bem, senhoritas — disse ele, ofegante. — Preparem-se.

— Para *o quê*? — Hanna guinchou.

A porta se abriu, e havia várias pessoas dentro da sala, incluindo o juiz, que se voltaram e as encararam. Então Hanna arquejou. Aria emitiu um som, uma mistura de gritinho e soluço. Uma garota alta e bastante conhecida as encarava lá da frente da sala. Era uma garota que Spencer acreditava que nunca mais veria. Uma garota em quem pensara vezes demais, que havia aparecido em seus sonhos e que a assombrava sem parar desde que desapareceu.

— E-Emily? — Spencer conseguiu dizer, apontando enquanto seu corpo todo tremia. Ela olhou para Rubens.

Ele sorriu.

— Eu recebi a ligação há apenas uma hora. Ela foi escoltada até aqui essa manhã.

Spencer olhou para a amiga mais uma vez. Emily estava com os olhos cheios de lágrimas. E, então, deu um sorriso enorme e luminoso.

— O-oi — disse ela. E era, mesmo, a voz de Emily. Emily *todinha*.

Ela estava viva.

28

DE VOLTA À RUA DUNE

Uma semana e dois dias antes
Cape May, NJ

— Estão sentindo esse cheiro? — perguntou Emily gesticulando agitada, junto da entrada da garagem de veraneio fechada que pertencera à Betty Maxwell, a avó de Nicholas.

Ela observou enquanto as amigas enfiavam as cabeças na garagem e cheiravam.

— É... baunilha? — perguntou Aria finalmente.

Emily assentiu, sentindo que poderia explodir a qualquer momento.

— Deveríamos chamar a polícia. Isso prova que ela ainda está viva.

Mas suas amigas se remexeram, parecendo desconfortáveis. Spencer voltou para dentro da casa vazia.

— Em, não é o bastante para fazer com que a polícia venha até aqui. — Suspirou. — Além do mais, ela não está aqui *agora*.

Emily não podia acreditar. Ora, tudo bem, Ali não estava ali naquele instante, mas ainda era uma pista incrível, certo?

As amigas apenas deram de ombros e olharam para Emily como se ela fosse louca. E talvez *fosse* mesmo. A voz de Ali em sua cabeça gritava impropérios em um volume tão alto que Emily mal conseguia pensar direito. Ela não poderia acreditar que, mais uma vez, Ali passara a perna nelas. Aquilo era mais um tapa na cara.

Emily ouviu que as amigas estavam combinando de ficar em Cape May por mais um dia, talvez pegar um pouco de sol, ter um ótimo jantar. Concordou com elas apenas porque se insistisse em ir embora deixaria as meninas ainda mais preocupadas. Mas, enquanto se afastavam, sentiu-se alheia, como se não estivesse mais em seu corpo, alheia à cena toda, para falar a verdade. Sua mente e sua atenção permaneceram naquela casa de veraneio, tinha de haver alguma coisa ali, algo que levasse a uma pista maior, alguma coisa que haviam deixado passar.

Alguma coisa que ela precisava encontrar.

Enquanto caminhava com as meninas em direção à praia, Emily revisou mentalmente os nichos da casa em que haviam procurado por algum indício de Ali. Não havia nada na cozinha, nem nos quartos, nem em nenhum dos armários. Mas e quanto ao cheiro pungente de baunilha na garagem? Ora, elas só tinham espiado aquele grande espaço vazio. Bem, o lugar *parecia* vazio... mas talvez não estivesse.

Aquele pensamento não a deixou enquanto pulava ondas com as amigas e enquanto ouviam música pelos alto-falantes do iPod de Spencer. Ainda estava chateada enquanto se trocavam para o jantar. Essas ideias a cutucavam enquanto comiam frutos do mar frescos, pediam margaritas e tentavam parecer otimistas. Suas amigas tentavam incluí-la na conversa, mas tudo o que Emily conseguia fazer era responder sem vontade, com monossílabos. *Precisamos voltar lá,* ela queria lhes dizer. *Há alguma coisa naquela casa. Eu simplesmente sei.*

Mas Emily sabia que suas amigas não voltariam a casa. Elas já haviam corrido um grande risco invadindo o lugar naquela tarde. Na verdade, corriam um risco enorme só de *estarem* ali naquela cidade. Não. Se quisesse confirmar suas suspeitas, teria de fazer isso sozinha.

Naquela noite, depois do jantar, as quatro se jogaram na cama, no quarto que compartilhavam na pousada. Sintonizaram a televisão no canal Comedy Central. Emily esperou o momento certo, observando enquanto cada uma das amigas se preparava para dormir. Spencer ligou o ar-condicionado, Hanna colocou uma máscara de dormir. Após um tempo, o quarto ficou silencioso, e alguém diminuiu o volume da televisão. Emily ainda esperou por mais meia hora para ter certeza de que estavam todas dormindo, e então se arrastou para fora do quarto do hotel, com a chave nas mãos.

A caminhada até a casa de Betty Maxwell levou 15 minutos, seus chinelos estapeando ruidosamente a calçada naquela noite silenciosa. Deveria ser por volta das 2 horas, e Emily temia ser parada por policiais querendo saber por que não estava domindo àquela hora. Mas a sorte estava do lado dela. Emily não encontrou nenhum carro.

A casa de veraneio era muito assustadora em meio à escuridão. A estrutura rangia, sombras estranhas moviam-se num piscar de olhos pelos cantos, um som estranho vindo de algum lugar nos fundos a alcançou e Emily estremeceu. Armada com uma lanterna, Emily se dirigiu diretamente para a garagem. Aquele cheiro forte de baunilha ainda estava lá – era o cheiro de *Ali*. Ela entrou no espaço pequeno e escuro, e a areia que restara na sola de seus chinelos fazia um barulhinho rascante sob seus pés. Com as mãos tremendo, começou a tatear ao redor das prateleiras de metal ao longo das paredes da garagem, desesperada para encontrar algo além de poeira e teias de aranha que se enrolavam em seus dedos. Ela apertou as paredes de blocos feitas de concreto, esperando que um bloco solto estivesse ocultando algo secreto. No canto da garagem havia uma mala de ferramentas que parecia profissional. Ela a destrancou e abriu, mas não havia nada dentro.

Foi então que viu a lixeira.

Era uma lata de lixo azul comum com o logo da cidade de Cape May na frente, mas sinos de alerta ecoaram na mente de Emily. Ela avançou para a lata de lixo, ergueu a tampa de plástico e jogou o feixe de luz da lanterna lá dentro. Não havia sacolas lá, e o fundo estava escuro. Mas então a luz foi refletida pela ponta de alguma coisa incrustada no plástico. Emily esticou o braço até onde pôde, raspando o pedaço de papel. Ela o puxou, praticamente incapaz de respirar. Era um envelope manchado com óleo velho. Deveria cheirar a lixo, mas aquilo cheirava a baunilha, também.

Ela correu mais uma vez para dentro da casa, colocou o papel sobre a ilha da cozinha e o iluminou com a lanterna. Não havia endereço, apenas o número da casa de Betty Maxwell e o código postal de Cape May. No cantinho, entretanto, um novo endereço. Alguém havia escrito, *Day, 8901, Hyacinth Drive, Cocoa Beach, FL.*

Emily virou o envelope. Já havia sido aberto; o que quer que houvesse ali dentro tinha desaparecido. O cheiro de baunilha era tão forte que a deixou tonta. Será que *Ali* tinha recebido aquela carta? Quem era *Day*? O nome fazia eco em sua mente, por alguma razão, mas Emily não conseguia lembrar por quê.

Estava tão imersa em pensamentos que mal podia lembrar do caminho de volta para o hotel. Aquilo era definitivamente, *definitivamente*, uma pista. Ela deveria contar às amigas? Ou lhe dariam uma bronca por voltar àquela casa sozinha no meio da madrugada e então mandariam que parasse de falar sobre o assunto? Elas não acreditariam que aquilo era mesmo uma pista, acreditariam?

Sem dúvida, nenhuma delas consideraria que o envelope valia a viagem à Cocoa Beach, Flórida. Mas Emily... *sentia* que havia alguma coisa ali, tinha uma premonição muito, muito forte de que encontrara um caminho. Ela *precisava* ver aonde aquilo a levaria. Precisava ir até lá. Isso significava que tinha de abandonar as amigas – e o julgamento. Mas, por mais que odiasse fazer aquilo, sabia que era provavelmente a última chance delas. Ela simplesmente teria de ir sem as outras.

Porém, não queria que ninguém soubesse – nem as amigas, nem a família, nem a polícia. Não poderia se dar ao luxo de ser uma fugitiva com a polícia em seu encalço. E não queria que Ali a visse chegando. Como conseguiria fazer isso sozinha?

Ela voltou ao quarto do hotel e deitou-se ao lado de Hanna na cama, com a mente a mil por hora. E então, de repente, encontrou a resposta. Era tão fácil: Ali já tinha feito aquilo, afinal. Ela se fingira de morta e todo mundo comprara aquela mentira. Se Emily fingisse suicídio, todos acreditariam também.

Ficou acordada o resto da noite, planejando a logística. Aproveitaria o furacão a caminho – todos achariam que ela morrera no mar, mas Emily sabia que era uma nadadora boa o bastante para superar aquela situação. Às 5 horas, quando rabiscou uma nota para Spencer, Aria e Hanna, sabia que levariam a sério. Afinal, estivera mesmo perturbada, por várias semanas. Ela também poderia capitalizar aquela fase ruim.

Prendeu um saquinho Ziploc cheio de dinheiro à parte de baixo do biquíni, caminhou até a praia e enfrentou nas ondas. Enquanto se dirigia para o fundo, sentia a correnteza mais e mais forte. Aquilo não era tão fácil quanto imaginara, mas tentou ficar calma e confiar em seu talento de nadadora. Viu as amigas correndo à beira do mar, os rostos aterrorizados de verdade. Emily fingiu lutar e, ainda que se sentisse muito culpada por fazer aquilo com elas, estava confiante em sua decisão de que era a única maneira de não ser procurada.

O que ela não esperava era ver Spencer enfrentar as ondas por ela.

– Não! – gritava Emily, movendo os braços acima da cabeça.

Ela observou enquanto a força do oceano empurrava Spencer para baixo de novo e de novo.

– Pare de lutar!

Na hora que as equipes de resgate se aproximaram, Emily temeu pelo pior. Vários paramédicos puxaram o corpo inerte de Spencer para a praia. Emily observou enquanto os salva-vidas se aglomeravam ao redor do corpo da amiga, e as outras meninas permaneciam em choque. Mas então Spencer deu sinal de vida, tossiu e rolou para o lado. Todo mundo pareceu se agitar com essa resposta. Os paramédicos a colocaram em uma maca e a carregaram pela praia.

Os helicópteros da guarda costeira voavam acima de sua cabeça, ainda procurando seu corpo. Emily mergulhou, engasgou-se com o sal, sentindo as queimaduras das águas-vivas ferindo suas pernas através das ondas. Ela deixou que a correnteza a carregasse para longe, aterrorizada o tempo todo. Logo à sua esquerda havia um píer. Tudo o que precisava fazer era livrar-se daquela correnteza e então nadar sob a água na direção dele.

Mas as ondas quebravam à direita e à esquerda. Diversas vezes, Emily foi puxada para o fundo por tanto tempo que quase teve certeza de que os pulmões não resistiriam. Ela alcançava a superfície, tossindo e engasgando, várias vezes, apenas para ser puxada outra vez. Suas costas bateram no fundo de repente. Seu cotovelo atingiu uma formação rochosa. Ela percebeu que sangrava e temeu atrair tubarões. As ondas a empurravam para lá e para cá, e não havia sinal de que fossem se acalmar. Só a imagem da maldade estampada no rosto odioso de Ali, cheio de raiva, sempre fazendo ameaças, a mantinha lutando por sua vida. Emily estava fazendo isso para encontrá-la. Estava fazendo isso para pôr fim àquele pesadelo.

Houve uma pausa na confusão, e Emily emergiu na superfície, em busca de ar. Os helicópteros tinham se afastado na outra direção, procurando em um ponto diferente. Emily tomou fôlego e nadou em direção ao píer, que não estava tão longe. Ela quase chorou quando o alcançou, agarrando-se às pedras e deixando que suas pernas batessem contra os pilares. Após respirar fundo por vários minutos, Emily se ergueu e conseguiu ficar de pé sobre o deque de madeira. Misericordiosamente, não havia ninguém por ali, e os ferimentos em suas pernas por conta das pedras não eram tão ruins. Após algum tempo, tremendo e muito fraca, ela cambaleou pela praia congelante e varrida pelo vento, encontrando enfim refúgio sob uma barraca de salva-vidas. Seus dedos tocaram alguma coisa macia, e ela achou uma camiseta vermelha da Under Armour que alguém tinha largado na praia. Ela gritou de alegria, vestindo-a no mesmo instante e imediatamente sentindo-se aquecida pelo algodão macio. Tateou a parte de baixo do biquíni: o Ziploc com o dinheiro estava preso e em segurança. Uma camiseta quentinha e dinheiro, que bênção maravilhosa. Talvez o plano dela funcionasse, afinal.

Assim que recuperou as forças, Emily percorreu o calçadão, seguindo na direção da cidade. Graças a Deus, Cape May era uma cidade de praia e ninguém estranhava ao ver uma garota vestindo apenas uma camiseta e um biquíni – quando ela entrou no supermercado, ninguém prestou atenção nela. "Roar", de Katy Perry, tocava nos alto-falantes, o que combinava perfeitamente com as batidas do coração de Emily. Ela manteve a cabeça baixa e não fez contato visual com ninguém enquanto circulava pelos corredores, tratando de pegar um chá gelado gigante, vários pretzels macios, chinelos e um par de shorts de academia com a logo de gôndola das roupas esportivas Cape May.

Emily fingiu estar de ressaca enquanto pagava suas compras para não precisar encarar o balconista. Uma vez fora dali, vestiu o short depressa e engoliu os pretzels, sentindo uma fome desesperada. A manhã mal começava, o céu apresentava um tom monótono de cinza. O estacionamento estava quase vazio. Do outro lado da rua, uma famosa casa de panquecas estava fechada, talvez por causa do furacão. Um helicóptero circulava o céu, pessoas ainda procuravam por ela... e lá estava Emily, comendo um pretzel, tomando chá gelado, perfeitamente bem.

Aquela era uma situação louca e sem dúvida drástica. E se o plano desse errado? E se tivesse cometido um erro terrível?

Ela esperou, ressabiada, que a voz de Ali gritasse dentro de sua cabeça, mas só havia silêncio. Emily então apanhou seu Ziploc com o dinheiro, agora enfiada em seu novo short, tirando de lá um pedaço do papel de carta da pousada dobrado. *8901, Hyacinth Drive, Cocoa Beach, FL*, ela havia escrito. A tinta não estava nem um pouquinho borrada, o que parecia, sem dúvida, um bom presságio. Emily segurou o papel entre as mãos, sentindo o coração acelerar. Precisava descobrir qual seria o melhor jeito de chegar à Flórida.

E rezava para encontrar o que tanto buscava quando chegasse lá.

29

8901 HYACINTH DRIVE

A umidade acachapante da Flórida atingiu Emily assim que ela colocou o pé para fora do ônibus Greyhound, mas era uma mudança bem-vinda comparada à arapuca com cheiro de mortadela dentro da qual, prisioneira, ela vinha sacudindo os ossos pela última semana. Estreitando os olhos, esquadrinhou o lugar. Palmeiras majestosas acompanhavam o vento ao longo de uma avenida. Era meio-dia e nuvens fofinhas flutuavam acima da cabeça dela. Um grande letreiro eletrônico na lateral de um prédio anunciava em grandes letras vermelhas: *Hoje é domingo. Bem-vindo a Cocoa Beach.*

Emily finalmente tinha chegado. Ergueu a cabeça, ainda esperando um comentário da voz de Ali em sua cabeça, mas a megera vinha se mantendo em silêncio desde sua aventura no oceano. Emily decidiu, então, confiar no velho jogo de adivinhação que praticava desde muito nova, enquanto observava o tráfego: *Se uma caminhonete passar nos próximos dez segundos, você vai conseguir encontrar Ali. Se não passar, não vai.*

Começou a contar. Aos sete segundos, uma caminhonete passou quase voando por ela. A esperança a deixou arrepiada.

Ela seguiu a multidão para dentro da rodoviária, olhando com discrição para os lados, temendo ser reconhecida. Mas ninguém olhava em sua direção. Ela no momento não se *parecia* com a Emily Fields do noticiário; parecia com uma garota bem mais magra, pessimamente vestida e que não tomava um banho ou fazia uma refeição decente havia dias. Emily mudara de rota sete vezes para conseguir chegar ao sul da Flórida pelo caminho mais barato. Fazia quatro dias que lia a mesma cópia, achada no lixo, da revista *Golf Digest*, numa tentativa bastante consciente de não enlouquecer. Dormira com a cabeça contra a janela do ônibus do momento ou encolhida em um banco de rodoviária. Quase fora roubada duas vezes, incontáveis viajantes pervertidos haviam tentado se aproveitar dela, e uma velha senhora havia gritado com ela em português – Emily suspeitou que a velhota jogara uma praga nela. Tinha sido uma semana sofrida. E bastante arriscada, também.

Mas tudo aquilo valia a pena. Emily tinha uma missão a cumprir.

A rodoviária era gelada e cheirava a produtos de limpeza, e um anúncio em espanhol saía dos alto-falantes. Emily foi rapidamente ao toalete feminino, porque o banheiro do ônibus estava intransitável mais para o fim da viagem, e ela segurava a vontade de fazer xixi desde a fronteira entre a Flórida e a Geórgia. Dentro do cubículo, apanhou o Ziploc, tirou de lá o celular pré-pago que comprara em uma parada de caminhões na Carolina do Norte e o ativou. Relutara em usá-lo mais cedo, mas agora, que estava na Flórida, não tinha certeza de que tipo de situação poderia ter de enfrentar. Depois que um aviso na tela a informou que o celular estava ativo, Emily o colocou no bolso, sentindo cada grama do seu peso.

Do lado de fora do banheiro havia um grande mapa da área de Cocoa Beach. Depois de algum tempo, Emily enfim conseguiu localizar a rua Hyacinth em um loteamento a vários quilômetros dali. Apanhou a caneta surrupiada de uma parada na Carolina do Sul e anotou na mão como chegar lá. Nesse momento, alguma coisa na televisão acima do guichê de passagens chamou sua atenção, e ela ergueu os olhos. Hanna e Spencer apareceram na tela, bem sérias, seus olhos arregalados piscavam de espanto, o que fez Emily se sentir mais culpada do que já se sentia. Elas pareciam tão *arrasadas*. Tinha visto trechos do julgamento durante a viagem e, a cada novo desdobramento da história, sentia-se ainda pior por deixá-las sozinhas para enfrentar aquilo tudo, especialmente desde que Aria fugira para a Europa. Ela também odiou que seu suicídio não parecesse aos jurados uma prova de que elas eram inocentes.

Foi então que Emily prestou atenção à manchete. *As Belas Mentirosas foram consideradas culpadas*, lia-se em grandes letras vermelhas. O queixo de Emily caiu. O julgamento estava encerrado. O júri não acreditara na história delas. As meninas iam cumprir pena em uma *penitenciária*.

Emily tinha de chegar àquela casa, *agora*.

Descobriu qual linha de ônibus servia a rua Hyacinth e correu para o ponto, pois o ônibus estava prestes a partir. Após pagar a passagem, desabou em um assento, sentindo o ar-condicionado bafejar em sua nuca. Prédios *art déco* passavam rapidamente pelas janelas. Palmeiras tremulavam. Uma mulher na parte da frente do ônibus escutava música alta e animada em seus fones. Emily sabia que Ali tinha uma avó na Flórida; ela a estaria escondendo? Mas quem a ajudara a *chegar* lá? Quem tinha pagado pela viagem dela até o sul do país?

Como Ali conseguira passar despercebida por todo mundo *mais uma vez*?

O ônibus parou em seu ponto, e Emily andou apressada pela calçada vazia. Pequenas casas de estuque se enfileiravam, quarteirão após quarteirão. Dois jardins mais para a frente, uma senhora idosa de rolinhos no cabelo cuidava de seu canteiro de flores. Do outro lado da rua, um senhor idoso passeava com um terrier. Um grupo de cidadãos mais velhos em roupas de corrida combinando dobrou a esquina e desapareceu, movimentando os braços em harmonia, de um jeito muito engraçado. Os carros estacionados na rua pareciam com alguma coisa que seus avós dirigiriam: grandes como barcos ou pequenos e potentes Toyota Corollas.

Emily sentiu sede enquanto caminhava rápido pelo quarteirão e virou à direita na Hyacinth. Mais casas lindas de estuque de ambos os lados, todas pintadas em delicados tons pastel. Emily olhou para os números marcados no meio-fio – 8879... 8881... 8893 e, de repente, ali estava o número 8901, bem na frente dela. Era uma casa cor-de-rosa bastante alegre, com janelas e cercas brancas. Um irrigador automático molhava a grama, e plantas tropicais cresciam em floreiras junto às janelas. Na varanda, a mesma estátua de um cão de olhos tristonhos que a senhora que vivia a três portas de distância de Emily em Rosewood tinha na varanda *dela*. A garagem não tinha carros.

Emily se escondeu atrás de uma palmeira gigante. Estava no lugar certo? Aquele bairro parecia uma comunidade de aposentados. E se Ali tivesse plantado aquele envelope na lixeira para que Emily o encontrasse? E se ela estivesse observando de algum lugar, rindo de se acabar?

Mais uma vez, Emily pensou no olhar de suas amigas no noticiário. *Prisão*. Era impensável. Estavam atravessando o inferno e ela não estava ao lado delas. E se fosse uma armadilha e ela fosse apanhada? Iria para a cadeia e provavelmente pegaria sentença dupla por forjar sua morte. As amigas a odiariam. Sua família a odiaria. *Todos* a odiariam. Pensariam que estava ainda mais doida do que antes. Talvez ela mesma acabasse seus dias na clínica psiquiátrica Preserve.

Então a porta da frente da casa rosa se abriu.

Emily se abaixou. Um vulto caminhou pela trilha da frente da casa e cruzou o jardim em direção à garagem. Era uma mulher, com os quadris oscilando de um lado para outro e seu cabelo acompanhando o ritmo, e não parecia nem de longe idosa como os outros residentes da vizinhança. O cabelo ainda tinha um tom fresco, um louro amanteigado. Seu corpo era enxuto e jovem, como se fizesse muita ioga. Ela usava um leve vestido de verão, sapatilhas azuis, e o diamante pendendo de seu pescoço reluzia.

Emily franziu o cenho. Aquele pingente de diamante parecia familiar — *realmente* familiar. Só então teve uma lembrança bem esquisita. Estavam no sétimo ano, e ela e as outras garotas ajudavam Ali a se arrumar para ir ao Baile de Dia dos Namorados da escola — ela havia sido convidada por um calouro bonitão chamado Tegan. Emily estava muito empenhada em ser a auxiliar de Ali, cuidando do cabelo e da maquiagem dela, fazendo *oooohs* e *aaaahs* ao ver o colar de diamante em forma de gota que Ali usaria naquela noite, tomado emprestado de sua mãe.

Day. De repente, Emily soube o motivo de ter reconhecido aquele nome. Antes que a família DiLaurentis se mudasse para Rosewood, eram conhecidos como *Day*-DiLaurentis. Mas, quando se mudaram por causa das explosões violentas de sua filha, queriam começar do zero e, para isso, abandonaram a primeira parte de seu sobrenome.

Poderia *ser*?

A mulher seguiu na direção dos fundos da casa, com o pingente de diamante pendurado em seu pescoço. Quando abriu o portão, o sol golpeou seu rosto, iluminando as feições tão conhecidas, os ossos delicados, o nariz impressionante, os grandes olhos azuis e os lábios bem-feitos. Emily ficou boquiaberta. Um grito congelou em sua garganta.

Era a mãe de Ali.

Emily estava tão espantada que seus joelhos cederam. Mas, de repente, aquilo fazia todo o sentido. Era por isso que a sra. D não comparecera ao julgamento. Era por isso que não falava com a imprensa. Talvez a imprensa nem soubesse onde ela *estava*. E Ali podia ser a maior louca, e a sra. D podia saber disso muito bem, mas Ali ainda era sua filha. E, como mãe, a sra. D provavelmente sentiu-se na obrigação de protegê-la. Emily simpatizava com esse sentimento porque também tinha uma filha, a pequena Violet. Não fazia tanto tempo que A ameaçara o bem-estar de Violet. Emily ficou louca de preocupação, desesperada para manter Violet segura.

Talvez fosse o que a sra. D estivesse tentando, afinal. Sem pensar direito no que fazia, Emily atravessou a rua na direção da casa. Puxou a lingueta do portão branco de ferro batido e se esgueirou pelo quintal, com o coração disparado. Estava bem mais fresco ali no quintal, com a sombra das palmeiras e uma fonte de água borbulhando ruidosamente próxima à porta deslizante.

A sra. D ficou de costas para Emily. Uma onda de fumaça branca de cigarro serpenteava acima da cabeça dela, e a ponta vermelha de seu cigarro aceso se projetava de seus dedos. Ela parecia tão vulnerável, parada lá, sem suspeitar que Emily estava bem atrás dela. Emily sentiu-se vulnerável, também. Ainda não fazia ideia de como agir, do que dizer.

Respirando fundo, discretamente pressionou a tela de discar do seu celular. Com os dedos tremendo, ela teclou o telefone da Emergência. Alguém atendeu imediatamente.

– Qual é a sua emergência? – perguntou uma voz de mulher.

A sra. D ergueu a cabeça, e se virou para o barulho. Quando ela espiou Emily, seus olhos primeiro se estreitaram e então se arregalaram.

– Olá... – Emily ouviu a si mesma dizer, bem baixinho.

– Qual é a sua emergência? – perguntou a voz mais uma vez. Emily torceu para que a atendente não desligasse antes que certas coisas fossem ditas. As ligações para a Emergência eram gravadas, não eram?

No mesmo instante, a cor deixou o rosto da sra. D. De perto, ela parecia mais velha do que Emily se lembrava. Havia círculos negros abaixo de seus olhos, e a pele parecia puxada em seu rosto, o corpo muito magro.

– O que *você* está fazendo aqui? – finalmente sussurrou a sra. D, dando um passo para trás. – Você não... se *afogou*?

Ela parecia assustada, percebeu Emily. Talvez se sentisse em uma emboscada.

– Estou procurando Alison – disse Emily na voz mais tranquila que conseguiu, sem desviar o olhar da mãe de Ali. – Acho que a senhora tem falado com ela.

A sra. D olhou para Emily parecendo bem instável. Sua boca abriu, mas as palavras não saíram.

— Acho que a senhora sabe onde ela está — continuou Emily. — Posso entender o que está fazendo, sra. DiLaurentis. Também tenho uma filha. Se eu acreditar que ela corre perigo, sou capaz de fazer qualquer coisa para protegê-la. Mas a senhora precisa fazer o que é certo. Sua filha machucou muitas pessoas e arruinou muitas vidas.

A sra. D jogou o cigarro no ladrilho.

— Não sei sobre o que está falando — retrucou ela. — Minha filha está morta. *Vocês* a mataram.

Sua voz tinha um traço de choro e ela não sustentou o olhar de Emily. O coração de Emily batia loucamente.

— A senhora sabe que isso não é verdade — disse em um tom mais alto. — A senhora tem estado em contato com ela. Na verdade, acho que ela está *aqui*.

A sra. D balançou a cabeça.

— Ouvi coisas sobre você. Dizem que ficou louca. Imaginei que foi você quem matou Alison. Aposto que foi só você, não foi?

— *Eu não a matei* — rugiu Emily. — Foi a sua filha que quase *me* matou.

— Li as coisas que ela escreveu sobre vocês no diário. Vocês são criaturas monstruosas.

— Olá? — disse a atendente. — Há alguém na linha?

A sra. D olhou para o bolso de Emily.

— Com quem está falando?

Emily tocou o telefone através do tecido.

— Eu liguei para a polícia. Estão a caminho. Então é melhor a senhora começar a me contar a verdade.

O lábio inferior da sra. D começou a tremer. Alguma coisa em sua expressão rígida colapsou.

— A *polícia*? — guinchou ela. — P-por que você faria isso? Eles virão atrás de *você*, você sabe. Não ouviu? Suas amigas terão de cumprir pena.

— Eles não virão atrás de mim. A senhora sabe disso. Apenas me diga onde ela está. Não vou machucá-la. Eu prometo.

Embora fosse difícil, Emily não alterou sua expressão impassível. Os olhos da sra. D corriam de um lado para outro. Ela parecia a um passo de desmoronar.

— Olá? — insistia a atendente. — Minha senhora, nós estamos...

Mas Emily não ouviu o resto. Ela sentiu alguém puxá-la por trás, imobilizando seus braços atrás das costas. Ela gritou. Os olhos da sra. D se arregalaram. E então Emily sentiu alguma coisa dura e gelada pressionando sua têmpora. Todo o seu corpo pareceu prestes a desfalecer. Era uma arma.

— Não se mexa, vadia — rosnou a voz de alguém.

Um vulto assomou à sua frente, entrando em seu campo de visão. Emily viu, então, uma garota corpulenta, com pele pálida e cabelos castanhos bem comuns. Mas foram os olhos, no entanto, que Emily reconheceu no mesmo instante — olhos azuis cristalinos que brilhavam quando sorria. E a boca, também. Aquela boca bem-feita e beijável em formato arqueado.

Ali.

30

NÃO SEJA DERROTADA SEM UMA BOA LUTA

— O que está *fazendo*? — gritou a sra. DiLaurentis para a filha. — Volte já para dentro!

— Ah, por que você está cuidando muito bem da situação? — rugiu Ali, aumentando a pressão que fazia nos braços de Emily. E agora a voz dela soava completamente familiar, aquela voz linda e horrível da qual Emily jamais se esqueceria. — Você me disse que tinha tudo sob controle. Mas eu *vi* como as coisas estavam indo por aqui. Você estava prestes a contar tudo a ela!

A sra. D correu e tentou puxar Ali para longe de Emily, mas Ali a empurrou, jogando a própria mãe contra uma mesa de jardim, de ferro. A sra. D recuperou-se rápido e, se aprumando, lançou à filha um olhar desesperado.

— Querida, vá lá para dentro, sim? *Por favor.* Ela ligou para a polícia. Apenas corra para aquele lugar sobre o qual falamos. Você vai estar segura lá.

Mas Ali não parecia ouvir a mãe. Puxou Emily para mais perto, até que sua boca estivesse próxima ao ouvido dela.

– Você cometeu um erro muito, muito grande ao procurar por mim, vadia. E agora vai pagar.

A sra. D tremia no outro lado do pátio.

– Alison, *pare* – disse ela, sendo dura. – *Vá para dentro.*

Ali apontou para a mãe.

– Isso é culpa sua, sabe? Você deveria ter previsto uma coisa dessas. Eu *confiei* em você.

A sra. D agitou os braços.

– Se você for para aquele lugar sobre o qual conversamos, tudo ficará bem! – Ela apontou para Emily. – Posso lidar com ela. Ela é uma *assassina*. Todos estão procurando por ela. A polícia vai levá-la presa.

– Ou poderíamos nos livrar dela agora – disse Ali, virando-se para Emily. Ao mesmo tempo, Emily se soltou de Ali com um movimento rápido e, livrando suas mãos, deu um tapa na arma, que quicou no chão fazendo barulho e foi parar perto de uma enorme bacia de pedra, para banho dos pássaros.

– Sua vagabunda! – Ali tentou correr até a arma, mas Emily a derrubou e a empurrou para o chão. Subiu em cima dela, prendendo suas pernas ao redor do torso alargado de Ali. Ela ofegava. Ali se contorceu embaixo do peso de Emily, o esforço para se livrar era evidente em seu rosto gorducho, os dentes rangendo.

Ali cuspiu no rosto de Emily.

– O que vai fazer comigo?

– Eu poderia matá-la – sussurrou Emily.

Ali riu, cruel.

— É, *até parece*. Você não seria capaz.

— Você acha que não? — vociferou Emily em uma voz que não era completamente dela.

Ela estendeu as mãos e as apertou ao redor do pescoço de Ali. Os olhos da menina saltaram. Emily podia sentir os músculos e tendões na garganta de Ali endurecendo sob seus dedos conforme ela apertava mais e mais.

— Você *acha que não*? — repetia. Vagamente, ela percebeu que a sra. D gritava.

O furioso sorriso afetado no rosto de Ali virou um esgar de pânico. Emily saboreou o terror nos olhos de Ali — finalmente ela poderia entender pelo que as fizera passar por todos aqueles anos. Tudo o que Emily queria era se livrar dessa garota de uma vez por todas. Tudo que desejava era que Ali *pagasse*.

Mas então ela percebeu. Aquilo não resolveria coisa alguma. E ela realmente *seria* a assassina de Ali. Não seria nem um pouco melhor do que Ali.

Emily então tirou as mãos do pescoço de Ali, que virou a cabeça e tossiu violentamente. Emily se inclinou, perto de sua orelha.

— Não. Você não merece morrer. Eu vou fazer com que apodreça na cadeia pelo resto da sua vida.

— Não se eu puder evitar.

Ouviram o som abafado e definitivo de uma arma sendo engatilhada. Emily se virou. A sra. D estava atrás delas, empunhando a arma.

— Mãos para cima — sussurrou.

Emily se afastou de Ali. A garota rolou para o lado, ainda gemendo, tossindo e agarrando a garganta.

As mãos da sra. D podiam estar tremendo, mas ela estava composta o suficiente para engatilhar a arma. Sua mandíbula estava tensionada. Os tendões do pescoço eram visíveis agora.

— Não toque na minha filha — sussurrou.

Emily assentiu com fraqueza. Olhou em todas as direções, procurando alguma coisa que lhe permitisse enfrentar a sra. D, mas não havia nada por ali. Ela estava perdida. A sra. D a apanhara.

— Desculpe — disse Emily. Então era isso. Ela realmente *iria* morrer. Ninguém jamais saberia que havia procurado valentemente por Ali. E Ali estaria livre... *mais uma vez*.

Então, as três escutaram um som ao longe, no fim da rua. Emily se esforçou para distinguir o que ouvia. Era uma sirene! Ora, então a atendente da Emergência *tinha mesmo* escutado seus apelos.

— Aqui nos fundos! — Emily ousou gritar. — Socorro!

Depois disso, tudo aconteceu muito rápido. Ela ouviu o som de passos e o som do portão sendo aberto. Os policiais irromperam no pátio, e a sra. D deixou a arma cair. Os policiais se adiantaram e a pegaram, e então houve mais gritos e confusão.

— O que está acontecendo aqui? — gritaram os policiais. — Todas vocês, mãos onde possamos ver!

— Essa garota estava tentando invadir a minha casa! — A sra. D apontou para Emily. — Ela é Emily Fields, a garota que supostamente estava morta! Ela é uma assassina!

Os guardas se viraram e olharam para Emily. O mais alto pegou seu pulso. O de cabelos escuros alcançou seu walkie--talkie.

— Esperem! — choramingou Emily. — A garota que supostamente assassinei? Está aqui!

Ela gesticulou para onde Ali havia caído – e engasgou. Ali tinha sumido.

Emily ouviu um som discreto de metal tinindo na cerca que limitava o terreno da casa. Emily se virou e percebeu um vulto sombrio escalando a cerca de elos metálicos. Ali estava a meio caminho agora.

– É Alison DiLaurentis! – gritou Emily para os policiais, que estavam ao seu lado. – Você sabe quem ela é, certo?

O guarda alto, que ainda segurava o pulso de Emily, olhou para ela.

– Ela não está morta?

O outro policial gritou na direção da cerca.

– Ei, você! Volte aqui. *Agora*.

Mas Ali continuou escalando. O policial baixinho subiu na cerca atrás dela. Ali soltou um gemido e se apressou o quanto pôde, mas seu excesso de peso a desacelerou. O policial a pegou pelo tornozelo e a puxou de volta. As pernas de Ali o chutaram e seus punhos escorregaram.

– Não toque em mim! – gritou. – Você está me machucando! Não pode fazer isso!

– Pare de se debater – ordenou o policial, empurrando o rosto de Ali contra a terra. Seu cabelo cobria seu rosto. Sua camiseta apertada demais subiu, deixando à mostra uma faixa bem pouco atrativa de seu estômago. Mas, enquanto ela se revirava e cuspia no rosto do policial, ele olhou para seu parceiro, um traço de reconhecimento surgindo. O segundo policial se inclinou e observou bem o rosto de Ali, pressionado contra a grama. Agora era a sua vez de parecer perplexo... e talvez um pouco assustado. Ele puxou seu walkie-talkie.

– Vou precisar de reforços. Podem enviar mais duas viaturas para o número 8901 da rua Hyacinth?

A sra. D tocou os braços do policial.

– Não acredite em uma palavra do que essa garota diz – avisou com os seus olhos fixos em Emily. – Ela é insana. Minha filha se chama Tiffany Day, não Alison DiLaurentis.

– É? – Emily sentiu o rosto aquecer. – Você tem identidade?

Ali conseguiu se mover um pouco para olhar a mãe.

– Pegue minha identidade, mãe.

A sra. D ficou imóvel. Os cantos de sua boca viraram para baixo.

– E-ela não tem identidade.

As sobrancelhas de Ali se ergueram.

– É claro que tenho.

A sra. D desviou o olhar.

– Ainda não peguei – sussurrou para a filha. – Não houve tempo suficiente.

Ali apenas olhou para a mãe com o terror estampado no rosto.

O policial de cabelos escuros alcançou um par de algemas e as prendeu ao redor dos pulsos de Ali.

– Vamos todos para a delegacia para podermos conversar. A senhora também... – Ele olhou com bastante curiosidade para a mãe de Ali, então deu de ombros e fechou as algemas ao redor dos pulsos dela também.

A sra. D parecia perplexa.

– *Não somos* quem vocês querem – disse, acenando com a cabeça na direção de Emily. – É *ela*.

– Ah, vamos levá-la, também – murmurou o policial de cabelos escuros. – Vamos resolver essa confusão toda.

Foi preciso que um dos policiais usasse toda a sua força para conter Ali o suficiente e colocá-la na viatura, e a sra.

D uivou o caminho todo até o meio-fio. Emily, entretanto, caminhou paciente e tranquila. Sentia o enorme sorriso que insistia em se abrir. Claro, os policiais a levariam e fariam perguntas. Mas ela sabia que não estava encrencada. Uma vez que dessem conta de quem era Ali — uma vez que se dessem conta de toda a história —, ela não estaria em encrenca alguma.

Uma segunda viatura policial apareceu, e dois oficiais colocaram a sra. D e Ali no banco de trás. Um segundo antes de ser empurrada na direção da viatura, Ali se virou e lançou um olhar de ódio puro para Emily. Suas feições estavam contidas e rígidas. Ela estava com tanta raiva que seu queixo tremia.

— Isso não acabou — sibilou Ali para Emily, enquanto pequenas gotículas de cuspe voavam de sua boca. — Não estamos nem *perto* de terminar.

Mas Emily sabia que estavam. Ela sabia, finalmente, que havia vencido.

31

A TURMA REUNIDA

*Presente, segunda-feira,
Rosewood, Pensilvânia*

– *Emily?* – Hanna se espantou ao ver a amiga na sala de audiências. Era a coisa mais incrível que já vira. Lá estava Emily, inteirinha, intacta, de olhos brilhantes, parecendo quase *animada* de estar perante o júri. Não era uma pilha de restos mortais retirados da água. Não estava encolhida em um canto, louca. *Viva.* Sorrindo.

Hanna disparou pelo corredor em direção à amiga. Emily esticou os braços e lhe deu um grande abraço. Foi tão bom sentir o cheiro de limão de Emily e olhá-la nos olhos. Hanna nem mesmo percebeu que estava chorando até tentar falar e suas palavras saírem atropeladas.

– Não posso acreditar – disse ela. – Você está... *aqui*. Aqui, de verdade!

— Estou aqui — respondeu Emily, chorando também. — Só lamento por estar atrasada. Vocês precisaram ir para a prisão. Não queria que isso acontecesse.

Hanna balançou a mão.

— Você está viva — sussurrou ela. — É tudo o que importa.

As outras tinham se aproximado também e se agrupado em torno de Emily.

— Como pode ser possível? — perguntou Spencer.

— Como você sobreviveu àquela tempestade? — gritou Aria.

— Onde você *esteve*? — perguntou Hanna. Ela se perguntou, também, por que Emily estava de volta. Ela havia sobrevivido apenas para se entregar?

Mas Emily olhava para trás, para as portas pelas quais tinham acabado de entrar. Hanna também se virou, assim como todos que estavam no tribunal — eram poucas pessoas, apenas o juiz, os advogados e algumas pessoas com aspecto de funcionários públicos que tomavam notas. As portas duplas tinham se aberto, e uma pessoa nova vinha sendo conduzida para dentro da sala. A boca de Hanna se escancarou.

— *Ali?* — sussurrou.

Pelo menos *achava* que fosse Ali. O cabelo da garota estava ressecado e desbotado. Camadas de gordura escondiam seu rosto de ossos delicados e faziam seus olhos azuis parecerem inchados, suínos. A camiseta preta que estava usando nem chegava perto de ser do número dela, principalmente na altura de seu estômago e dos seios. Um único pensamento ferveu na superfície da mente de Hanna: se essa garota estivesse no colégio Rosewood Day, e se a velha Ali ainda estivesse por lá, ela teria feito piada com essa menina de forma impiedosa. Ali teria virado seu pior pesadelo.

O resto do tribunal explodiu em sussurros enquanto um guarda conduzia Ali até a frente da sala. Ali caminhava desanimada, os lábios retorcidos em um esgar. O coração de Hanna batia muito forte. Sua quase assassina, a mente criminosa que havia conseguido fazer com que fossem condenadas a uma vida toda na prisão, estava de pé a apenas alguns passos de distância. Parte dela queria se afastar das outras e derrubar Ali no chão. Outra queria correr dali o mais rápido que pudesse.

Ela se virou e encarou Emily. De súbito, entendeu por que motivo a amiga estava lá. Não era coincidência que tanto Emily quanto Ali tivessem, ao mesmo tempo, aparecido no tribunal. De alguma forma, Emily tinha sobrevivido à morte e... *encontrara* Ali, onde quer que ela estivesse escondida.

Ela desviou o olhar para a amiga, estarrecida.

— Eu não acredito nisso.

— Onde ela *estava*? — perguntou Aria, ao mesmo tempo, de olhos arregalados.

Emily lhes deu um sorriso paciente.

— Vou contar a história toda a vocês em breve — sussurrou ela.

Elas se viraram para Ali, que tinha sido levada para perto do banco do juiz e estava de cabeça baixa. O juiz olhou de Ali para as meninas.

— Parece que temos outra testemunha surpresa — disse ele, com ironia. — A garota assassinada se levantou dos mortos.

Ali virou a cabeça de repente.

— Elas *realmente* tentaram me matar — explodiu ela. — O senhor não entende. Elas fizeram tudo o que eu disse em meu diário. Elas me amarraram. E me machucaram. Tudo o que eu contei é verdade.

— Até parece — gritou Spencer.

Ali as encarou, seu rosto contorcido, horrendo.

— Elas são umas vacas — disse ao juiz. — Merecem ir para a cadeia.

O juiz olhou para ela com severidade.

— Cuidado com o que diz, srta. DiLaurentis. Tudo o que sair de sua boca pode e será usado contra você... em seu próprio julgamento.

Os olhos de Ali se arregalaram. Ela abriu a boca, mas um homem em um terno de risca de giz que havia se juntado a ela, pelo jeito seu advogado, colocou uma das mãos em seu braço para silenciá-la. Ali se encolheu, deixando escapar um pequeno gemido.

Hanna sentiu um arrepio de triunfo brotar em seu peito. Em todas as situações, Ali tinha conseguido levar a melhor sobre elas. Até aquele momento. Era o melhor sentimento do mundo. O juiz, então, virou-se para elas e disse as palavras que Hanna pensou que nunca ouviria: todas as quatro tinham sido inocentadas das acusações de assassinato, já que a vítima *ainda* estava *viva*.

— Não apenas *viva*, mas também fingiu a própria morte e tem estado em fuga, evadindo-se da lei, tentando escapar e ameaçando a srta. Fields com uma arma — acrescentou o juiz, olhando na direção de Emily.

Hanna olhou para Emily, assustada.

— Ela tentou atirar em você?

Emily deu de ombros.

— A mãe dela também.

A boca de Spencer se escancarou. A de Hanna também. Estava embasbacada demais para fazer perguntas.

O juiz pigarreou.

— Agora, há algumas acusações que vamos ter de esclarecer com vocês, garotas. Srta. Fields, a senhorita causou muitas discussões entre as pessoas, pensando que a senhorita estivesse morta. Sem mencionar que deliberadamente desobedeceu ao mandado que ordenava que permanecesse no estado da Pensilvânia, e a senhorita foi até a Flórida. Mas imagino que vamos inocentá-la dessas acusações, considerando a provação pela qual passou.

Emily deu um grande suspiro.

— *Obrigada* — disse, sem conseguir se conter. Hanna apertou sua mão.

— E a srta. Montgomery. — O juiz virou uma página em sua mesa. — A senhorita escapou do país, o que é um delito maior. Mas acho que podemos negociar serviço comunitário no lugar de uma pena.

Os olhos de Aria brilharam e, animada, ela cobriu a boca.

O juiz revirou suas anotações.

— Para todas as outras acusações contra vocês, meninas, eu as declaro inocentes. Vocês podem ir.

Spencer olhou para seu uniforme da prisão.

— Podemos tirar isso?

O juiz concordou. Ele acenou para um guarda em um canto. O homem caminhou até as garotas e começou a tirar as algemas de seus tornozelos, uma a uma. Os objetos pesados foram caindo ao chão com um barulho delicioso de se ouvir.

Hanna levou um momento para perceber o que estava acontecendo. Ela não ia voltar para a prisão! Ela não ia ter de tomar banho na frente de todo mundo, ou passar fome por temer a comida nojenta, ou dormir ao lado de uma assassina. Ela voltaria a estar com Mike. Poderia fazer *tudo* de novo!

Hanna encarou Emily.

— Você realmente fez isso. Você a encontrou e conseguiu nos libertar!

Emily sorriu, ainda parecendo meio surpresa consigo mesma.

— Foi uma loucura, não foi? O tempo todo eu me sentia insegura, sem saber se conseguiria. Mas pensar em vocês me deu forças para não parar. Eu pensava em vocês o tempo todo... e foi por isso que fiz o que fiz.

Elas se deram um abraço coletivo, todas choramingando. Então Aria se afastou, fungando, chorando de alegria.

— Sabe, Em, pensamos que você tivesse mesmo se suicidado. Ficamos tão preocupadas.

Emily concordou.

— Eu lutei muito, desde aquilo que Ali fez a Jordan. E sei que corri um risco imenso ao persegui-la. *Foi* loucura, acho. Eu não tinha ideia se eu realmente conseguiria encontrá-la. — Ela passou um braço em volta dos ombros de Hanna e outro em volta dos de Spencer. — Só lamento ter deixado vocês, meninas, do jeito que eu deixei. Eu me senti horrível porque não estive presente durante o julgamento. Foi horrível da minha parte.

— Foi — disse Spencer. Mas então deu de ombros. — Eu entendo. O que você estava fazendo era muito mais importante. Nunca poderemos retribuir.

— Vocês nunca vão precisar — disse Emily, rapidamente. — Vocês fariam o mesmo por mim.

Hanna se virou para o juiz. Ele ainda mexia em sua papelada, mas sem tirar os olhos de Alison.

— Quanto à senhorita — disse ele, a sala do tribunal ficando em silêncio novamente. — A senhorita oferece um grande risco de fuga, uma ameaça à sociedade, fingiu a própria morte e não é segura nem para si mesma, então aguardará seu julgamento na prisão. – Ele bateu o martelo. – Levem-na daqui.

Dois guardas apareceram ao lado de Ali e agarraram seus braços. Ela deixou escapar um pequeno grunhido, mas seguiu sem reclamar, olhando furiosa para Hanna e as outras enquanto eles a arrastavam para fora. Um arrepio correu pela espinha de Hanna quando os olhos das duas se encontraram.

Nenhuma das duas piscou. Ali encarou Hanna e as outras com desdém e uma fúria incontida. Era um olhar que Hanna nunca vira, provavelmente porque Ali sempre tivesse se mantido sob controle. Era um olhar que dizia: *Não posso acreditar que isso esteja acontecendo comigo.* Ali não estava acostumada a estar do lado perdedor. A última vez que tinha perdido foi depois que Courtney trocara de lugar com ela, mandando-a para a clínica psiquiátrica.

E, como se nada tivesse acontecido, todos no tribunal estavam se levantando e saindo. Nenhum guarda se apressou em acompanhar Hanna e as outras para a saída. Lentamente, as garotas se viraram e saíram sozinhas. Passando pela porta, Hanna avistou sua mãe e Mike esperando no saguão. Ela deu um gritinho.

– Será que estou sonhando? – perguntou às amigas, sorrindo.

– Talvez – disse Spencer, parecendo tão encantada quanto ela. Então esticou o braço e pegou a mão de Hanna, sorrindo também. Hanna alcançou Emily, que estava do outro lado, e Em pegou a mão de Aria.

De mãos dadas, as quatro meninas entraram no saguão. Os jornalistas se lançaram na direção delas, fazendo perguntas e enfiando os microfones em seus rostos.

– O que pensaram quando viram Alison? – gritou um.

— Acham que ela vai ser condenada à morte?
— Emily, como foi que você a encontrou?
— O que vocês pensaram durante toda essa provação?

Por alguma razão, Hanna se sentiu impelida a responder aquela última. Ela se inclinou em direção ao repórter e deu um grande suspiro.

— O que foi que eu pensei durante toda essa provação? — repetiu, fazendo uma pausa para pensar. E então encontrou a resposta perfeita. — Ali não conseguiu nos matar — declarou. — Só nos tornou mais fortes.

32

UMA TELA EM BRANCO

O cheiro de alguma coisa salgada e deliciosa acordou Aria de um sono profundo. Ela abriu os olhos, esperando começar a sentir as dores de dormir em um colchão duro na prisão, mas, em vez disso, estava deitada em sua antiga e muito adorada cama, cercada por um milhão de travesseiros. Seus pôsteres de arte estavam pendurados nas paredes, e sua porquinha de pelúcia, Pigtunia, espiava do pé da cama. Seu recém-devolvido celular piscava animadamente em sua mesa de cabeceira.

De repente e sem aviso, tudo voltou à mente dela. Um milagre tinha acontecido. Ela estava em *casa*. E Ali estava na cadeia.

Aria pulou da cama e pegou o telefone. Havia uma porção de alertas do Google sobre Ali, todos mencionando sua prisão. Aria navegou pela tela, fazendo uma busca. Não havia nenhuma menção a uma fuga de Ali naquela manhã, no entanto. Nenhum ataque à prisão, nenhum desaparecimento estranho. Ali estava atrás das grades, de verdade.

Mas Aria ainda se sentia desconfortável. Antes de se deitar na noite anterior, tinha conferido cada janela e porta para ter certeza de que estavam trancadas. Quando ligou para as amigas, todas pareceram tão paranoicas quanto ela. Levaria algum tempo até que se livrassem do medo de Ali. Aria só esperava que ele passasse, uma hora ou outra.

Ela vestiu seu robe favorito, enfiou o telefone no bolso e desceu as escadas. A mãe estava no fogão, fazendo ovos mexidos. Quando viu Aria, Ella sorriu.

– Bom dia – disse ela, afastando os cabelos de Aria de seus olhos. – Como você dormiu?

– Muito bem – Aria disse em uma voz rouca, ainda se sentindo meio desorientada. – Acho que uma noite sem dormir na cadeia faz isso.

Ella fez uma pausa nos ovos para abraçar Aria.

– Sinto muito que tenha tido que passar por aquilo – disse ela, gentilmente.

Aria deu de ombros.

– Sinto muito que eu tenha fugido para a Europa sem avisar você. – Ela olhou para Ella. – Você está muito brava? – perguntou ela, baixinho.

Ella suspirou.

– Só não faça isso de novo, certo? – Ela balançou a espátula na direção da filha. – Falo sério. Você não tem nada para esconder. Todos acreditam em você no que diz respeito a Alison.

O olhar correu para a tela da televisão. Não era surpresa alguma que o rosto de Ali aparecesse na tela. As notícias eram um resumo dos eventos do dia anterior – Ali chegando ao tribunal, a decisão judicial anulada, as meninas libertadas e Ali presa. As últimas notícias, no entanto, davam conta de que Ali tinha sido detida na ala psiquiátrica da prisão e que tinha mudado subitamente sua história, confessando que armara para as garotas, falsificara o diário e montara uma cena elaborada de assassinato.

O psiquiatra da prisão apareceu na televisão.

— A srta. DiLaurentis continua chamando a si mesma de A — disse ele ao repórter. — Ela repete sem parar *"Eu sou A. Eu fiz aquilo. Fui eu, o tempo todo".*

— Uau — sussurrou Aria. Ali, confessando ser A? *Aquilo* era novidade.

Ella fez um muxoxo.

— Acho que ela está tentado alegar insanidade. De outra maneira, por que admitiria isso a todos?

Aria se encolheu.

— Isso significa que ela pode ser solta em breve?

Ella balançou a cabeça.

— Duvido. Na cadeia, você cumpre sua sentença, então é liberado. Na ala psiquiátrica, eles podem estender sua estadia indefinidamente.

Aria mordeu o lábio. Poderia ser que sim, mas Ali era esperta. Ela não se colocaria na ala psiquiátrica se não achasse que teria alguma vantagem. Provavelmente, ela pensou que daria um jeito de sair de lá.

Em seguida, Emily apareceu na tela, resumindo suas aventuras na Flórida. Aria se encheu de orgulho. Emily tinha contado a elas, no dia anterior, toda a história maluca, incluindo a parte sobre a sra. DiLaurentis esconder Ali e Emily confrontá-la, e Ali aparecer com a arma. Também tinha explicado sobre como havia ligado para a Emergência, mas deixado seu telefone ligado no bolso, confiando que a ligação estava sendo ouvida e que a polícia ia perceber que alguma coisa horrível estava prestes a acontecer. Tinha sido um risco, mas, segundo Emily, valeu a pena ver os policiais chegando bem a tempo de salvá-la da ira de Ali. Aria não podia acreditar na sorte da amiga. Era como se o destino tivesse resolvido agir, como se o universo tivesse percebido que Ali não podia se safar *mais uma vez*.

Em seguida, o noticiário mostrou uma imagem da sra. DiLaurentis. A mãe de Ali estava de cabeça baixa, mãos algemadas, e dois policiais a conduziam para o que parecia uma cadeia.

— Jessica DiLaurentis está sendo acusada de ter ocultado uma criminosa conhecida — disse uma repórter. — Seu julgamento está agendado para começar na próxima semana.

Então o pai de Ali, parecendo perplexo e exausto, apareceu na tela.

— Eu não tinha ideia de que minha esposa estava escondendo nossa filha — disse ele, os cantos da boca virando para baixo. — Não tenho nada mais a declarar sobre o assunto. — Seja lá qual fosse a razão, Aria acreditou nele.

— Então é isso — disse Ella, mansamente, enquanto raspava os ovos da frigideira e os colocava no prato. Ela serviu Aria e a si mesma, e as duas se sentaram para comer. Depois da comida mofada da prisão, os ovos eram a coisa mais deliciosa que Aria já tinha provado.

— Então é isso — repetiu Aria, olhando para baixo.

Ella levantou a cabeça.

— Você não parece tão animada.

— Estou... — divagou Aria. — É só... *estranho*, sabe? Estávamos tão acostumadas a ninguém acreditar no que dizíamos. Eu até mesmo recebi uma ligação da agente Jasmine Fuji ontem, pedindo desculpas. — *Tinha* sido uma enorme surpresa.

Foi mesmo muito bom ouvir Fuji dizer que sentia muito. – Mas é difícil deixar realmente de lado – acrescentou Aria. – Fico pensando que Ali ainda está lá fora, planejando o próximo movimento contra nós.

Ella mastigou, pensativa.

– Está preocupada com os Gatos de Ali?

Aria brincou com o guardanapo em seu colo.

– Talvez – admitiu ela. – E se ela mantiver contato com eles da cadeia? E se pedir a alguém para, de alguma maneira, nos machucar?

Ella balançou a cabeça.

– Eles não vão permitir que ela receba visitas e nem deixar que use a internet. – Ela deu um tapinha na mão de Aria. – Você não pode continuar a ter medo dela. Tem de continuar vivendo sua vida. Senão, ela venceu. – Então Ella se animou e exibiu a tela do celular. – E, na verdade, tenho novidades para você. Na última semana, os pedidos por seus trabalhos cresceram tremendamente. *Todos* querem uma obra de Aria Montgomery agora. O que significa, querida, que *você* precisa pintar.

Aria olhou para o e-mail na tela do celular de Ella. Era de Patricia, sua agente de Nova York, relatando que seis pessoas tinham dado lances em obras ainda não realizadas de Aria.

– Nossa – suspirou ela.

– Que tal? – Os olhos de Ella brilharam. – Você precisa começar a viver a vida que sempre desejou, querida. E não deveria permitir que qualquer pessoa a impedisse de ser feliz.

Aria tentou sorrir, mas subitamente sentiu outro calafrio. Ela realmente *estava* feliz. Mas uma coisa estava faltando: Noel. Outro alerta do Google relatava que Noel poderia passar dois anos na cadeia por ter seguido Aria a Amsterdã, mas, depois de toda a história com Ali no tribunal, Aria não soube mais dele. Ela havia ligado para ele no momento em que devolveram seu celular, mas caiu direto na caixa postal. Ele ainda estava na cadeia? O que ele pensava sobre tudo aquilo?

Ela olhou para a mãe, subitamente determinada.

— Preciso sair, tenho algo a fazer — disse de repente, levantando-se da mesa. Curiosa, Ella olhou para a filha, mas não fez nenhuma pergunta enquanto Aria, ainda de pijama e robe, pegou as chaves do carro e saiu pela porta.

O portão da casa da família de Noel estava aberto, mas Aria parou o carro na rua e observou a casa, sentindo-se apreensiva de chegar sem avisar. À medida que seguia pela trilha que levava à porta principal, reviveu todas as vezes em que ela e Noel tinham se deitado no jardim da frente, olhando as estrelas, ou fazendo um piquenique, ou fazendo um boneco de neve. Era estranho voltar agora que tudo estava diferente. A grama parecia a mesma, havia as mesmas flores nas jardineiras, mas a casa estava tão diferente... e Noel também. Talvez diferente *demais*.

Engolindo em seco, ela tocou a campainha, rezando para que a mãe de Noel não atendesse à porta — Aria não tinha encontrado muito com a sra. Kahn depois que retomaram o namoro, mas a mãe de Noel não era fã dela desde o ataque a Noel no baile. Era provável que culpasse Aria por arrastá-lo para a Europa. A campainha soou três vezes, e Aria bateu o pé, aflita. Depois de um momento, ouviu passos. Então a porta se abriu. Noel estava do outro lado.

Ele usava um moletom sobre uma camiseta desbotada, e os tênis estavam desamarrados. A primeira coisa que Aria fez foi procurar por uma tornozeleira de rastreamento aparecendo por debaixo de seu jeans. Ela não viu uma.

— Ei — disse ela, tímida, sem ter certeza das palavras a dizer.

— Ei — disse Noel de volta.

Houve uma pausa longa e estranha.

— Você está bem? Vai para a cadeia? — disparou ela, antes que ele pudesse bater a porta na cara dela.

Noel balançou a cabeça em negativa.

— Eles retiraram as queixas. Meu pai contratou um bom advogado, e depois de toda a coisa de Ali... — Ele balançou as mãos. — Me deram uma bronquinha, precisei pagar algumas multas, essas coisas... e, bem, minha família está furiosa comigo. — Ele fez uma careta. — Mas estou livre. E parece que você também. — Ele quase sorriu.

— Sim — disse Aria, com os olhos se enchendo de lágrimas. Subitamente, ela se sentiu soterrada com... bem, ela não tinha certeza com o quê. Vergonha, talvez. E também gratidão. E pura exaustão. — Eu sinto tanto, Noel.

Ele segurou a mão dela.

— Sou *eu* quem precisa pedir desculpas. Vocês, meninas, estavam passando por tantas coisas, estavam tão paranoicas e estavam *certas* de se sentirem assim. Você leu alguma das confissões de Ali? Ela é louca. Ela não só falou daquele diário, ela falou sobre estabelecer um exército de Gatos de Ali e então *matar* alguns deles quando não tivessem mais utilidade para ela. Tudo o que vocês temeram, tudo do que vocês fugiram, todos aqueles medos malucos que ninguém levava a sério? Era tudo verdade.

Aria assentiu, trêmula. Ela sabia que era verdade. Tinha passado por tudo aquilo.

Noel tomou as mãos dela e as apertou.

— E sobre aquilo que você disse na Holanda... Olhe, você precisa saber que eu não me importo mais com Ali. Eu não a amo, eu não penso nela, eu não sinto *nada*. Eu só penso em você.

O coração de Aria deu um pequeno salto.

— Certo — disse ele, com a cabeça abaixada. — Passamos por muitos ciclos de ficarmos bravos um com o outro por causa de Ali e depois nos reconciliarmos. Nossa briga na Holanda foi a prova. Eu não quero mais passar por isso.

— Eu também não — disse Aria, no mesmo instante.

— Então acho que preciso saber.

Noel inspirou profundamente.

— Você me perdoa, Aria? Em seu coração, de verdade? — Ele olhou para as nuvens. — Porque *eu sinto muito*, Aria. Sinto ter mentido para você. Sinto não ter contado tudo o que deveria. Sinto ter me envolvido com Ali a certa altura. Se você não me perdoar, tudo bem. Mas não sei se poderíamos ficar juntos, sabe? Não parece... certo. Você estaria sempre brava comigo, lá no fundo. Só estou pensando se nós poderíamos... recomeçar. Como se nunca tivesse acontecido.

Aria se afundou em um banco de pedra perto do laguinho de peixes. A briga que eles tiveram logo antes de serem presos ia e vinha em sua mente. Tinha sido bem difícil de relevar aquilo — o fato de que ele havia simpatizado com Ali por tanto tempo e escondido tudo de Aria.

Mas era exatamente o que Ali queria: permanecer em suas consciências, ser um obstáculo entre ela e Noel, mesmo estando atrás das grades. Era a estratégia perfeita de A, na verdade: manipulação e jogos mentais a distância, com a própria autossabotagem de Aria conduzindo-a para a derrota.

Aria se aprumou.

— Sim — disse ela. — Vamos recomeçar. Estou cheia de deixar Ali me tirar as coisas... e as pessoas de que eu mais gosto.

Noel sorriu.

— Eu amo você, Aria Montgomery — disse ele, e a beijou suavemente.

Aproximaram-se, as testas se tocando, olhando-se nos olhos. Aria olhou a camiseta que ele usava. De repente, percebeu que era a camiseta da sorte da Nike da Universidade da Pensilvânia que ele tinha havia anos. Era a mesma que ele usara no dia em que ela o havia reencontrado em Rosewood quando sua família retornara da Islândia.

Ela fez uma pausa para refletir sobre aquele dia. Noel tinha tentado começar uma conversa com Aria, mas ela o dispensara, pensando que não era possível que ele tivesse interesse nela. Ela se sentira tão... *acima* dele, supôs, deduzindo que ele era o Típico Garoto de Rosewood, sem cultura e sem estilo. Nem um pouco o tipo dela.

Cara, como ela estava errada. Quem diria que estariam juntos pouco tempo depois?

Então Aria se lembrou da busca na internet que havia feito no carro, logo antes de vir.

— Tenho algo para você.

— Para mim? — Noel parecia confuso.

Aria achou o e-mail em seu telefone e o mostrou a ele na tela. Tinha um logotipo da Japan Airlines. *Seu itinerário de viagem*, dizia a mensagem. A testa de Noel se enrugou, mas ele leu o e-mail até o fim: era uma confirmação para dois assentos em um voo para Tóquio, que partiria na próxima semana.

Ele olhou para ela.

— Sério?

Ela assentiu, animada.

— As minhas contas foram descongeladas e vendi mais alguns quadros. Pensei que você e eu pudéssemos fazer aquela viagem a Tóquio da qual estávamos falando. — Ela olhou para ele timidamente. — Se você ainda quiser...

— É claro que eu vou! — disse Noel, jogando os braços em volta dela mais uma vez. — Vamos fazer tudo que falamos, certo? Passear pelos pagodes, comer sushi, praticar esqui...

— Exceto os incidentes internacionais — advertiu Aria. — Sem nos escondermos em hotéis.

— Sem nos esgueirarmos em trens — concordou Noel. — Sem homens estranhos nos prendendo em ruazinhas escuras.

Aria deu uma risadinha. Olhando para Noel de novo, sentiu o amor correndo pelas veias. De repente, as coisas *estavam* mesmo no lugar certo.

— Então temos um encontro marcado — disse ela, e o beijou novamente.

33

A VOLTA POR CIMA DE SPENCER

Naquela noite, Spencer e Wren se sentaram perto um do outro junto a uma longa mesa na sala de jantar formal do Country Club de Rosewood. O sol estava se pondo, as luzes externas projetavam um bonito brilho rosado contra o nono buraco, e a pele de Spencer formigava cada vez que seus joelhos se encontravam com os de Wren. Melissa, Darren, a mãe de Spencer, o sr. Pennythistle e Amelia estavam lá, também – e, curiosamente, o pai de Spencer. Os pais dela estavam de bom humor – por uma boa razão. Era uma celebração de tudo de bom: a gravidez de Melissa, o noivado dela e, acima de tudo, a desoneração de Spencer. Eles tinham um milhão de coisas pelas quais deveriam ser gratos, e que maneira melhor a família Hastings encontraria para celebrar do que com um jantar no clube?

Sorrindo, Spencer olhou em volta do salão de jantar. O Country Club de Rosewood nunca mudaria: a mesma mobília pesada de mogno, o mesmo mural da vida marinha na parede, até mesmo a *jazz band* rabugenta no canto, tocando a mesma versão de "All of Me". Os mesmos garotos arrumadinhos em seus blazers e as garotas em saias plissadas roubavam goles às escondidas das bebidas dos pais, todos de lábios apertados. Quando Spencer olhou em volta da própria mesa, ela meio que esperou que a própria família desse início a um jogo inflamado de Star Power, comparando suas conquistas e tentando desesperadamente ser um melhor que o outro. Costumava ser um básico no cardápio do Country Club.

Quando *fora* a última vez que tinham jogado aquele jogo, no entanto? Parecia que havia décadas, e as coisas estavam muito diferentes agora. Havia Melissa sentada do outro lado de Spencer, dando a ela um sorriso doce, toda a animosidade entre elas acabara. Melissa segurava a mão de Darren – um cara que quase *arruinara* Spencer, pensando que ela havia matado Courtney, e alguém de quem *ela* havia suspeitado, também –, e era Darren que agora erguia sua taça para brindar a nova vida de Spencer. O sr. Pennythistle, de quem Spencer pensara que nunca ia gostar, empurrou um prato do famoso mexilhão do clube na direção dela, incentivando-a a experimentar um pouco. Até mesmo a pequena e arrumadinha Amelia tinha cutucado o braço de Spencer poucos momentos antes para mostrar um vídeo engraçado de um cachorro no YouTube, quase como se elas fossem amigas.

Então havia o pai dela, no final da mesa. Spencer o observava enquanto ele alisava a gravata e chamava seu bartender favorito para servi-lo de outra dose de scotch. O sr. Hastings estava claramente à margem do grupo, mas ela estava feliz que ele fizesse parte da noite. Ainda assim, Spencer imaginava se ele lamentava o monstro que havia criado em Ali. Será que ele estava triste por ela estar tão maluca e porque ela provavelmente passaria sua vida toda na cadeia? Spencer não ousava fazer a pergunta a ele – eles não conversavam exatamente sobre o fato de que ele era o pai secreto das gêmeas DiLaurentis. Mas ela sentia o luto pesando sobre ele.

Bertie, o garçom que trabalhava no clube desde que Spencer podia se lembrar, apareceu ao lado do sr. Hastings.

– Grupo grande hoje – anunciou ele, olhando para a mesa, a testa franzindo ante a óbvia incongruência do sr. Hastings, a sra. Hastings e do sr. Pennythistle estarem ali, juntos.

Por um lado, *era* meio estranho – definitivamente sem precedentes para um jantar familiar dos Hastings. Mas, quando Spencer se encostou e olhou para o mural rosa sobre sua cabeça, percebeu que os Hastings eram mais sem precedentes do que imaginava.

Depois que Bertie anotou os pedidos, Spencer olhou para a irmã, que tocava gentilmente na barriga que ainda não existia.

– Você já sente algum chute? – perguntou ela, esperançosa.

Melissa deu uma risadinha.

– *Ainda* não, boba, é muito cedo. Mas não se preocupe. Você vai ser a primeira a saber.

– É melhor você me contar também – a sra. Hastings disse ironicamente do outro lado da mesa.

– Vou contar às duas ao mesmo tempo – disse Melissa, sorrindo. – Que tal?

– Acho que é justo – argumentou a sra. Hastings. Então ela virou os olhos e tocou a mão de Spencer. – Além do mais, você *vai ser a* madrinha. E vai ser uma das boas, tenho certeza.

Spencer olhou para a mãe, sentindo uma pequena pontada. Desde que ela havia sido solta, sua mãe estava tentando com todas as forças se desculpar pela maneira com que havia tratado Spencer durante o julgamento. O que pensaria, no entanto, se soubesse que Spencer tinha quase vendido suas joias? Spencer as havia devolvido tão logo Angela fora embora, mas ainda se sentia mal por isso. E por que Amelia não dissera nada? Ela havia visto o anel no dedo de Spencer e percebido o olhar de culpa em seu rosto. Teria sido uma maneira fácil de colocar Spencer em uma enrascada. E ainda assim, fosse qual fosse o motivo, ela não o fizera.

Spencer olhou para a irmã de consideração do outro lado da mesa e então, fazendo um teste, mostrou-lhe a língua. Amelia a olhou de volta, os olhos arregalados, e então mostrou a língua de volta. Seu sorriso foi genuíno. Talvez Amelia não fosse tão má, afinal. Spencer prometeu dar a ela mais uma chance, agora que estava livre.

Então o sr. Pennythistle se virou para Spencer.

– Então. Quais são seus planos? Vai para Princeton, depois de tudo?

Spencer passou a língua sobre os dentes. Mais uma vez, Princeton tinha oferecido sua vaga na universidade para aquele outono. Alyssa Bloom, da HarperCollins, tinha ligado, também, prorrogando o contrato de seu livro. Ela havia recebido montes de e-mails no dia anterior para reiniciar o site sobre bullying.

O que ela deveria fazer... mas talvez não naquela semana. Talvez nem na próxima.

– Sabe, estive pensando em tirar um ano sabático – disse ela, olhando para a mãe. Aquela era a primeira vez em que a sra. Hastings ouvia falar daquilo, e então para Wren, com quem ela havia discutido o plano. – Falei com Princeton, e eles disseram que estaria tudo bem se eu quisesse adiar até o próximo ano.

A sra. Hastings tomou um gole de seu coquetel.

– O que você faria no lugar da faculdade? É melhor não ficar largada pela casa.

Spencer tomou um fôlego profundo e olhou para o pai, no final da mesa.

– Bem, o papai conseguiu um estágio para mim, no escritório da Legal Aid na Filadélfia. Eu ajudaria a representar pessoas que não têm dinheiro para pagar por advogados. – Ela se ajeitou na cadeira aveludada. – Acho que o julgamento me deixou interessada no sistema legal. E eu poderia trabalhar no livro sobre bullying, também.

A sra. Hastings cruzou os braços, considerando o assunto.

– Você moraria onde?

Spencer não podia dizer se aquilo era um apelo para que ficasse em casa ou para que saísse logo de lá.

– Talvez na cidade. Com colegas de quarto? Não sei. – Spencer olhou para Melissa. – Quero estar perto do bebê quando ele ou ela nascer.

Não era que ela não quisesse ir a Princeton algum dia... só não queria ir logo. Era engraçado: foi só quando realmente havia considerado desaparecer para sempre que Spencer verdadeiramente apreciou o que tinha.

– Acho que isso é uma ótima ideia – disse Melissa, com gentileza.

– Sim, parece legal – ecoou Amelia.

Wren apertou o joelho dela.

– Você daria uma ótima advogada, Spence.

– É o que eu sempre disse a ela, já que ela adora discutir – disse o sr. Hastings, revirando os olhos.

A sra. Hastings deixou escapar um suspiro.

– Bem, acho que a decisão é sua. Desde que Princeton tenha dado certeza a respeito do adiamento.

– Sério? – gritou Spencer, seu rosto todo se iluminando em um sorriso. – Obrigada, mãe!

Ela circulou a mesa para dar um abraço na mãe, mas a sra. Hastings abanou a mão.

– Vai amassar minha roupa – disse ela, fazendo um gesto para o vestido de linho. Mas depois de um momento ela sorriu e abraçou Spencer mesmo assim.

Wren tocou o braço de Spencer e perguntou se ela queria tomar um pouco de ar fresco no pátio. Eles andaram juntos lá fora, aproveitando a boa sorte. O campo de golfe estava verde, o bosque atrás dele, lindo. Spencer quase podia ver o pináculo da Hollis logo atrás daqueles galhos.

– As coisas correram bem, não acha? – murmurou Wren.

Spencer assentiu.

– Melhores do que imaginei.

Wren tocou a ponta do nariz dela.

– Estou tão feliz que você vai estar na Filadélfia. Porque você sabe o que *mais* fica na Filadélfia, além do escritório da Legal Aid?

Spencer colocou a mão no queixo, fingindo pensar.

– Ah... o Sino da Liberdade?

– Não – disse Wren, brincalhão.

– O Salão da Independência?

Wren riu.

– Que tal *eu*?

O coração de Spencer deu um pulo.

– Ah, certo! – exclamou ela, em uma surpresa fingida. Então, suspirou. – Mal posso esperar para passar mais tempo com você – disse ela, delicadamente. Estava realmente animada ante a perspectiva de poder conhecer Wren melhor.

Wren se inclinou, e os lábios deles se encontraram em um beijo apaixonado. Spencer fechou os olhos, mergulhando na sensação. Seu mundo pareceu completamente no lugar. Estava tão feliz por não ter desaparecido. Continuava a ser Spencer Hastings e não precisava abrir mão daquilo para ser livre.

Mas então o olhar dela vagou de volta ao salão de jantar, pousando em certa mesa perto da janela. Ela provavelmente havia se sentado em todas as mesas do lugar em um momento ou outro, mas aquela carregava uma lembrança particular. Logo depois de Courtney ter escolhido as quatro meninas para serem suas novas melhores amigas, Spencer levara as garotas para um jantar formal a fim de exibir o clube exclusivo de seus pais. Todas tinham se produzido e tentado agir de modo afetado, pedindo pratos complicados do menu e comportando-se de maneira impecável. Aria até mesmo falara com um sotaque.

Mas então, na metade da noite, Hanna batera em uma enorme jarra de chá gelado ensopando suas batatas fritas, a vela no meio da mesa e, de algum modo, até mesmo espirrando no velho casal mal-humorado que estava sentado à esquerda delas. Por um momento, o salão tinha ficado absolutamente silencioso. A senhora idosa tinha encarado Hanna com desdém, seu feio traje branco arruinado. Spencer olhara para a Ali Delas – Courtney – certa de que ela havia colocado todas na lista negra pela falta de jeito de Hanna. Mas, para a surpresa delas, Courtney tinha jogado a cabeça para trás e rido. E então todas riram também, gargalhando tão alta e descontroladamente que o garçom pedira que elas saíssem. Elas caíram no gramado do campo de golfe, segurando-se umas às outras, sem nem mesmo ter certeza do motivo das risadas. Spencer nunca tinha amado Courtney mais do que naquele dia. E ela havia amado as outras, também – tanto quanto as amava agora.

A atenção de Spencer voltou-se para a televisão sobre o bar, no lounge que ficava a um canto do restaurante. Não muito coincidentemente – porque Ali estava em *toda parte* agora –, a história dela estava no noticiário. Havia uma foto de uma morena acima do peso sendo conduzida para a prisão, algemada. *Psicopata espera julgamento na ala psiquiátrica*, dizia a legenda abaixo da imagem.

De repente, a garota se virou e encarou a câmera diretamente. Sua boca era pequena. A expressão dela não se alterou. Os olhos não pareciam assustados ou tristes, mas raivosos. Um arrepio correu pela coluna de Spencer. Parecia que Ali olhava diretamente para ela. E seus olhos diziam: *Ainda não acabamos. Ainda há muito desejo de lutar dentro de mim. Esperem só.*

Um dos guardas empurrou Ali com força para virá-la e a enfiou na cadeia, batendo as portas atrás dela. Portas pesadas de ferro, Spencer notou alegremente, com fechaduras de tamanho industrial, guardadas por cães ferozes e homens com rifles de longo alcance. Ali não conseguiria escapar logo.

E Spencer nunca mais teria que se preocupar com ela novamente.

34

AS ALEGRIAS DO CASAMENTO

Na manhã de quinta-feira, Hanna e Mike se sentaram à mesa da cozinha para o café da manhã. Usavam roupões de banho felpudos com monogramas que ganharam de presente de casamento, calças de pijama xadrez e calçados interessantes. O chinelo de salto alto de Hanna com um pompom na ponta foi um presente de casamento de Hailey Blake. Mike usava as meias mais feias de lã da Islândia que Hanna já vira. Quando ela havia pedido que ele as tirasse, Mike apenas olhara para ela dizendo: "Elas são minhas favoritas. Mantêm meus pés quentes."

Aqueles eram os detalhes íntimos que você era forçado a aceitar quando se casava com alguém. Você aprendia a aceitar as meias feias. Você testemunhava a baba no travesseiro quando a outra pessoa dormia. Você o chutava gentilmente quando ele roncava. Tinha tido um pouco disso e um pouco daquilo nas últimas noites.

E tinha sido *maravilhoso*.

Agora tentavam arrumar a enorme pilha de presentes embrulhados no chão. Mesmo que Hanna tivesse dito explicitamente *Sem Presentes* no convite, as pessoas tinham levado todos os tipos de porcaria, de qualquer maneira. E não apenas os convidados do casamento, mas pessoas de todo o país, que se apaixonaram por Hanna depois que Ali reapareceu e o veredito delas foi alterado.

– Ah, olhe! – exclamou Hanna, removendo a máquina de fazer refrigerantes de sua embalagem. Ela espiou o cartão que a acompanhava. – É de uma tal sra. Mary Hammond, de Akron, Ohio. – Ela olhou para Mike. – Alguém que você conheça?

– Não, deve ser uma fã da Hanna. – Mike fez uma careta. – Eu nem *gosto* de água com gás.

Hanna acrescentou o presente à pilha dos duplicados, que também incluía três cafeteiras Keurig, duas máquinas de waffle, quatro batedores de ovos e dois jogos completos de facas de cozinha. Ela suspirou.

– Espero que a Macy's nos deixe trocar isso por dinheiro.

– Esse aqui não! – disse Mike, abrindo um pequeno envelope. Era um vale-presente de vinte e cinco dólares para o Hooters de alguém do Novo México. Ele enfiou em seu bolso. – Vou mimar completamente o Noel, com asinhas de frango e peitos.

– Você é nojento – disse Hanna, franzindo o nariz em um horror fingido.

– Estou brincando. – Mike riu. – Não vou nem *olhar* para as meninas.

– É isso mesmo – disse Hanna, desempacotando mais uma saladeira.

Mike espiou o cartão, que dizia de novo que o presente era de alguém que eles não conheciam.

— Mas você sabe que isso significa que você não pode mais treinar com nenhum daqueles bonitões da academia.
— O quê? — Hanna fez um biquinho. — Isso não é justo!
Mike sorriu.
— Você tem de desistir de algumas coisas pelo casamento, lembra?
— Tudo bem, acho que vale a pena. — Hanna suspirou dramaticamente.
— Vale *muito* a pena — disse Mike, e se inclinou para beijá-la. Quando ele voltou, arrumando uma mecha de seu cabelo atrás da orelha, Hanna olhou em seus olhos azuis.
— Promete que não vamos virar um casal chato? — falou sem pensar. — Não quero ser aquelas pessoas que se sentam e assistem à televisão e não conversam umas com as outras.
Mike pegou um grande presente embrulhado com papel listrado rosa e branco.
— É claro que não. Vamos ser os casados legais. Vamos a festas, teremos montes de amigos...
— E vamos morar em Nova York — disse Hanna, sorrindo ante a ideia do Instituto de Tecnologia da Moda. Ela havia recebido uma ligação no dia anterior, dizendo que ainda era bem-vinda lá se quisesse voltar. A ideia de sair de Rosewood e ir para um lugar tão excitante quanto Nova York era muito animadora. Estava cansada daquele lugar.
— Sim, meus pais estão empolgados por eu ter entrado em Stuyvesant — disse Mike, referindo-se à famosa escola pública de Manhattan.
As pessoas tinham que fazer um exame para serem admitidas, e Mike surpreendera a todos passando facilmente — exceto por Hanna, é claro, que sempre soubera que ele era esperto. Sentiu-se culpada por ele passar o último ano do

ensino médio em um lugar novo, mas Mike garantira que também estava pronto para deixar Rosewood. E que ele queria estar onde ela estivesse.

— Além do mais, Aria estará lá. Ei — disse Mike, os olhos se acendendo com uma ideia. — Talvez devêssemos alugar um grande apartamento com ela e com Noel. Não seria incrível? Vocês, meninas, poderiam, tipo, ter conversas de meninas toda noite, Noel e eu poderíamos assistir futebol, teríamos sempre companheiros para beber...

Hanna o empurrou, brincalhona.

— Não estamos procurando *companheiros de apartamento*, Mike. Somos casados.

Hanna estava prestes a dizer algo mais, mas desistiu, sua atenção foi direcionada a um objeto que Mike tirara do pacote rosa e branco. Era uma caixa azul-celeste da Tiffany.

— Oh! — guinchou ela, arrancando-a de Mike e abrindo a tampa. Lá dentro, em vez de um par de taças de cristal para champanhe ou um daqueles porta-retratos maravilhosos de prata, como ela esperava, havia um bracelete de prata com um pingente em forma de coração da Tiffany. Ela piscou. Era exatamente como o que ela roubara do shopping King James anos antes. Aquele bracelete a levara para a delegacia de polícia e tinha disparado a primeira mensagem de A, a que dizia que ela pareceria gorda no uniforme da prisão. Exceto que havia uma diferença: esse pingente tinha uma inicial gravada nele. A letra *A*.

Havia um bilhete com o bracelete também. Hanna o abriu.

Eu sempre vou estar vigiando. — *A*

Hanna sentiu o sangue fugir de seu rosto. Será que era da *verdadeira* A? Talvez antes de Emily ter prendido Ali na Flórida? Ela desejou saber quando aquela caixa havia sido entregue.

Mike agarrou o bilhete e enfiou no bolso.

— Vamos levar isso para Fuji. Mas você não deveria se preocupar.

— Hum-hum... — disse Hanna, rapidamente.

Mas aquilo não impediu seu coração de bater disparado. Levaria algum tempo para entender que Ali tinha mesmo partido. Nick não se livraria da cadeia também, e até mesmo a sra. DiLaurentis havia sido presa por esconder Ali e apontar uma arma para Emily. E mesmo se, por uma horrível coincidência, Ali *escapasse* da cadeia, pelo menos Fuji acreditaria nelas dessa vez. Hanna e as outras não mais seriam as Belas Mentirosas, mas as Pretty Little Truthtellers. Não que aquilo fosse uma boa chamada para a capa da *People*.

O telefone dela tocou; Hanna deixou a caixa estranha de lado e olhou o número no identificador de chamadas, por uma fração de segundo com medo de que pudesse ser A chamando. Era um número de Los Angeles. Confusa, Hanna atendeu e ouviu uma voz rouca.

— Hanna? É Hank Ross.

— Ah! — Hanna deu um pulo da cadeira. Hank tinha sido o diretor de *Burn It Down*. — C-como vai?

— Estou bem, Hanna, embora provavelmente não tanto quanto você. — Hanna podia dizer pelo tom da voz de Hank que ele estava sorrindo. — Parabéns por tudo. Eu também ouvi que você se casou?

— Hum, sim — disse Hanna. Ela olhou para Mike e ele apertou o braço dela. *Quem é?*, disse ele, silenciosamente, mas ela ergueu um dedo, indicando que contaria em um momento.

– Então, escute, Hanna. – Hank pigarreou. – Você pode não saber disso, mas nossa produção foi suspensa por um tempinho. A história ficou... *maior* do que quando a escrevemos. Alison fingiu sua morte, depois Emily fingiu sua morte também e a encontrou na Flórida.... Queremos usar tudo isso.

– Sim – disse Hanna debilmente. – Emily é uma heroína.

– É mesmo – concordou Hank. – Então, voltamos ao roteiro e reescrevemos um bocado de cenas. Reduzimos algumas coisas, acrescentamos um monte de drama também. Mas nossos patrocinadores e o estúdio estão muito, muito impressionados com nosso novo roteiro e temos o sinal verde para continuar. Vai ser um filme ainda mais incrível do que já era.

– Isso é ótimo – disse Hanna. Fazia sentido contar a história toda, até o final.

– Acho que você deveria voltar e se interpretar – disse Hank. – Se ainda estiver interessada, claro.

Hanna segurou o telefone com força.

– Sério?

– Claro. Todos a amam. E agora que você se livrou do julgamento, há apenas um problema: o filme está sendo rodado em Los Angeles agora, não em Rosewood. Algumas de nossas estrelas têm compromissos aqui no oeste, e por não querermos perdê-las, fomos forçados a realocar a produção. Vamos rodar nos estúdios da Warner, em Burbank, nesse verão. Vai ter o mesmo clima e aparência que Rosewood, no entanto. Não se preocupe. Então, o que me diz?

Hanna deu uma olhada para Mike. Ele a encarou, animado, provavelmente pressentindo o assunto da ligação.

— Eu devo ir para a faculdade no outono... — disse ela, tentando divergir.

— Sem problemas. Planejamos terminar na metade de agosto, o que lhe dará muito tempo. Vamos começar a gravar na próxima semana — disse Hank, parecendo nervoso.

— Tenho de confirmar com meu marido — disse Hanna a ele. — Presumo que o salário seja competitivo?

— Naturalmente — respondeu Hank rapidamente. — Nós lhe daremos um aumento em cima da última oferta.

— Isso é ótimo — disse Hanna em uma voz contida. — Bem, meu agente vai falar com você em breve.

Então ela desligou, colocou o telefone na mesa e selecionou outro presente do chão.

Mike piscou para ela, com força.

— Ei, oi? Estou morrendo aqui!

Hanna olhou para ele, pronta para explodir de animação.

— O que acha de ir para Los Angeles no verão?

Os olhos de Mike brilharam.

— A minha esposa vai ser uma estrela?

— Acho que sim — disse Hanna, dando risadinhas. — Então, o que me diz? Você virá comigo?

Mike abriu os braços. E Hanna soube, só pela maneira como ele a abraçou, que ele ia dizer que sim.

Seis meses depois

35

VIDA REAL

Emily se sentou em sua cama, olhando seu antigo quarto. Não ia lá havia meses, e se sentia ao mesmo tempo igual e diferente. Os mesmos pôsteres de Michael Phelps estavam nas paredes, e algumas de suas roupas velhas ainda encontravam-se penduradas no armário. Mas o lado de Carolyn agora estava atulhado com uma grande máquina de costura Singer e várias caixas plásticas cheias de linhas e tecidos. Os tapetes rosa chiclete também haviam sido trocados para um branco pálido. O quarto parecia mais vazio, agora, sem vida.

E, à medida que pulava da cama e se olhava no espelho, Emily *também* estava diferente. O rosto não tinha mais aqueles traços aterrorizados. O cabelo ainda tinha os reflexos mais claros do verão que ela passara trabalhando na loja de surfe em Monterey, na Califórnia. Ela se sentia completamente... bem, como *ela mesma*. Para ser sincera, na verdade estar de volta à sua casa parecia sufocante – ela partira logo após ter voltado da Flórida, e não tinha mantido muito contato com seus pais desde então. Mas só estava lá para uma noite, para celebrar a grande estreia do filme *Burn It Down*.

Estava vestida em seu novo estilo, que se tornara quase um uniforme: alpargatas, calça acima do tamanho, estilo snowboarding, e uma camiseta ajustada Hurley – uma das vantagens de ser um dos novos rostos da marca, graças à sua recém-descoberta fama. Com um último olhar para seu reflexo, ela se aprumou e foi para o andar de baixo. A árvore de Natal estava montada na sala de estar, e havia luzes penduradas no corrimão da escada. Sua mãe estava na cozinha, colocando algumas coisas em uma cesta grande e decorada com tema natalino. Quando ela se virou e avistou Emily, deu um sorriso tenso.

– Quer tomar café da manhã?

Emily não respondeu, com os olhos na cesta. Devia ser mais um dos esforços de boas-vindas de sua mãe para alguém que acabara de se mudar para a comunidade. Aquilo lhe doeu. Mais de dois anos antes, sua mãe havia preparado uma cesta exatamente como aquela – embora o tema fosse outono – para a família de Maya St. Germain, que tinha se mudado para a casa de Ali. Como se descobriu depois, ela havia sido totalmente *antipática* com eles ao descobrir que Emily estava apaixonada por Maya.

A mãe percebeu o olhar da filha para a cesta e se encolheu. Emily podia dizer que ela estava tateando um caminho para quebrar o gelo. Na noite anterior, quando Emily chegara, a sra. Fields tinha olhado para ela da mesma maneira saudosa e cheia de perguntas que sentia não poder fazer mais. Emily conhecia a mãe bem o suficiente para saber o que era aquilo: *Você vai para a faculdade? Por que ainda está morando na praia? Por que não fala comigo?*

Mas Emily não ia aceitar a família de volta tão facilmente, não depois do que suas amigas haviam lhe contado sobre o funeral. Emily confrontara a mãe a respeito de não ter deixado Hanna, Spencer ou Aria falarem, e a sra. Fields apenas dera um emaranhado louco de respostas.

– Estávamos tão confusos com o que havia acontecido – disse ela em uma voz hesitante. – Não sabíamos se suas amigas eram o problema ou a solução.

– É, mas elas me conheciam melhor do que vocês – explodiu Emily. – E se fosse realmente *meu* funeral, com discursos fúnebres para mim, você deveria ter permitido que falassem, não importa o quê.

A mãe dera de ombros e disse que aquilo estava fora de questão. E, de supetão, aquilo a atingiu. *Ela* também estava fora de questão – pelo menos aos olhos dos pais. Os pais estavam muito preocupados com sua aparência perante as outras pessoas – primeiro, quando Emily quis desistir de nadar, depois quando saiu do armário e lhes contou, e então o efeito dominó de Ali, A e tudo o mais. Eles não puderam nem mesmo fazer um funeral honesto para ela. Foram forçados a transformá-la na pequena Emily perfeita que sempre *desejaram*.

Mas ela não era aquela Emily, nunca seria. O que precisava entender, no entanto, era que seus pais não iam mudar também. E, assim, deixaria sua família de lado por um tempo. Sempre os amaria, mas era mais fácil fazer isso de longe, a menos que aceitassem quem ela realmente era. E, por agora, aquilo estava bom. Porque tinha outra família, uma *de verdade*, com pessoas que a aceitavam, não importava o quê.

Suas amigas.

Seu telefone vibrou, e ela olhou para a tela. *Estou do lado de fora*, dizia a mensagem de Hanna.

— Até mais — disse Emily para a mãe, pegando um bagel do prato e dirigindo-se para a porta.

O ar de dezembro estava seco, e grandes pilhas de folhas voavam pelo gramado. Emily passou por elas, até o Prius de Hanna, estacionado na frente da casa. Ela vibrou quando viu Spencer, Aria e Hanna lá dentro.

— Ah, meu *Deus*! — guinchou ela, escancarando a porta.

As três meninas lá dentro comemoraram também.

— Você está fantástica! — gritou Hanna, que usava um vestido curto e colado que ela havia desenhado durante seu primeiro semestre na FIT.

— Você é, tipo, uma surfista profissional agora, Em? — perguntou Aria. — Quando vai me ensinar?

— Quando você quiser! — disse Emily, deslizando no banco ao lado dela. — Mas vocês têm que ir me visitar. Faz muito tempo.

Fazia muito tempo. No último mês de junho, Emily tinha visitado Hanna em Los Angeles, onde ela filmava *Burn It Down*, mas não tinham se visto desde então. As partes norte e sul do estado não eram exatamente próximas. E então o filme tinha acabado e Hanna e Mike tinham voltado para Nova York, onde Hanna frequentava a FIT e Mike terminava o ensino médio, e os dois moravam no que Hanna dizia ser "o apartamento de um quarto mais fofo do West Village que você já viu". Aria estava morando no Brooklyn, pintando e circulando pelo mundo das galerias de arte e frequentando a Parsons — e Noel estava em Nova York, também, mas em Columbia, onde jogava no time de lacrosse. Aria e Hanna disseram que se viam, mas não tanto quanto gostariam, por causa dos horários extenuantes das respectivas faculdades.

E Spencer tinha aceitado um emprego na Legal Aid, na Filadélfia, e ainda namorava Wren.

Emily tinha planejado visitar cada uma delas nos últimos seis meses, mas ela também estivera ocupada. Claro, sob a maioria dos pontos de vista, tinha sido uma desocupada na praia, aprendendo a surfar, permanecendo longas horas na loja, participando de alguns anúncios da Hurley e dando algumas entrevistas lucrativas sobre sua história angustiante com Ali. Também tinha conhecido uma linda surfista chamada Laura e... havia *algo* entre elas, embora fosse cedo demais para dizer o quê. Na maior parte do tempo, Emily tinha tentado se encontrar. Sendo verdadeiramente *ela* mesma, alguma coisa que Rosewood sempre impedira. Não que ela tivesse percebido isso até partir.

— É tão estranho estar de volta à minha casa — gemeu Hanna enquanto se afastava do meio-fio. — Meu pai fica ligando, tipo, toda hora, querendo me ver. E minha mãe fica me dando dicas de casamento. — Ela fez uma careta. — Coisas tipo: "Não vá para cama fula da vida."

— É estranho para mim, também! — Aria suspirou. — Especialmente porque Mike e eu fomos embora. Ella está pirando, reclamando que as crianças cresceram rápido demais.

— E as coisas não parecem todas tão... não sei, *pequenas* aqui? — Emily olhou para as casas que passavam rápido. — Eu não lembrava que o Wawa era tão minúsculo. Até a Rosewood Day não parece mais tão impressionante.

— Isso é o que acontece quando você mora em outro lugar — provocou Spencer, batendo em seu ombro de brincadeira.

Hanna batucou no volante.

— Então, ouçam, marquei cabeleireiro para todas às 11 horas e maquiagem ao meio-dia, depois vamos experimentar alguns vestidos que meu estilista trouxe para ficarmos total e completamente fabulosas para o evento. Certo?

— Você não precisa fazer tudo isso, Han — reclamou Aria, cruzando as pernas magras e cobertas de couro. Ela usava as mais fabulosas botas pretas com tachinhas que Emily já vira e, com seu novo cabelo, em um corte repicado, ela parecia uma verdadeira artista de Nova York.

Hanna deu uma risadinha.

— Claro que preciso. Rosewood está pagando: quando descobriram que a *première* ia acontecer aqui, disseram que pagariam por tudo, incluindo um dia de spa para todas nós.

— Bem, eles nos devem isso — cantarolou Spencer, contendo uma risada.

— Concordo — disse Emily.

Spencer enrugou a testa para o retrovisor.

— Droga, meninas. Acabei de perceber que deixei minha câmera em casa... Eu realmente queria documentar tudo isso. Vocês se importam se passarmos lá para pegá-la?

— Claro — todas disseram em uníssono, e Hanna virou na direção da casa de Spencer.

— Então, escutem — disse Hanna. — De agora em diante, vamos nos ver pelo menos uma vez por mês, certo? Vou enviar passagens de avião para todas irem até Los Angeles em fevereiro. O que será perfeito, porque estará congelando em Nova York nessa época. O que me dizem?

— Adorei — respondeu Aria, e Emily deixou escapar uma comemoração.

— Desde que Melissa não tenha o bebê mais cedo — lembrou Spencer. — Ele está previsto para essa época, e ela quer que eu esteja presente no parto. — Ela fez uma cara de apavorada, então olhou para Emily, que sorriu tristemente. — Eu só posso imaginar, Em – disse ela, baixinho. – Queria estar lá para ajudar você a passar por aquilo. – Não fazia muito tempo que todas elas estiveram no hospital para acompanhar Emily em uma cesariana.

– Como está Violet, a propósito? – perguntou Hanna, parecendo ler suas mentes.

Emily sorriu.

– Ela está ótima. Está até mesmo começando a falar algumas palavras!

Aquilo era mais uma coisa que tinha mudado: depois da sua última aventura com Ali, Emily tinha decidido que desejava manter algum contato com Violet, depois de tudo. Ela havia entrado em contato com a família de Violet, dizendo que as coisas estavam absolutamente seguras – nenhuma A ia aparecer para tentar roubar Violet –, e eles lhe mandavam notícias regulares sobre a garotinha, que agora tinha um ano e meio. A família estava planejando levar Violet para a Califórnia para visitar a Disneylândia quando ela fizesse 2 anos, e eles convidaram Emily para ir junto. Ela mal podia esperar.

Chegaram à casa de Spencer, e ela digitou o código de segurança no portão.

– Já venho – disse ela, ao entrar correndo.

Emily se recostou e olhou para o gramado de Spencer, coberto com uma camada fina de gelo. Mesmo já estando lá mil vezes desde então, tudo o que ela subitamente conseguia pensar era naquele dia em que todas dormiram lá no sétimo ano, quando ela, suas amigas e Courtney tinham se encontrado nessa mesma rua. Ela quase podia ouvir as palavras que elas falaram: *Estou tão feliz que esse dia acabou. Estou tão feliz que o sétimo* ano *acabou*. E então, Mona Vanderwaal: *Ei, Alison! Ei, Spencer!* Era difícil imaginar que uma segunda gêmea DiLaurentis observara a todas da janela o tempo todo. Esperando. Planejando. E que, horas depois, Courtney estaria morta.

Três meses antes, a verdadeira Ali tinha sido oficialmente condenada à prisão perpétua. Emily considerara comparecer à acusação, mas decidiu que não precisava ver Ali outra vez. Ainda assim, às vezes acordava no meio da noite, certa de que Ali estava lá fora. Alguma coisa a respeito de tudo aquilo parecia não concluído. Emily desejou que pudesse ter feito Ali entender exatamente o mal que causara a todas elas.

Mas talvez precisasse esquecer aquilo. Ali era louca. Não ouviria a voz da razão.

— Mas que droga é *aquilo*?

Hanna apontou para alguma coisa no meio-fio dos DiLaurentis. Havia uma confusão de velas, diversos animais de pelúcia e alguns buquês de flores embrulhados com celofane. Uma placa de carro feita sob encomenda arrumada entre eles dizia "Alison" em brilhantes letras cor-de-rosa.

As entranhas de Emily se contorceram. Outro santuário para Ali? *Sério?*

Aria fez uma cara enojada.

— Imagino há quanto tempo *isso* está aí.

Spencer voltou para o carro com a câmera, então olhou para onde as garotas fitavam.

— Ah, sim. — Ela fez uma careta. — *Aquilo*. Amelia diz que foi montado logo após a condenação de Ali à prisão perpétua.

Emily piscou.

— Três *meses* atrás?

— Hum-hum — disse Spencer.

Aria estalou a língua.

— Não consigo acreditar que ainda existam Gatos de Ali por aí.

— Provavelmente sempre haverá — disse Emily, baixinho. Ela examinava os fóruns dos Gatos de Ali com frequência, impressionada com o número de pessoas que ainda simpatizavam com a causa de Ali. — Mas também sabemos que o FBI os mantêm sob controle. Ninguém está falando com ela na cadeia. E ninguém vai nos machucar.

— Isso aí — disse Hanna. Olhou para Emily no espelho retrovisor. — Ganhamos dessa vez.

O telefone de Emily apitou. Ela olhou para a tela, sentindo-se subitamente preocupada. Talvez fosse o fato de estar de volta a Rosewood, talvez fosse o fato de estar *ali*, na frente da casa de Ali, mas não podia evitar pensar que tinha acabado de receber um novo texto de A.

Mas era de Laura. *Sinto sua falta*, chica, dizia. *Espero que esteja se divertindo!*

Emily ergueu os olhos e sorriu. Ela respondeu que também sentia falta de Laura. Laura nunca seria Jordan, ela sabia. *Ninguém* seria Jordan. Mas talvez aquilo fosse bom. Emily estava feliz em se deixar ir com a maré, em ver aonde as coisas com Laura a levariam.

Spencer lançou mais uma olhada para o santuário de Ali, então deu de ombros.

— Sabem o que mais? Quem liga se o santuário está ali? As pessoas podem amar Ali o quanto quiserem. Temos coisas melhores a fazer.

— E como temos! — gritou Hanna, começando a dirigir. — Temos uma estreia para ir!

E assim, as quatro partiram, deixando o santuário — e talvez a própria Ali — para trás, bem longe. Para Emily, pareceu um grande momento. Estavam partindo em direção às suas novas vidas. Em direção a um mundo no qual eram compreendidas e estavam seguras. Em direção a um mundo no qual poderiam ser qualquer coisa que quisessem ser.

E em direção a um mundo no qual elas sempre teriam umas às outras.

36

ATRÁS DAS PORTAS TRANCADAS

As quatro paredes de blocos de concreto deram a Alison muito tempo para pensar. As horas passavam indistintamente, ela não tinha noção da passagem do tempo. Horas, dias, meses e anos, tudo se confundia, era tudo a mesma coisa. Quem poderia dizer há quanto tempo ela estava ali? Seu psiquiatra não lhe diria, quase como se saber daquilo estivesse além de seus privilégios. Seu psiquiatra quase não lhe dizia nada, para falar a verdade, o que ele fazia era entregar-lhe um copinho cheio de pílulas, para ter certeza de que ela as engoliria. As pílulas pouco faziam para ajudá-la a dormir ou mesmo para estabilizar seu humor. Não faziam desaparecer seus pensamentos compulsivos. Tampouco cortavam sua mente ardilosa, então Ali aceitava tomá-las, obediente. Ali queria ser a paciente perfeita. Queria que todo mundo na prisão se apaixonasse por ela, assim como o resto do mundo.

A ala psiquiátrica da prisão era um horror, porém mais um ano ali, talvez dois, e ela seria transferida para uma instalação diferente. Seria uma clínica, não uma prisão. Fizera uma extensa pesquisa e agora conhecia o protocolo. E, em um hospital comum para doentes mentais, ela retomaria as rédeas da própria vida. Tinha vivido tempo suficiente na Clínica Psiquiátrica Preserve para saber como manipular o sistema. Tudo o que tinha a fazer era esperar um pouco mais. Suportar as pílulas, lidar com as tiras de couro que às vezes usavam para restringi-la, sublimar os gemidos no meio da noite. Ela se perdia em seus próprios pensamentos, planejando o que faria de diferente da próxima vez.

Pensou em tudo o que tinha dado errado. Depositar confiança demais em Nick. Escolher os Gatos de Ali errados. Confiar cegamente na mãe. Não verificar duas vezes cada detalhe. Da próxima vez, seria mais inteligente. *Infalível*, na verdade. Ia encontrar novos Gatos de Ali. Selecionar um Nick melhor. Tornar-se uma Ali perfeita. Já tinha perdido todo o peso que ganhara para esconder sua identidade.

Na prisão, acabara contando com médicos melhores, que trataram de suas queimaduras de forma mais apropriada do que a enfermeira de Nick, e sua pele estava muito melhor também. Tinha colocado um dente falso para substituir o que ela arrancara. Estava a caminho de ser outra vez Ali D – a brilhante, linda, *perfeita* Ali D. A menina que poderia fazer qualquer um fazer qualquer coisa. Inclusive executar os planos dela. Matar por ela.

Realizar todos os desejos dela.

Media a passagem do tempo através das refeições, horários de medicação, horários das luzes sendo acesas e apagadas, mas sabia que isso não seria para sempre. *Em breve*, disse uma voz em sua cabeça enquanto ela pensava em Spencer, Aria, Emily e Hanna. *Em breve, vou pegar todas vocês.*

AGRADECIMENTOS

Então este é real e verdadeiramente o último livro da saga PLL, e sou mais do que grata pela chance de viver no universo de Rosewood por nove anos encantadores. Devo isso ao brilhantismo do pessoal da Alloy Entertainment, incluindo Les Morgenstein, Josh Bank, Sara Shandler, Lanie Davis, Katie McGee, Kristin Marang, Heather David, Romy Golan e Stephanie Abrams. Tem sido inestimável trabalhar com vocês todos esses anos, e espero que a diversão não termine!

Obrigada a todos da HarperCollins, passado e presente, que defenderam Pretty Little Liars e fizeram da série um sucesso. Muita gratidão a Jen Klonsky, Kari Sutherland e Alice Jerman por suas ideias perspicazes. Agradeço também a todos os leitores dedicados da série PLL, tweeteiros, blogueiros e fãs – amo todos vocês. Amor aos meus pais e a Michael por seu constante apoio. Beijos para Ali, a original A, e Caron – eu me diverti tanto no evento da última temporada de PLL em março. Obrigada a Gennaro Monaco pelo incrível site novo e a Theo Guliadis, da Alloy, por todos aqueles tweets entusiasmados e diligentes durante os episódios de PLL (e todos recheados de ótimo conteúdo!). Abraços de urso para Kristian, claro, e amor para o pequeno Henry – quando esta série começou, eu não podia imaginá-lo, mas, agora que está aqui, não imagino a vida sem você.

Este livro foi impresso na JPA Ltda.
Rio de Janeiro – RJ